가난한 사람들

Бедные люди

세계문학전집 443

가난한 사람들

Бедные люди

표도르 도스토옙스키

이항재 옮김

민음사

일러두기

1 이 책은 Фёдор Михайлович Достоевский, *Полное собрание сочинений в тридцати томах*: *Том 1. Бедные люди. Повести и рассказы 1846~1847*(Наука, 1972)을 저본으로 삼아 우리말로 옮겼다.

2 본문의 각주는 모두 옮긴이 주이다.

차례

가난한 사람들 **9**

오, 정말이지 내게 이 글쟁이들이란! 그들은 뭔가 유익하고 유쾌하고 즐거운 것을 쓰는 게 아니라 땅속의 온갖 비밀을 파헤칠 뿐이다……! 그러니 그들로 하여금 글을 쓰지 못하게 하면 좋을 텐데! 글쎄, 도대체 이게 뭐라는 말인가, 이런 글을 읽다 보면…… 저도 모르게 생각에 잠기고, 온갖 시시콜콜한 상념이 머리에 떠오른다. 정말 그들로 하여금 글을 쓰지 못하게 하면 좋을 텐데. 그것도 완전히 글을 쓰지 못하게 하면 좋을 텐데.[1]

— V. F. 오도옙스키 공작

---

1) 낭만주의 시인이자 소설가, 비평가인 블라디미르 표도로비치 오도옙스키(Vladimir Fyodorovich Odoyevsky, 1802~1869)의 단편 소설 「살아 있는 주검」(1839)에서 인용한 제사(題辭)이다.

4월 8일

더없이 소중한 나의 바르바라 알렉세예브나!

어제 나는 행복했고, 너무나 행복했고, 더없이 행복했습니다! 평생에 단 한 번뿐이라고는 해도 고집쟁이인 당신이 내 말을 들어주었으니까요. 저녁 8시 무렵에 잠에서 깨어나(바르바라, 당신도 알다시피 나는 퇴근한 뒤에 한두 시간 정도 자는 걸 좋아합니다.), 촛불을 밝히고 종이를 준비한 뒤 펜을 다듬다가 문득, 우연히 두 눈을 든 순간, 정말 내 심장은 마구 뛰기 시작했어요! 내가 무엇을 원하는지, 내 마음이 무엇을 원하는지 바로 당신이 알고 있다니! 보니까, 언젠가 내가 당신께 넌지시 얘기한 대로, 당신 방의 커튼 한 자락이 봉선화 화분 쪽에 걸려 있더군요. 그런데 그 순간 창가에 당신 얼굴이 언뜻 비치고, 당신 역시 방에서 내 쪽을 쳐다보며 내 생각을 하는 듯 보였어요. 나의 귀여운 이여, 물론 당신의 사랑스러운 얼굴을 좀처럼 볼 수 없어서 아쉬웠어요! 요즘은 웬일인지 항상 눈앞이 아물거리고, 저녁에 잠깐 일을 하거나 무언가를 좀 쓰기만 해도 아침에 눈이 충혈되고 눈물까지 나와서 다른 사람들 앞에 나서기가 창피할 정도랍니다. 하지만 나의 천사여, 내 상상 속에서 당신의 예쁜 미소, 그 상냥하고 친절한 미소는 환하게 빛나고, 내 마음 또한 당신에게 키스했던 때와 마찬가지로 충만해 있습니다. 바렌카,[2] 나의 천사여, 기억하시나요? 나의 사랑하는 이여, 당신은 그곳에서 예쁜 손가락으로 날 위협하는 듯보였답니다. 아닌가요, 장난꾸러기 아가씨? 당신 편지에 반드시 이 모든 것을 자세히 얘기해 주세요.

그건 그렇고, 바렌카, 당신 커튼에 대해 우리가 이렇게 생각해 보면 어떨까요? 정말 멋질 거예요. 내가 일을 하려고 자리에 앉거나 자려고 침대에 눕거나 잠에서 깨어났을 때, 당신이 그 자리에서 나를 생각하거나 기억하면서 건강하고 즐겁게 지내고 있음을 알 수 있으니까요. 커튼을 내리면 '안녕히 계세요, 마카르 알렉세예비치, 이제 잘 시간이에요!'라는 뜻이고, 커튼을 올리면 '좋은 아침이에요, 마카르 알렉세예비치, 잘 주무셨나요?'라든가, '건강은 어떠세요, 저는 덕분에 건강히 잘 지내고 있어요!'라는 의미이지요! 어때요, 사랑하는 바렌카, 얼마나 기막힌 착상입니까? 편지도 필요 없어요! 정말 멋지

---

2) 바렌카는 바르바라의 애칭. 러시아인의 이름은 대개 이름, 부칭, 성으로 구성되는데, 가까운 사람들끼리는 서로 애칭을 부른다.(가령, 타티야나는 타냐, 알렉세이는 알료샤, 예카테리나는 카튜샤로 부른다.)

죠! 이게 바로 내 생각이랍니다! 어때요, 바르바라 알렉세예브나, 이런 방면에선 나도 제법이죠?

그리운 바르바라 알렉세예브나, 당신에게 보고하건대, 예상과 달리 나는 지난밤에 아주 편안히 푹 잤답니다. 새집으로 이사하면 쉽게 잠을 이루지 못하는 법인데 말이죠. 어쩐지 모든 게 낯설고 어설프잖아요! 오늘은 건강한 젊은이처럼 상큼하고 기분 좋게 일어났답니다! 바렌카, 오늘 아침은 왜 이리 기분이 좋은지요! 우리 집 창문을 활짝 열어젖히자 태양이 빛나고, 새들이 지저귀고, 대기는 봄의 향기로 가득하고, 삼라만상은 생기를 띠었어요. 그 밖의 모든 것들도 봄에 걸맞게 잘 정돈되어 있었죠. 심지어 오늘 나는 공상에 실컷 빠져 봤어요. 모두 당신에 대한 것이었어요, 바렌카. 나는 당신을, 사람에게 기쁨을 주고 자연을 아름답게 하고자 창조된 창공의 새와 비교해 보았습니다. 바렌카, 그 순간 나는 근심 걱정 속에서 살아가는 우리 인간들이, 하늘을 날아다니는 새의 태평스럽고 소박한 행복을 부러워하지 않을 수 없다고 생각했어요. 대충 이와 비슷한 공상을 했죠. 이를테면, 전혀 공통점 없는 것들을 줄곧 비교한 셈이에요. 바렌카, 나에게 작은 책이 한 권 있는데, 거기에도 이러한 내용이 아주 자세하게 쓰여 있답니다. 바렌카, 이렇게 부연하는 까닭은 공상이란 정말로 다양하다는 걸 이야기해 주고 싶어서예요. 더구나 지금 봄이라 그런지, 생각은 모두 유쾌하고 기발하고 재미있으며, 공상도 달콤하고 장밋빛에 감싸여 있습니다. 내가 쓰고는 있지만, 사실 이 모든 건 그 책에서 인용한 겁니다. 그 책을 쓴 사람은, 저와 똑같은 소망을 이렇게 시로 썼습니다.

왜 나는 새가 아닐까, 사나운 새가 아닐까!

뭐, 이런 것들이죠. 그 책엔 다양한 생각들이 담겨 있는데, 아무래도 상관없습니다! 그런데 바르바라 알렉세예브나, 오늘 아침에 혹시 어딜 다녀왔나요? 내가 출근 준비를 하기도 전에, 당신은 아주 작은 봄날의 새처럼 방에서 나와 매우 즐거운 모습으로 마당을 지나가더군요. 그런 당신의 모습을 바라보기란 참으로 즐거운 일입니다! 아아, 바렌카, 바렌카! 슬퍼하지 말아요. 슬프다고 눈물을 흘리는 건 도움이 되지 않아요. 그리운 이여, 나는 경험으로 그 점을 잘 알고 있답니다. 이제 당신은 마음의 평정을 되찾았고, 건강도 다소 회복했잖아요. 참, 당신의 표도라는 잘 있나요? 표도라는 정말 착한 여자예요! 바렌카, 당신이 지금 그곳에서 그녀와 어떻게 지내는지, 모든 것에 만족하고 있는지 편지로 알려 주세요. 표도라가 수다스러운 편이지만 그냥 신경 쓰지 마세요, 바렌카. 그냥 내버려 둬요! 그녀는 아주 착하니까요.

이미 당신에게 써 보냈지만, 이곳의 테레자는 착하고 믿을 만한 여자랍니다. 내가 우리 편지에 대해 얼마나 걱정을 했다고요! 어떻게 편지를 주고받을까, 하고 말입니다. 바로 그때 하느님께서 우리들의 행복을 위해 테레자를 보내 주셨죠. 테레자는 착하고 온순하고 말수가 적은 여자입니다. 그런데 우리 집주인은 아주 무자비한 여자예요. 그녀는 마치 걸레짝을 다

루듯이 테레자를 마구 부려 먹는답니다.

　바르바라 알렉세예브나, 어쩌다 난 이런 빈민굴에 떨어졌을까요! 세상에, 이것도 집이라니! 당신도 알다시피, 예전의 나는 귀머거리처럼 얌전하고 조용하게 살았어요. 내 방에서 파리 한 마리만 날아다녀도 그 소리가 들릴 정도였으니까요. 그러나 이곳은 온통 소음과 외침과 고함뿐입니다! 참, 당신은 아직 이 집의 구조를 모르죠. 완전히 깜깜하고 불결한 긴 복도를 상상해 보세요. 오른쪽은 출입구 없는 벽이고, 왼쪽은 여관방처럼 문짝들이 한 줄로 쭉 이어져 있답니다. 이곳 사람들은 바로 이 방에 세 들어 살고 있습니다. 모두 한 칸짜리 작은 방인데, 거기에 두세 사람이 같이 살고 있어요. 질서에 대해선 묻지도 말아요. 꼭 노아의 방주 같아요! 그래도 사람들은 착하고 교양 있고 제법 배운 듯 보입니다. 관리 한 사람이 있는데(어딘가 문서과에서 일하고 있습니다.), 아주 박식한 사람입니다. 호메로스와 브람베우스3)와 다른 작가들에 대해서 얘기하는 데다, 정말 모르는 게 없는 똑똑한 사람입니다! 장교도 두 사람 있지요, 그들은 항상 카드놀이만 한답니다. 그리고 해군 소위와 영국인 교사도 살고 있습니다. 조금만 기다려요. 다음 편지에 그들을 풍자적으로 묘사해서 당신을 즐겁게 해 줄 테니까요. 이를테면, 그들이 본래 어떤 사람들인지 자세하게 써

---

3) 브람베우스 남작은 O. I. 셴콥스키(Osip Ivanovich Senkovsky, 1800~1858)의 필명이고, 월간 잡지 《독서 문고》의 편집자이다. 브람베우스는 주로 비평문과 중편 소설을 썼는데, 대체로 교육 수준이 높지 않은 독자들과 관리들의 우상이었다.

보낼게요. 안주인은 아주 작고 지저분한 노인네인데, 하루 종일 슬리퍼를 신고 헐렁한 실내복을 걸친 채 여기저기 오가면서 온종일 테레자에게 고함을 질러 댑니다. 나는 부엌에 살고 있어요. 아니 좀 더 정확하게 설명하자면, 부엌(당신에게 말하건대, 깨끗하고 밝고 매우 좋은 부엌입니다.) 옆에 작은 방이 하나 있습니다. 아주 소박한 방이지요……. 그러니까, 아니 이렇게 말하는 편이 낫겠어요. 세 개의 창문이 달린 널찍한 부엌에, 가로놓인 벽을 따라 칸막이를 둘러서 여분의 방을 하나 더 만든 겁니다. 여러모로 널찍하고 안락합니다. 창문도 있고, 요컨대 모든 게 안락합니다. 자, 이곳이 바로 나의 작은 보금자리입니다. 바렌카, 여기에 뭔가 다른 의미가 숨겨져 있지 않을까, 하고 생각하지 말아요. 그래 봤자 부엌이 아니냐고 말할지도 모르지만, 어쨌든 나는 칸막이 있는 방에서 살고 있습니다. 하지만 그건 중요하지 않아요. 나는 모든 사람들과 떨어져서, 혼자 그럭저럭 조용히 살고 있으니까요. 나는 내 방에 침대와 책상과 서랍장과 의자 두 개를 가져다 놓고, 성상(聖像)도 걸어두었어요. 물론 더 좋은 집, 아마 훨씬 좋은 집도 있겠죠. 그러나 뭐니 뭐니 해도 중요한 것은 편리함입니다. 내가 이곳에서 사는 이유는 오직 편리함 때문이니, 다른 까닭이 있으리라곤 생각하지 마세요. 당신의 작은 창문은 마당을 가로질러 맞은편에 자리해 있습니다. 마당이 좁으니 오가다가 당신을 만나게 될 테죠. 나처럼 불행한 사람에게 그것은 무엇보다 큰 기쁨입니다. 게다가 여긴 방세도 더 쌉니다. 여기서 가장 나쁜 방이라 해도 식사를 포함해 지폐로 35루블입니다. 내 주머니 사정에 맞지 않아요! 그런데 내 방은 지폐로 7루블, 식사는 은화 5루블이니, 전부 합해서 24루블 50코페이카입니다.[4] 예전에는 꼬박 30루블씩 지불해야 해서 여러모로 아껴야만 했지요. 차 한 잔 마시지 못했는데, 이젠 차와 설탕값을 번 셈이에요. 바렌카, 차를 마시지 않는 건 어쩐지 창피하게 느껴져요. 이곳에 사는 사람들은 모두 넉넉한 생활을 하고 있어서 더욱더 창피합니다. 다른 사람들의 이목 때문에, 모양새나 품격을 위해서 마시는 것 같지만, 사실 아무래도 상관없어요. 나는 변덕스러운 사람이 아니거든요. 생각해 보세요. 얼마큼 용돈도 필요하죠. 신발이나 옷값도 어느 정도는 들죠. 이런 것들을 제하고 나면 얼마나 남겠어요? 수입은 월급뿐인데요. 하지만 나는 불평하지 않고 만족하고 있어요. 월급은 충분하니까요. 이렇게 몇 년 동안 부족하지 않게 살아왔어요. 또 이따금 상여금도 나오니까요. 그럼 안녕, 나의 천사여. 거기서 봉선화 화분 두 개와 제라늄을 샀는데, 비싼 건 아닙니다. 아마 당신은 목서초(木犀草)도 좋아하지요? 거기엔 목서초도 있으니까 편지하세요. 그리고 가능하면 모든 걸 자세하게 써 보내세요. 바렌카, 내가 이런 방을 빌렸다고 해서 나에 대해 다른 생각을 하거나 의심하지는 말아요. 단지 편리하기 때문에 이 방에 들었고, 나는 돈을 모아서 저축도 하고 약간의 돈도 가지고 있답니다. 파리 날개로도 상처를 입을 것 같은 그런 연약한 남자라고 생각

---

4) 지폐는 1769년에 러시아에 도입되었는데, 1830년대에 1루블 지폐(현재 1루블은 100코페이카)는 은화 27코페이카와 같았다.

하지는 마세요. 아닙니다, 바렌카, 나도 그리 만만한 사람은 아닙니다. 나는 단단하고 온화한 영혼을 가진 사람에게 어울리는 성격의 소유자랍니다. 안녕, 나의 천사여! 거의 두 장이나 썼네요. 벌써 출근할 시간입니다. 바렌카, 당신의 자그마한 손가락에 키스하면서 그만 적습니다.

당신의 가장 비천한 종이자 가장 충실한 친구
마카르 제부시킨

추신: 한 가지 부탁합니다. 나의 천사여, 답장은 가능한 한 상세하게 적어서 보내 주세요. 바렌카, 이 편지와 함께 과자 한 푼트[5]를 보내니 건강을 위해 많이 드세요. 그리고 부디 나에 대해 걱정하거나 불평하지는 마세요. 그럼, 안녕, 바렌카.

4월 8일

친애하는 마카르 알렉세예비치 님!

자꾸 이러시면 결국 당신과 다퉈야 한다는 것 아시죠? 맹세하건대, 친절하신 마카르 알렉세예비치, 당신에게 선물받는 일은 괴롭기까지 합니다. 이런 선물이 당신에게 얼마나 값비싼 물건이고, 이 때문에 당신이 가장 필요한 데까지 돈을 안 써

---

5) 옛날 러시아의 중량 단위. 1푼트는 지금의 0.41킬로그램.

가며 절약하는 걸 알고 있어요. 여러 번 말씀드렸듯이 저는 아무것도, 정말 아무것도 필요하지 않습니다. 또한 당신이 지금까지 제게 베풀어 주신 은혜만 해도 보답할 길이 없어요. 그런데 왜 이런 화분을 보내셨나요? 글쎄, 봉선화 정도라면 모를까 제라늄은 왜 사셨어요? 무심코 한마디 한 걸 가지고 금방 제라늄을 구입하시다니, 분명 비싸겠죠? 그러나 이 꽃은 정말 아름답군요! 자그마한 십자형의 진홍빛 꽃. 이렇게 멋진 제라늄을 어디에서 구하셨어요? 저는 그것을 창문 한가운데 가장 잘 보이는 곳에 놓았답니다. 앞으로 마루 위에 긴 의자를 놓고, 그 위에 더 많은 꽃들을 놓을 거예요. 제가 부자가 되면요! 표도라는 너무너무 좋아한답니다. 지금 우리 방은 마치 천국 같고, 깨끗하고 밝아요! 그런데 과자는 왜 보내셨어요? 사실 편지를 읽자마자 저는 당신한테 뭔가 특별한 일이 생겼으리라고 짐작했어요. 천국이니, 봄이니, 향기가 풍긴다느니, 새들이 지저귄다느니 하고 쓰셨잖아요. 그런데 왜 여기에 시가 없을까, 하고 생각했어요. 마카르 알렉세예비치, 정말 당신 편지에는 시만 빠졌군요! 섬세한 감촉도, 장밋빛 공상도, 모든 것이 거기에 있어요. 커튼에 대해서는 미처 생각하지 못했어요. 아마 화분을 옮길 때 커튼이 저절로 봉선화 화분에 걸렸던 모양이에요. 정말 뜻밖이에요!

아아, 마카르 알렉세예비치! 당신이 무슨 말을 하셔도, 또 저를 속이고 오직 자기만을 위해 월급을 쓰는 양 보이려고 아무리 계산하셔도, 저에게는 그 무엇도 숨기거나 감출 수 없습니다. 당신은 저 때문에 꼭 필요한 것까지 희생하고 있음이 분명해요. 무엇 때문에 그런 방에 세 들 생각을 하셨나요? 시끄러워서 불안하실 거예요. 또 비좁고 불편하고요. 당신은 혼자 사는 걸 좋아하시는데, 그곳은 모든 게 번잡하잖아요! 당신 월급이라면 훨씬 나은 생활을 할 수 있을 텐데요. 표도라는, 당신이 전엔 지금과 비교도 안 될 정도로 잘 지내셨다고 말하더군요. 마카르 알렉세예비치, 정말 여태껏 남의 집 한쪽 구석을 빌려 고독과 결핍 속에서, 기쁨도 없이, 다정한 인사조차 받지 못하고 살아오신 건 아니겠죠? 아아, 친절하신 친구여, 저는 당신이 너무나 가여워요! 건강만이라도 잘 돌보세요, 마카르 알렉세예비치! 눈이 나빠졌다고 하셨죠, 그러니 촛불 아래서 글을 쓰지 마세요. 왜 그렇게 무리를 하세요? 안 그러서도 당신이 열심히 일하시는 걸, 아마 윗분들 역시 잘 아실 거예요.

다시 한 번 간청하건대, 저를 위해 많은 돈을 쓰지 마세요. 당신이 저를 사랑하고 있으며, 그다지 부자가 아니라는 점도 잘 알아요……. 오늘은 저도 기분 좋게 일어났습니다. 무척 기분이 좋았어요. 표도라는 벌써 오래전부터 일을 하고 있는데, 저에게도 일감을 얻어다 주었답니다. 저는 매우 즐거웠어요. 잠깐 비단을 사러 나갔다 와서 곧 일을 시작했지요. 아침 내내 마음이 상큼한 게 정말 유쾌했어요! 그런데 지금은 또다시 온통 어두운 생각뿐인 데다, 슬프고 마음이 아픕니다.

아아, 앞으로 저에게 무슨 일이 일어나고, 제 운명은 어떻게 될까요? 밝은 미래도 없고, 무슨 일이 일어날지 가늠할 수도 없는 불확실성 속에서 살아간다는 게 고통스러워요. 지난날을 돌아보기가 무섭습니다. 지난날을 떠올리면 심장이 반으로 찢어질 만큼 슬퍼요. 저를 파멸시킨 사악한 사람들을 영원히 원망할 거예요!

날이 어두워지네요. 이제 일을 해야겠어요. 당신에게 많은 이야기를 들려 드리고 싶지만 시간이 없습니다. 기한까지 해야 할 일이 있거든요. 서둘러야 해요. 역시 편지는 좋은 거예요. 기분 전환이 되니까요. 그런데 왜 당신은 한 번도 우리 집에 안 들르시는 거죠? 왜 그러시나요, 마카르 알렉세예비치? 이제 가까이 사는 데다, 이따금 한가한 시간도 있을 텐데요. 꼭 한번 들르세요! 당신 집의 테레자를 만났습니다. 무척 아파 보이기도 하고 불쌍하기도 해서 저는 그녀에게 20코페이카를 주었답니다. 참! 하마터면 잊을 뻔했군요. 편지로 당신의 생활 상태가 어떤지, 가능한 한 자세하게 꼭 알려 주세요. 당신 주변의 사람들이 어떤 사람들인지, 그들과는 잘 지내고 계신지 말예요. 저는 이 모든 걸 몹시 알고 싶어요. 아시겠죠, 꼭 써 보내 주세요! 오늘은 일부러 커튼 자락을 접어 놓을게요. 더 일찍 주무세요. 어제는 한밤중까지 당신 방에 불이 밝혀져 있더군요. 자, 그럼 안녕! 오늘은 우울하고 적적하고 슬프네요! 정말 견디기 힘든 하루였어요! 안녕히 계세요.

당신의
바르바라 도브로셸로바

4월 8일

친애하는 바르바라 알렉세예브나!

그렇습니다, 바렌카, 그래요, 소중한 이여, 내 불운한 운명에도 그런 날이 불쑥 찾아왔었나 봅니다! 맞아요, 당신은 늙은 나를 놀려 댔어요, 바르바라 알렉세예브나! 하지만 내 잘못입니다. 완전히 내 탓입니다! 머리칼도 듬성듬성한 늙은이가 사랑이니 뭐니 이상한 말은 하지 말았어야 하는데……. 다시 말하는데, 바렌카, 사람이란 이따금 불가사의하고 아주 기묘해요. 나의 성스러운 바르바라! 사람이란 일단 뭔가에 대해 말하기 시작하면 때때로 마구 지껄이게 됩니다! 그래서 어떤 일이, 무슨 결과가 생기는지 아세요? 아무 일도 일어나지 않고 오히려 허접스러운 결과만이 생겨나죠. 정말이지 스스로를 보호해야 합니다! 바렌카, 나는 화를 내는 게 아닙니다. 다만 당신에게 그토록 수사적이고 어리석은 내용을 써 보냈다고 생각하니 화가 치밀 뿐입니다. 오늘 나는 아주 당당하게 출근했습니다. 마음이 아주 환하게 빛났어요. 아무 까닭도 없이 축제 같은 기분이었고 몹시 유쾌했어요! 부지런히 서류를 뒤적였는데, 그다음 결과가 어떻게 되었는지 아세요! 눈을 들어 주변을 살펴보니 모든 것이 전과 똑같이 어두컴컴한 잿빛이었습니다. 여전히 똑같은 잉크 자국, 똑같은 책상들과 종이 그리고 나 자신도 이전과 똑같은 모습을 하고 있었어요. 그런데 웬일로 페가수스6)를 타고 돌아다녔을까요? 정말 이 모든 일이 왜 일어났을까요? 태양이 내려다보고 하늘은 푸르게 개어 있었죠! 이 때문이었을까요? 우리 집 창문 아래 안뜰에서 별다른 일도 일어나지 않았는데, 봄의 향기를 운운하다니 또 웬 말입니까! 아마 이 모든 것이 어리석게도 내 마음에 들었었나 봅니다. 사실 사람이란 이따금 자기 감정 속에 빠져들어서 쓸데없는 수다를 떨기도 하잖습니까. 그건 바로 과도하고 어리석은 마음의 열정 때문입니다. 나는 걷는 둥 마는 둥 간신히 집에 돌아왔습니다. 왠지 머리가 몹시 아팠는데, 아마 이 모든 일이 맞물린 탓 같아요.(어쩐지 등골이 오싹했어요.). 봄이 와서 좋다고 그만 바보같이 얇은 외투를 걸치고 나갔던 겁니다. 그러나 소중한 이여! 당신은 내 감정을 오해했더군요. 당신은 내가 토로한 감정을 완전히 다른 쪽으로 받아들였어요. 바르바라 알렉세예브나, 내가 그런 말을 한 까닭은 부정(父情), 오직 순수한 부정 때문입니다. 당신이 비참한 고아의 처지에 있기에 내가 친아버지의 자리를 차지하고 있으니까요. 이건 진심으로, 순수한 마음에서, 친척의 한 사람으로서 말하는 겁니다. 어쨌든 나는 당신에게 이른바 사돈의 팔촌이라고나 할 만큼 먼 친척이지만 역시 친척은 친척이고, 지금은 가장 가까운 친척이자 보호자입니다. 왜냐하면 당신은 보호와 변호를 바랐던 사람들에게서 오히려 배신과 모욕을 당했으니까요. 그리고 바렌카, 시에 대해 말하자면 나 같은 늙은이가 시 짓는 연습을 하는 건 어울리지 않아요. 시란 쓸모없는 겁니다! 요즘은 학교에서 아이들이 시 때문에 매를 맞는다고 하더군요…….

6) 그리스 신화에 나오는 날개가 달린 천마(天馬).

바로 이런 형편입니다, 그리운 사람이여.

바르바라 알렉세예브나, 왜 당신은 편지에 편리함이니 안정이니 하고 온갖 것을 써 보냈나요? 바렌카, 나는 성미가 까다롭거나 요구가 많은 사람이 아닙니다. 그리고 지금보다 좋은 생활을 한 적도 없어요. 그러니 이 늙은 나이에 왜 까다롭게 굴겠습니까. 배불리 먹고, 입을 것 입고, 신을 것 신고 있는데, 무엇 하러 새로운 일을 시도하겠어요! 백작의 혈통도 아닌데요! 내 아버지는 귀족 출신도 아니었고, 가족 모두를 부양했으니 수입으로 봐서는 나보다 더 가난했어요. 나는 고생 모르고 자란 귀한 집 도련님이 아닙니다! 그러나 솔직히 말하면, 바렌카, 이전 집이 지금과는 비교가 안 될 정도로 넓고 좋았던 건 맞아요. 물론 지금 내가 사는 이곳도 제법 괜찮고, 어떤 점에서는 더 유쾌한 데다 훨씬 변화무쌍하답니다. 이 점에 대해서는 어떤 불만도 없지만, 이전 집에 미련이 있긴 해요. 우리 늙은이들, 즉 나잇살이나 먹은 사람들은 친족에 익숙하듯이 옛것에 익숙하거든요. 그러니까 그 방 역시 아주 작고 벽은…… 아니 뭣 때문에 이런 말을 하는지! 그 벽도 다른 모든 벽처럼 평범하고 특별한 구석이라곤 전혀 없었는데, 다만 지난날의 온갖 추억이 우수에 젖게 하네요……. 불쾌했던 일도, 화를 낸 일마저 추억 속에서는 어쩐지 그런 불쾌함 없이 산뜻하고 매혹적인 모습으로 떠오르니 이상한 일입니다. 바렌카, 우리, 그러니까 나와 이미 고인이 된 주인 할머니는 조용히 살았어요. 지금도 그 할머니 생각을 하면 슬퍼요! 참 좋은 분이었고 방세도 비싸지 않았지요. 주인 할머니는 언제나 70여 센

티미터나 되는 뜨개바늘로 온갖 헝겊 조각을 맞붙여 담요를 만들곤 했습니다. 하는 일이라곤 그게 다였어요. 우리 두 사람은 등불을 같이 썼기에 한 책상에서 일을 했습니다. 할머니의 손녀인 마샤는 — 아주 어렸을 때부터 그 애를 알았지요. — 지금쯤 아마 열서너 살의 소녀가 되었을 겁니다. 지독한 장난꾸러기에다 쾌활한 아이여서 늘 우릴 웃겼지요. 이렇게 우리는 셋이서 살았습니다. 긴 겨울밤엔 둥근 테이블에 둘러앉아 차를 한 잔씩 마시고 다시 일을 시작했지요. 할머니는 마샤가 심심해하거나 장난을 치지 않도록 옛날이야기를 들려주기도 했답니다. 그 옛날이야기가 얼마나 재미있던지! 어린애뿐만 아니라 분별 있고 똑똑한 어른조차 이야기에 빨려 들 정도였어요. 정말입니다! 나도 파이프를 피우면서 할 일을 잊은 채 할머니의 이야기에 귀를 기울이곤 했으니까요. 우리의 장난꾸러기 아이도 잠시 생각에 잠겨 조그만 손으로 장밋빛 볼을 괴고 귀여운 입을 멍하니 벌린 채 가만히 듣고 있다가 조금이라도 무서운 대목이 나오면 할머니한테 바싹 달라붙었어요. 그런 마샤의 모습을 보는 게 즐거워서 우리는 촛불이 다 타는지도 모르고, 바깥에서 눈보라가 휘몰아치는 소리마저 듣지 못했어요. 우리는 즐겁게 살았어요, 바렌카. 우리는 이렇게 거의 이십 년을 같이 살았답니다. 그런데 나는 왜 또 이런 쓸데없는 소리를 늘어놓는지! 당신에겐 재미없는 이야기겠죠. 나도 이런 회상을 하는 게 그리 유쾌하지만은 않습니다. 특히 지금과 같은 해 질 녘에는 말이에요. 테레자는 어떤 일에 매달려 있고, 나는 머리는 물론이고 등까지 아픈 데다 이상한 상념마저 떠오르는 걸 보니 마치 병에 걸린 것 같아요. 바렌카, 오늘은 마음이 울적합니다! 그런데 나의 그리운 이여, 당신은 어떻게 그런 말을 써 보냈습니까? 내가 어떻게 당신한테 들르겠어요? 나의 소중한 이여, 그러면 사람들이 뭐라고 하겠어요? 당신에게 가려면 마당을 가로질러야 하는데, 우리 하숙집 사람들이 보고 꼬치꼬치 캐물을 겁니다. 그러면 소문과 유언비어가 나돌 테죠. 결국엔 엉뚱한 사건이 되어 버릴 거예요. 그러니 그건 안 돼요, 나의 천사여, 내일 저녁 기도회에서 보는 게 좋겠어요. 그러는 편이 우리 둘을 위해서도 현명하고 안전할 겁니다. 바렌카, 이런 편지를 썼다고 나무라지는 마세요. 다시 읽어 보니 시종 말도 안 되는 소리만 늘어놓았군요. 바렌카, 나는 학식이 없는 늙은이입니다. 젊어서부터 배운 게 없고, 지금 다시 배우기 시작한들 아무것도 머리에 들어오지 않을 겁니다. 고백하건대 바렌카, 나는 묘사를 잘하는 사람이 아니에요. 그리고 무언가 좀 더 재미있게 쓰려고 하면 기어이 실없는 소리나 마구 지껄이게 된다는 사실을 굳이 남이 지적하거나 조롱하지 않아도 잘 알고 있습니다. 오늘 창가에 있는 당신을 보았는데, 커튼이 내려져 있었어요. 안녕, 안녕, 하느님의 가호가 있기를! 안녕히 계세요, 바르바라 알렉세예브나.

사심 없는 당신의 친구
마카르 제부시킨

추신: 나의 소중한 이여, 이제 누구에 대해서도 풍자적으

로 쓰지 않겠어요. 바르바라 알렉세예브나, 공연히 이를 드러내고 남을 비웃기엔 나도 늙어 버렸어요! 그러면 사람들이 날 비웃을 겁니다. "남을 잡기 위해 구덩이를 파는 사람이…… 그 구덩이에 빠진다."라는 러시아 속담도 있으니까요.

4월 9일

　친애하는 마카르 알렉세예비치 님!
　저의 친구이자 은인이신 마카르 알렉세예비치, 그렇게 쓸데없는 걱정을 하고 변덕을 부리시다니 부끄럽지도 않으신가요? 당신은 정말 모욕을 느끼셨나 봐요! 아, 제가 가끔 조심성이 없기는 하지만 당신이 제 말을 신랄한 농담으로 받아들이리라곤 생각하지 못했어요. 제발 믿어 주세요, 제가 감히 어떻게 당신의 나이나 인격을 놀리겠어요. 이 모든 것은 제가 경박해서, 아니 너무 심심해서 일어난 일이에요. 권태로우면 사람이 이상한 짓도 하잖아요. 저는 또 당신이 그 편지에서 농담을 하고 싶어 하신다고 생각했어요. 당신의 기분을 상하게 했다고 생각하니 너무너무 슬퍼집니다. 친절한 친구이자 은인이신 당신께서 저를 냉정하고 은혜도 모르는 여자로 보신다면 그건 오해예요. 당신이 사악한 사람들과, 그들의 박해와 증오로부터 저를 지켜 주신 뒤 제게 베풀어 주신 모든 걸 마음 깊이 감사드리고 있습니다. 영원히 당신을 위해 하느님께 기도할 겁니다. 만약 제 기도가 하느님께 닿아서 그분이 제 기도를 들어주신다면 당신은 행복해지실 거예요.

저는 오늘 몸 상태가 아주 좋지 않습니다. 열과 오한이 번 갈아 나타납니다. 표도라가 몹시 걱정하고 있어요. 당신은 우 리 집에 오시는 걸 공연히 부끄러워하시는군요, 마카르 알렉 세예비치. 다른 사람들이 어떻게 생각하든 무슨 상관인가요! 우리는 아는 사이고, 단지 그뿐인걸요……! 안녕히 계세요, 마 카르 알렉세예비치. 지금은 더 이상 아무것도 쓸 수 없습니다. 몸 상태가 너무 안 좋아요. 거듭 부탁드리는데, 저에 대해 노 여워하지 마시고, 당신에 대한 저의 한결같은 존경과 애착을 믿어 주세요.

당신의 더없이 충실하고 유순한 종이 되고 싶은
바르바라 도브로셀로바

4월 12일

친애하는 바르바라 알렉세예브나 님!

아아, 바렌카, 무슨 일인가요? 당신은 번번이 날 놀라게 하 는군요. 편지할 때마다 몸조심해라, 옷을 많이 껴입어라, 날 씨가 나쁠 땐 외출하지 말라고 당부했건만, 나의 천사여, 당 신은 내 말을 듣지 않았군요. 오, 나의 귀여운 이여, 정말 당 신은 꼭 어린애 같아요! 당신이 연약하다는 걸, 지푸라기처럼 연약하다는 걸 나는 알고 있습니다. 바람만 잠깐 쐬어도 당신은 금세 병에 걸리죠. 그러니 몸조심해야 해요, 위험한 일은 피하고 친구들이 슬픔과 근심에 잠기지 않도록 스스로 노력해야 합니다.

바렌카, 나의 생활 상태와 주변 환경을 자세히 알고 싶다고 하셨죠. 그리운 이여, 당신의 바람을 당장 들어주겠습니다. 바렌카, 처음부터 순서에 따라 이야기를 시작할게요. 첫째, 우리 집의 깨끗한 출입구에는 아주 평범한 계단이 몇 개 있어요. 특히 정면 계단은 깨끗하고 밝고 널찍한데, 모두 무쇠와 마호가니로 되어 있지요. 그 대신 뒤쪽 계단에 대해서는 묻지 마세요. 거기엔 축축하고 더러운 나선형 계단이 있는데 디딤판은 부서지고, 벽에는 기름때가 잔뜩 묻어 있습니다. 살짝 스치기만 해도 기름때가 손에 잔뜩 묻어난답니다. 각각의 층계참에는 트렁크, 의자, 부서진 찬장 같은 것이 널려 있고, 걸레 조각이 여기저기 걸려 있는가 하면 창문도 부서져 있습니다. 그리고 온갖 더러운 쓰레기와 오물과 달걀 껍질과 생선 내장 따위가 든 대야 몇 개가 놓여 있는데, 지독한 냄새를 풍기고……한마디로 말해서 불결합니다.

방의 배치에 대해서는 이미 말씀드렸죠. 방은 더 말할 나위 없이 편리하게 배치되어 있습니다. 정말입니다. 하지만 방 안은 왠지 답답합니다. 악취라고는 할 수 없지만, 굳이 표현하자면 약간 썩은 듯하고 코를 찌르는 들척지근한 냄새가 납니다. 첫인상은 썩 좋지 않지만, 전부 그리 문제가 되진 않아요. 우리 방에서 이 분 정도 머물면 냄새가 사라지는데, 그 냄새가 어떻게 사라지는지조차 느끼지 못합니다. 아무래도 자기 몸에서, 또 옷에서, 그리고 모든 것에서 냄새가 나기 때문에 그 냄새에 익숙해지는 걸 거예요. 그래서 우리가 사는 이 집에서는 검은머리방울새가 자꾸 죽는답니다. 해군 소위가 벌써 다섯 마리째 검은머리방울새를 사들였는데, 정말 이 집 공기에서는 살 수가 없나 봐요. 부엌은 크고 넓고 밝아요. 물론 생선이나 쇠고기를 굽는 아침마다 약간 탄내가 나고, 아무 데나 물을 쏟고 엎질러서 지저분하지만 그 대신 저녁에는 천국입니다. 부엌 빨랫줄에는 항상 낡은 속옷이 걸려 있습니다. 내 방은 부엌과 가깝기 때문에, 즉 거의 맞붙어 있기 때문에 속옷 냄새가 약간 괴롭지만 괜찮습니다. 살다 보면 익숙해지겠죠.

바렌카, 우리가 사는 집은 아주 이른 아침부터 소란스럽답니다. 사람들이 일어나서 걸어 다니고 문을 두드립니다. 일어나야 하는 사람들, 출근하는 사람들 혹은 각자 나름대로 볼일이 있는 사람들 모두가 깨어나서 움직이기 때문이죠. 그리고 모두가 차를 마시기 시작합니다. 이곳의 사모바르[7]는 대부분 안주인의 것이고, 그것도 얼마 안 되기 때문에 우리는 저마다 차례를 정해서 사용하고 있어요. 차례가 아닌데 찻주전자를 내미는 사람은 바로 머리에 물벼락을 받게 됩니다. 처음엔 나도 그럴 뻔했답니다. 그래요……. 그런데 나는 왜 이런 일까지 쓰고 있을까! 나는 그 자리에서 모든 사람들과 인사를 나누었어요. 맨 먼저 해군 소위와 인사를 나누었습니다. 이 해군 소위는 아주 솔직해서 아버지에 대해, 어머니에 대해,

---

7) 용기 안에 숯불을 넣고 물을 끓이는 러시아 특유의 찻주전자.

툴라[8] 시 의원에게 시집간 누이에 대해, 크론시타트[9]에 대해 모든 걸 말해 주었습니다. 이제 모든 면에서 힘이 되어 주겠노라 약속하더니, 바로 그 자리에서 차를 마시러 오라고 자기 방에 초대하더군요. 찾아가 보니 우리 하숙집에서 평소 사람들이 모여 트럼프를 하는 방이었습니다. 나에게 차를 대접한 다음, 그들은 자기들과 함께 도박하길 원했어요. 나를 비웃었는지 아닌지 모르지만 그들은 밤새 도박을 했고, 내가 들어갔을 때도 트럼프를 하고 있었습니다. 분필과 카드와 눈이 아플 정도로 자욱한 담배 연기가 방 안에 가득 차 있었어요. 나는 노름판에 끼지 않았습니다. 그래서인지 그들은 곧 내가 철학 냄새 나는 말이나 하고 있다고 지적하더군요. 그러고는 줄곧 아무도 말을 걸지 않았습니다. 사실은 나도 그러는 편이 좋았어요. 지금은 그들한테 가지 않습니다. 그들은 도박, 진짜 도박을 하는 겁니다! 그리고 문서과에서 일하는 관리의 방에서도 저녁마다 모임이 있습니다. 그는 착하고 겸손하고 소박하고 순진하며 모든 점에서 섬세합니다.

그런데 바렌카, 말이 나온 김에 한마디 더 하겠는데, 주인집 여자는 정말 혐오스러울 뿐만 아니라 진짜 마귀할멈입니다. 당신은 테레자를 만났죠. 그 여자의 모습이 실제로 어떻던가요? 마치 털 뽑힌 병든 병아리처럼 바싹 마르지 않았던가요? 이 집에 하인이라곤 테레자와 집주인의 하인인 팔도니뿐입니

---

8) 모스크바 남쪽의 공업 도시.
9) 페테르부르크 서쪽의 작은 섬에 있는 군항 도시.

다. 잘 모르지만, 아마 팔도니에게는 다른 이름이 있을 겁니다. 하지만 팔도니라고 부르면 대답하니까 모두들 그렇게 불러요. 머리칼이 붉고 애꾸눈에다 코가 들창코인 핀란드계 사람인데 아주 무례합니다. 늘 테레자와 아옹다옹하다 못해 거의 주먹다짐까지 하는 지경이지요. 요컨대 이곳은 살기에 그리 좋은 환경이 아니에요……. 밤에는 모두 일시에 잠자리에 들어서 조용해지면 좋으련만 한 번도 그런 적이 없어요. 항상 사람들은 어딘가에 둘러앉아서 트럼프를 하고, 이따금 입에 올리기조차 부끄러운 일이 일어나기도 합니다. 이제는 조금 익숙해졌지만, 이런 소돔 같은 곳에서 처자가 있는 사람이 어떻게 살아가는지 그저 놀랍습니다. 어떤 가난한 가족은 주인집 여자한테서 방 하나를 빌려 살고 있답니다. 그 방은 다른 방들과 나란히 붙어 있지 않고, 다른 쪽 구석에 외따로 떨어져 있어요. 얌전한 사람들입니다! 이 사람들에 대해서는 아는 바가 전혀 없답니다. 그들은 칸막이를 하고, 한방에서 살고 있어요. 바깥양반은 관리였는데, 칠 년쯤 전에 무슨 이유로 직장에서 쫓겨나 일자리 없이 지내고 있습니다. 성은 고르시코프이고, 머리칼이 희끗희끗하고 몸이 자그마한 사람이지요. 보기에도 딱할 정도로 다 해진 기름투성이 옷을 입고 다닌답니다. 내 옷보다 더 형편없어요! 불쌍하고 병약한(우린 이따금 복도에서 마주칩니다.) 사람입니다. 그는 무릎도 손도 머리도 벌벌 떠는데, 그게 병 때문인지 아닌지는 아무도 모릅니다. 그는 소심해서 모든 사람들을 두려워하고 한쪽 옆으로 피해 다닙니다. 나도 소심할 때가 있지만 이 사람은 훨씬 심하답니다. 가족은 아내와 아이들 셋입니다. 맏아들은 아버지를 쏙 빼닮았고 역시 몹시 병약해요. 부인은 한때 상당한 미인이었는지 지금도 그 모습이 남아 있지만, 가엾게도 초라한 누더기를 걸치고 다닙니다. 들은 얘기인데, 그들은 주인집 여자에게 빚을 졌다고 합니다. 그래서인지 주인집 여자는 그들에게 별로 친절하게 굴지 않습니다. 이 역시 들은 얘긴데, 이 고르시코프는 어떤 불상사로 인해 실직을 당했다는데…… 소송을 했는지, 재판에 회부됐는지, 심리 중인지 당신에게 정확히 말할 수는 없지만 참으로 불쌍한 사람들이에요! 그들의 방은 항상 적막하고 조용해서 마치 아무도 살지 않는 것 같아요. 심지어 애들 목소리도 들리지 않습니다. 애들이 떠들고 장난치는 모습을 본 적조차 없는데, 이건 나쁜 징조입니다. 언젠가 한번 밤에 우연히 그들이 사는 방 앞을 지나친 적이 있는데, 그때는 웬지 평소와 달리 집 안이 조용했습니다. 흐느껴 우는 소리가 들리고, 뒤이어 속삭이는 소리가 들리고, 다시 흐느껴 우는 소리가 들렸어요. 분명 사람이 울고 있었는데, 그 소리가 어찌나 조용하고 애처롭던지 가슴이 찢어질 것만 같았습니다. 이 가엾은 사람들에 대한 생각이 밤새 머리를 떠나지 않아서 잠을 제대로 이룰 수 없었습니다.

자, 그럼 안녕, 더없이 소중한 나의 사랑스러운 친구, 바렌카! 내가 들려줄 수 있는 모든 걸 당신에게 써 보았습니다. 바렌카, 오늘 나는 온종일 줄곧 당신만을 생각했습니다. 나의 그리운 이여, 당신 때문에 마음이 아팠습니다. 바렌카, 당신에게 따뜻한 외투가 없음을 알기 때문입니다, 바렌카. 바람이 불고 진눈깨비가 내리는 이 페테르부르크의 봄은 정말 죽을 지경입니다, 바렌카! 제발 좋은 날씨가 나를 지켜 주길! 죄송하지만, 바렌카, 이 편지에는 문체니 뭐니 하는 것 따위 아예 없습니다. 하다못해 어떤 문체라도 있으면 좋으련만! 뭐든 당신을 기쁘게 해 주려고 머리에 떠오르는 대로 쓰고 있습니다. 만약 내가 어떻게든 그런 걸 배웠더라면 별문제겠지만, 어떻게 배울 수 있었겠어요? 가난해서 뭐든 배울 수조차 없었답니다.

언제나 충실한 당신의 친구
마카르 제부시킨

4월 25일

친애하는 마카르 알렉세예비치 님!

오늘 사촌 여동생인 사샤를 만났어요! 끔찍해요! 그 불쌍한 애도 파멸할 겁니다! 저 역시 다른 사람을 통해 들었는데, 안나 표도로브나가 여전히 저에 대해 수소문하고 있다고 해요. 그 여자는 내 뒤를 쫓는 걸 끝내 포기하지 않으려나 봐요. 그녀는 '나를 용서하고' 과거는 모두 잊고 싶다, 꼭 나를 찾아오고 싶다고 말한답니다. 또한 당신은 저의 친척이 아니고 나와 누구보다 가까운 친척은 자신이라며, 당신께선 우리 집안일에 끼어들 권리가 없고 당신의 온정과 물질적 도움을 받고 사는 건 부끄럽고 도리에도 어긋나는 일이라고 말하나 봐요……. 그리고 제가 자기 호의를 잊어버렸다느니, 저와 어머니를 굶어 죽지 않게 도와주었다느니, 이 년 반 남짓 우리를 먹여 살리느라 손해를 보았다느니, 게다가 우리의 빚까지 면제해 줬다고 얘기하나 봅니다. 그녀는 우리 어머니에게 어떤 자비도 베풀지 않았어요! 그들이 내게 무슨 짓을 했는지 불쌍한 어머니가 아셨다면! 그러나 하느님은 아실 거예요! 안나 표도로브나는 내가 어리석어서 행복을 놓쳤고, 자기는 날 행복으로 인도했을 뿐 어떠한 잘못도 저지르지 않았으며, 내가 명예를 지키지 못한 데다, 명예를 지키려고도 하지 않았다고 말한답니다. 오, 맙소사, 그럼 누가 잘못한 거죠! 그 여자 말로는, 브이코프 씨는 전혀 잘못이 없고 아무 여자와 결혼할 수는 없다는 거예요……. 아니 내가 뭣 하러 이런 얘길 쓰고 있는지! 마카르 알렉세예비치, 하지만 이런 거짓말을 듣다니 정말 괴로워요! 지금 저에게 무슨 일이 일어나고 있는지 모르겠어요. 저는 눈물을 흘리고 흐느끼면서 떨고 있습니다. 당신에게 이 편지를 쓰는 데에 두 시간이나 걸렸어요. 최소한 그녀가 저에게 저지른 죄만큼은 스스로 인정하리라고 생각했어요. 그런데 이렇게 뻔뻔스러운 말을 하고 다니다니!

저의 친구이자 유일한 은인이시여! 그렇다고 부디 걱정은 하지 마세요. 표도라는 모든 걸 과장하니까요. 저는 병에 걸린 게 아닙니다. 어제 어머니 제사를 지내려고 볼코보[10] 마을에 다녀왔는데, 가볍게 감기에 걸렸을 뿐이에요. 그렇게 부탁

---

10) 페테르부르크 남부에 있는 큰 규모의 공동묘지.

을 드렸는데도 왜 저와 함께 가 주지 않으셨나요. 아아, 가엾고 불쌍한 어머니, 당신이 무덤에서 일어나서 그들이 제게 무슨 짓을 했는지 아신다면, 그리고 보신다면……!

V. D.[11]

5월 20일

나의 사랑스러운 바렌카!

당신에게 포도를 조금 보냅니다, 바렌카. 포도는 회복기의 병자에게 좋다고 해요. 의사도 갈증 해소를 위해 포도를 권하는데, 갈증에는 포도가 그만입니다. 당신은 최근에 장미꽃을 원했죠, 바렌카. 그래서 지금 장미꽃을 보냅니다. 바렌카, 식욕은 있나요? 무엇보다 식욕이 중요합니다. 하지만 다행히 모든 고비가 지나가고, 우리의 불행도 완전히 끝나 갑니다. 하느님께 감사드립시다! 그리고 그 책 말인데요, 아직 어디서도 구할 수가 없군요. 그 대신 매우 고상한 문체로 쓰인 좋은 책이 한 권 있다고 합니다. 좋은 책이라고 하는데 나는 아직 읽지 못했어요. 여기 사람들은 모두 좋은 책이라고 굉장히 칭찬합니다. 읽고 싶다고 부탁했더니 빌려준다고 약속했습니다. 다만 당신이 이 책을 읽으실지 의문이군요. 당신도 이런 일에는 무척 까

---

11) 바르바라 도브로셀로바의 머리글자.

다로워서 당신 취향에 맞는 책을 구하기가 힘듭니다. 나의 사랑스러운 바렌카, 나는 당신을 잘 압니다. 아마 당신에겐 한숨이나 사랑을 노래한 시가 필요하겠죠. 그래요, 시든 뭐든 모든 것을 구해 볼게요. 거기에 시를 정서해 놓은 조그만 노트도 한 권 있답니다.

나도 잘 지내고 있습니다. 바렌카, 아무쪼록 내 걱정은 하지 마세요. 표도라가 나에 대해 당신에게 한 얘기는 모두 헛소리입니다. 그녀에게 거짓말하지 말라고 하세요, 그 수다쟁이에게 꼭 말해 주세요……! 새 제복은 절대 팔지 않았습니다. 생각해 보세요, 포상금으로 은화 40루블이 나온다고들 하는데, 내가 왜 제복을 팔겠어요? 바렌카, 제발 걱정하지 마세요. 표도라는 정말 의심이 많은 여자입니다. 나의 사랑스러운 바렌카, 우리는 잘될 겁니다! 그러니 나의 천사여, 제발 건강을 회복해서 이 늙은이를 슬프게 하지 마세요. 누가 당신에게 내가 말랐다고 하던가요? 그건 모함이에요, 정말 모함입니다. 나는 매우 건강하고 스스로 부끄러울 만큼 살이 쪘어요. 배불리 잘 먹고 잘 살고 있는걸요. 그러니 당신만 건강을 회복하면 더 바랄 게 없습니다! 그럼 안녕, 나의 천사여, 당신의 예쁜 손가락 하나하나에 키스를 보냅니다.

영원히 변함없는 당신의 친구
마카르 제부시킨

추신: 아아, 나의 귀여운 바렌카, 왜 또 그런 이상한 말을 쓰

나요……? 왜 그렇게 고집을 부리나요! 내가 어떻게 당신을 자주 찾아갈 수 있겠어요, 바렌카, 네? 정말이지 당신에게 묻고 싶군요. 밤의 어둠을 이용해서 오라는 말인가요? 하지만 지금은 밤의 어둠조차 거의 없습니다. 그런 계절입니다.[12] 나의 천사여, 당신이 정신없이 앓는 동안 나는 거의 한시도 당신 곁을 떠나지 않았어요. 하지만 어떻게 그럴 수 있었는지 지금으로서는 나 자신도 모르겠습니다. 그 뒤로 사람들이 호기심을 보이며 꼬치꼬치 캐묻기 시작해서 이제 나는 당신을 보러 가는 일을 그만두었습니다. 안 그래도 여기서는 거짓 소문이 나돌고 있습니다. 나는 테레자를 믿습니다. 그 여자는 수다스럽지 않으니까요. 하지만 바렌카, 사람들이 우리에 대해 모든 것을 알게 된다면 어떻게 될지 스스로 생각해 보세요. 그때 그들은 무슨 생각을 하고 무슨 말을 할까요? 그러니 바렌카, 마음을 단단히 먹고 건강을 회복할 때까지 기다리세요. 나중에 집 밖 어딘가에서 만나기로 해요.

6월 1일

더할 나위 없이 친절하신 마카르 알렉세예비치!

저는 당신의 보살핌과 수고 그리고 저에 대한 당신의 깊은

---

12) 페테르부르크는 5월 말부터 6월까지 백야 현상이 일어나서 밤중에도 대낮처럼 환하다.

사랑에 보답하기 위해 당신에게 무언가 유익하고 유쾌한 일을 해 드리고 싶어요. 결국 무료함도 달랠 겸 옷장을 뒤져서 제 노트를 찾아내기로 결심했답니다. 지금 당신에게 보내 드리는 노트가 그것입니다. 이 노트는 아직 제가 행복한 생활을 하던 때에 쓰기 시작한 겁니다. 당신은 종종 호기심을 가지고 지난날 저의 생활과 어머니에 대해, 포크롭스키 씨와 제가 안나 표도로브나의 집에서 살던 시절 그리고 최근 저의 불행한 사건에 대해 물으셨죠. 제 삶의 어떤 순간을 별 의미도 없이 생각나는 대로 적어 둔 이 노트를 몹시 마음 졸이며 읽고 싶다고 하셨으니, 분명 이 노트가 당신에게 큰 기쁨을 주리라 믿습니다. 저도 노트를 다시 읽어 보았는데 어쩐지 슬퍼졌어요. 이 노트의 마지막 페이지를 쓴 뒤로 벌써 곱절이나 나이가 든 기분입니다. 이 모든 내용은 여러 시기에 걸쳐 기록한 겁니다. 안녕히 계세요, 마카르 알렉세예비치! 요즘 저는 무척 따분하고, 잦은 불면증 탓에 고생하고 있습니다. 회복기는 정말 지루해요!

V. D.

1

아버지가 돌아가셨을 때 나는 겨우 열네 살이었다. 어린 시절은 내 인생에서 가장 행복한 시기였다. 어린 시절은 이곳이 아닌, 여기에서 멀리 떨어진 지방의 벽촌에서 시작되었다. 아버지는 T현(縣)[13]에 있는 P공작의 거대한 영지 관리인이었다. 우리는 공작 소유의 마을에서 평온하고 조용하고 행복하게 살았다……. 나는 자그마하고 몹시 장난이 심한 아이였다. 아무도 돌보아 주지 않았으므로 내가 하는 일이라곤 들과 숲과 정원을 뛰어다니는 것뿐이었다. 아버지는 항상 일 때문에 분주하셨고, 어머니는 집안일로 바쁘셨다. 나는 아무 교육도 받지 못했는데, 차라리 좋았다. 아주 이른 아침부터 연못으로, 숲으로, 풀베기가 한창인 들로, 곡물을 수확하는 사람들 곁으로 뛰어다니곤 했다. 태양이 뜨겁게 내리쬐건 말건, 나 혼자 어딘지도 모를 마을 밖으로 달려 나가서, 풀숲에 찔리고 옷이 찢겨도 아랑곳하지 않았다. 집에 돌아와서 꾸중을 들어도 나는 태연했다.

평생 시골을 떠나지 않고 한곳에서 살았더라면 무척 행복했으리라는 생각이 든다. 하지만 어렸을 때 나는 고향을 떠나야 했다. 페테르부르크로 이사했을 때, 내 나이는 겨우 열두 살이었다. 아아, 이사 준비를 하던 그 서글픈 순간을 생각하면 지금도 가슴이 아프다! 정들었던 모든 것과 헤어질 때 나는 몹시 서럽게 울었다. 아버지 목에 매달려 조금이라도 더 이 마을에 있게 해 달라고 울면서 애원하던 일이 여전히 기억난다. 아버지는 내게 고함을 치셨고, 어머니는 사정 때문에 이사를 가야 한다며 눈물을 흘리셨다. 늙은 P공작이 사망했고, 그 뒤를

---

13) 현(guberniya)은 1708년 이후 러시아의 기본적인 행정 단위로, 몇 개의 군(uezd)을 합친 것이다. 1923~1929년의 행정 지역 개혁 이후, 현 대신 지방(krai)과 주(oblast)가 생겨났다.

이은 사람들이 아버지를 해고했던 것이다. 아버지는 페테르부르크에 사는 몇몇 사람들에게 약간의 돈을 맡겨 자금을 운용하고 있었다. 상황을 수습할 수 있길 기대하며, 아버지는 페테르부르크로 가야 한다고 생각하셨다. 이 모든 사정은 훗날 어머니에게서 전해 들은 것이다. 우리는 페테르부르크구(區)에 자리를 잡고, 아버지가 돌아가실 때까지 그곳에서 살았다.

새 생활에 익숙해지기가 얼마나 힘들었던지! 우리는 가을에 페테르부르크로 이사했다. 우리가 시골을 떠난 때는 맑고 따뜻하고 청명한 시기였고, 농사일도 끝나 갈 무렵이었다. 탈곡장에는 벌써 거대한 낟가리가 쌓였고, 새들은 짹짹거리며 떼를 지어 모여들었다. 모든 것이 아주 밝고 즐거웠다. 그런데 페테르부르크에 도착하니 곧 비가 내렸다. 가을날의 궂은 안개비, 나쁜 날씨, 진창, 무뚝뚝하고 불만스럽고 화가 난 듯 보이는 낯선 사람들! 우리는 그럭저럭 자리를 잡아 갔다. 모두가 분주하게 돌아다니고 늘 바쁘게 일하면서 새살림을 장만하던 일이 눈에 선하다. 아버지는 항상 집 밖에 계셨고 어머니도 차분히 쉴 틈이 없었다. 나는 완전히 잊힌 존재였다. 이사를 마치고 첫날 밤을 보낸 다음 날 아침에 깨어났을 때 나는 너무나 슬펐다. 우리 집 창문은 어떤 노란색 담장 쪽으로 나 있었는데, 그쪽 거리는 항상 질척거렸다. 길을 오가는 사람들은 드물었고, 그들 모두 외투로 몸을 꼭 감쌌음에도 몹시 추워 보였다.

우리 집은 온종일 끔찍한 우수와 무료함에 젖어 있었다. 친척이나 가까운 알음알이도 거의 없었다. 아버지는 안나 표도로브나와 사이가 나빴다.(아버지는 그녀에게 얼마간 빚이 있었다.) 사람들이 일 때문에 우리 집에 꽤 자주 드나들었다. 그들은 대개 다투고 떠들고 고함을 질렀다. 그 사람들이 돌아간 뒤 아버지는 무척 언짢아하며 화를 냈다. 아버지는 얼굴을 찌푸린 채 몇 시간이나 방 안을 구석구석 거닐었고, 누구와도 말을 하지 않았다. 그럴 때면 어머니는 감히 아버지에게 말을 걸지 못하고 가만히 계셨다. 나는 얌전하게 방구석 아무 데나 책을 펴 놓고 조용히 앉아서 꼼짝도 하지 않았다.

페테르부르크로 이사한 지 석 달 뒤, 나는 기숙 학교에 들어갔다. 처음엔 낯선 사람들 속에서 얼마나 쓸쓸했던지! 모든 것이 무미건조하고 서먹서먹했다. 여자 선생님들은 지독한 잔소리꾼이고 여자 학생들은 심술쟁이였는데, 나는 그야말로 시골뜨기였다. 생활은 엄격하고 까다로웠다! 빈틈없이 꽉 짜인 시간표, 공동 식탁, 재미없는 선생님들. 처음에는 모든 게 고통스럽고 괴롭기만 했다. 지루하고 기나긴 겨울밤을 내내 울면서 지새우기도 했다. 저녁마다 모두가 복습이나 예습을 했지만, 나는 감히 소리조차 내지 못한 채 프랑스어 회화책이나 단어장을 펴 놓고 가만히 앉아서 우리 집 방구석을, 아버지와 어머니를, 나의 늙은 유모를, 유모가 들려준 옛날이야기를 줄곧 생각했다…… 아아, 그럴 땐 얼마나 슬프던지! 집에 관한 것이라면 아무리 하찮은 일이라도 유쾌하게 기억나는 법이다. 생각은 꼬리에 꼬리를 물고 계속 떠올랐다. 지금 집에 있으면 얼마나 좋을까! 우리 집 작은 방의 사모바르 옆에 식구들과 함께 있으면 얼마나 따뜻하고 즐겁고 편안할까. 지금 이 순간 엄마를 뜨겁게 힘껏 껴안으면 얼마나 좋을까! 연신 이런 생각을 하면서 가슴속에 눈물을 감춘 채 그리움에 조용히 흐느끼다 보면, 머리에 단어 따윈 전혀 들어오지 않았다. 결국 다음 날 수업 준비를 못 하게 되고, 선생님과 여자 교장과 여자 학생들의 모습이 밤새 꿈속에 나타났다. 꿈속에서 내내 복습을 하지만 다음 날엔 아무것도 기억나지 않았다. 그 결과, 나는 벌로 무릎을 꿇어야 하고, 식사도 한 끼밖에 못 받았다. 나는 몹시 우울하고 울적한 아이가 되었다. 처음엔 모든 여자 학생들이 나를 조롱하고 집적댔다. 가령 내가 질문에 답할 때 헷갈리게 하고, 함께 줄을 서서 점심이나 차를 마시러 갈 때엔 꼬집고, 아무 일도 아닌 것을 가지고 사감 선생님에게 일러바치기도 했다. 그래서 유모가 토요일 저녁에 날 데리러 오면 하늘에라도 오를 듯이 기뻤다. 나는 기쁨에 겨워서 늙은 유모를 꽉 껴안았다. 유모는 내게 옷을 입히고 몸을 감싼 뒤 내 뒤를 천천히 따라왔는데, 나는 줄곧 유모에게 조잘거리며 이야기를 했다. 집으로 돌아온 나는 곧 명랑하고 쾌활해져서 마치 십 년은 헤어져 있었던 듯 식구들을 꼭 껴안았다. 그러고는 수다와 대화와 이야기를 시작했다. 모든 이들과 인사를 나누고, 미소 짓고, 깔깔대고, 뛰어다니고, 펄쩍펄쩍 뛰기도 했다. 아버지와는 학문에 대해, 선생님들에 대해, 프랑스어에 대해, 로몽드 문법책[14]에 대해 진지하게 이야기를 나누었다. 우리는 모두 매우 기분이 좋았고 만족스러웠다. 지금도 그 시절을 회상하는 일이 즐겁다.

---

14) 1831년에 모스크바에서 발간된 프랑스어 문법책.

나는 아버지의 마음에 들려고 최선을 다해서 공부했다. 나는 아버지가 날 위해 마지막 한 푼까지 다 쓰시고, 당신은 아무도 모르게 고생하시고 있음을 알았다. 아버지는 하루가 다르게 더욱 침울해지고 언짢아하고 화를 내셨다. 아버지의 성격은 완전히 악화되었다. 사업이 잘 안 되어서 엄청난 빚을 진 것이다. 어머니는 아버지가 화를 낼까 봐 울거나 말 한마디 건네는 일조차 두려워하셨다. 그러다가 어머니는 병이 났고, 점점 여위더니 심하게 기침까지 하셨다. 기숙 학교에서 집에 도착하면 언제나 우울한 얼굴들이 날 맞이하곤 했다. 어머니는 남몰래 조용히 울고, 아버지는 화를 냈다. 그러고는 나무람과 꾸지람이 시작되었다. 아버지는 내가 당신에게 기쁨과 위안을 조금도 주지 않으며, 날 위해 마지막 한 푼까지 몽땅 써 버렸는데도 여태 내가 프랑스어를 못한다고 면박했다. 요컨대 모든 실패, 모든 불행, 그 밖의 모든 것들이 나와 어머니의 탓이라고 분풀이를 했다. 가엾은 어머니를 어쩌면 그리도 혹독하게 괴롭힐 수 있었는지. 어머니를 바라보면 가슴이 미어질 것 같았다. 어머니는 뺨이 핼쑥한 데다 두 눈은 움푹 들어가고, 얼굴은 폐병 환자 특유의 홍조를 띠었다. 나는 누구보다 아버지의 성화를 감당해야 했다. 항상 사소한 일에서 시작되었지만, 그다음에 어디로 어떻게 번질지는 아무도 몰랐다. 가끔 뭐가 문제인지조차 알 수 없었다. 정말이지 온갖 꾸중을 다 들었다……! 프랑스어를 못한다느니, 엄청난 바보라느니, 기숙 학교 이사장이 태만하고 멍청한 여자라서 학생들의 품행을 신경 쓰지 않는다느니, 당신 스스로 아직 직장을 못 구했다느니, 로몽드 문법책은 나쁘고 자폴스키 문법책[15]이 훨씬 좋다느니, 날 위해 많은 돈을 허비했다느니, 내가 무정하고 돌같이 차갑다느니…… 이를테면 불쌍한 나는 최선을 다해 프랑스어 회화와 단어를 공부했음에도 모든 잘못을 뒤집어쓰고, 모든 책임을 떠안아야만 했다! 아버지가 날 사랑하지 않아서 그런 건 아니었다. 아버지는 나와 어머니를 더없이 사랑했다. 하지만 사정이 이러했고, 성격 역시 원래 그러하셨다.

걱정과 번민과 실패가 가없은 아버지를 극도로 기진맥진하게 했다. 아버지는 툭하면 의심하고 쉽게 성을 냈다. 종종 절망에 가까운 상태에 빠진 채 전혀 건강을 돌보지 않았다. 급기야 아버지는 감기에 걸려서 돌연 병상에 누웠고, 오래 앓지도 않고 급작스레 돌아가셨다. 너무 갑자기 닥친 일이라 우리 모두는 충격을 받았고, 며칠 동안 제정신이 아니었다. 결국 어머니는 넋을 잃고 쓰러졌는데, 나는 어머니가 미쳐 버릴까 봐 걱정했다. 아버지가 돌아가시자마자 빚쟁이들은 땅속에서 솟아난 듯 떼를 지어 몰려들었다. 우리는 집 안에 있는 모든 것을 다 내주었다. 페테르부르크로 이사한 지 반년이 지났을 무렵, 아버지가 구입한 페테르부르크구의 집도 팔아 치웠다. 나머지는 어떻게 처분했는지 모르지만, 우리는 의지할 데도, 살 곳도, 먹을 것도 없는 무일푼 신세가 되었다. 어머니는 병으로 고생하셨고, 우리는 입에 풀칠은커녕 살아갈 방도가 없어

---

15) 1817년 V. 자폴스키가 모스크바에서 발간한 프랑스어 문법책.(2판은 1824년에 발간되었다.)

서 그저 파멸만을 기다렸다. 당시 나는 만 열네 살이었다. 바로 그때 안나 표도로브나가 우리를 찾아왔다. 그녀는 자신이 지주이고, 우리의 친척이라고 강조했다. 어머니도 그녀가 우리의 친척이긴 하지만 아주 먼 친척이라고 말했다. 아버지가 살아 계실 때는 한 번도 찾아온 적이 없었다. 그녀는 눈물을 흘리면서 우리의 처지를 깊이 동정했다. 그리고 재산을 잃고 빈궁해진 우리를 가련하게 여겼고, 아버지의 잘못이라고 덧붙였다. 말하자면 아버지가 분에 넘치는 생활을 했으며, 자기 능력을 과신한 나머지 사업을 너무 크게 벌였다는 것이다. 그녀는 우리와 더 가깝게 지내고 싶다면서, 서로 간의 불쾌한 일들은 잊어버리자고 제안했다. 어머니가 단 한 번도 그녀를 나쁘게 생각한 적이 없다고 말하자, 그녀는 눈물을 흘리면서 어머니를 교회에 데려가더니 사랑하는 사람(그녀는 아버지를 이렇게 불렀다.)을 위해 추도 미사를 주문했다. 그 후에 그녀는 어머니와 진지하게 화해했다.

긴 서론과 서문을 늘어놓은 뒤, 안나 표도로브나는 우리의 궁핍한 처지와 고아 신세, 절망적이고 고립무원인 상황을 과장해서 떠벌리더니, 그녀의 말을 빌리자면, 자기 집에 와서 살라고 우리를 초청했다. 어머니는 고마워했지만 오랫동안 결심하지 못했다. 하지만 달리 도리가 없었기에 결국 그 제안을 기꺼이 받아들이기로 했다. 우리가 페테르부르크구에서 바실리옙스키섬[16]으로 이사한 아침의 기억은 여전히 생생하다. 맑고

---

16) 페테르부르크를 관류하는 네바강 사이에 자리한 섬.

건조한, 매우 추운 가을날 아침이었다. 어머니는 우셨고 나 역시 무척 슬펐다. 가슴이 터질 것 같았고, 형언할 수 없는 깊은 우수로 인해 마음이 괴로웠다……. 고통스러운 시절이었다.

2

　나와 어머니가 새 거처에 익숙해지기까지 우리 두 사람은 안나 표도로브나의 집에 머무르는 일이 왠지 기분 나쁘고 거북스러웠다. 안나 표도로브나는 6번가에 위치한 자기 집에서 살았다. 그 집에는 깨끗한 방이 모두 다섯 개 있었다. 그중 세 개의 방에서 안나 표도로브나와 내 사촌 여동생인 사샤가 생활했다. 사샤는 부모가 없는 고아로, 안나 표도로브나의 집에서 양육되었다. 우리는 그다음 방 한 칸에서 살았고, 우리 방 옆의 마지막 방에선 포크롭스키라는 가난한 대학생이 살았다. 안나 표도로브나는 생각했던 것보다 훨씬 풍족하게 살았다. 하지만 그녀의 재산은 그녀가 하는 일과 마찬가지로 베일에 싸여 있었다. 그녀는 늘 바빴고 늘 무언가를 걱정했으며 하루에도 몇 번씩 마차를 타거나 걸어서 외출했다. 그러나 그녀가 무엇을 하는지, 무엇을 걱정하는지, 왜 걱정하는지 나는 짐작조차 할 수 없었다. 그녀의 교제 범위는 넓고 다양했다. 손님들이 항상 방문했지만 무엇을 하는 사람인지 알 수 없었고, 항상 일 때문에 잠깐 들른 듯했지만 무슨 일인지는 비밀이었다. 초인종이 울리면 어머니는 나를 곧장 방으로 데려가곤 했다. 안나 표도로브나는 이 점에 대해 몹시 화를 내면서, 우리가 너무 교만하고 처지에 맞지 않게 도도하고, 도대체 뭐가 그리 잘났느냐고 끝없이 되뇌느라 몇 시간씩 입을 다물지 않았다. 당시 나는 이 교만하다는 비난을 이해하지 못했다. 그제야 왜 어머니가 안나 표도로브나의 집에서 살기를 망설였는지 이해할 수 있었고, 최소한 짐작할 수 있었다. 안나 표도로브나는 악독한 여자였다. 그녀는 끊임없이 우리를 괴롭혔다. 그런 여자가 왜 우리한테 자기 집에서 같이 살자고 제안했는지 여전히 의문이다. 처음에 그녀는 우리에게 꽤 친절했다. 이윽고 우리가 완전히 고립무원 신세이고, 갈 곳이 아무 데도 없음을 깨닫자 본성을 드러냈다. 나중엔 나에게 매우 다정하게 굴었는데, 왠지 무례하고 아첨에 가까울 정도로 다정했다. 그러나 처음엔 나도 어머니와 마찬가지로 숱한 고통을 당했다. 그녀는 끊임없이 우리를 비난했고, 늘 자신이 베푼 은혜를 거듭 이야기했다. 다른 사람들에게는 우리가 의지할 곳 없는 과부와 고아라고, 가난한 친척이라고 소개하면서, 자기는 그리스도의 사랑과 자비심으로 우리에게 자신의 집을 내주었다고 말했다. 식사 때는 우리가 먹는 음식 하나하나에 눈총을 주면서도 막상 안 먹으면 다시 잔소리를 시작했다. 우리가 음식을 가린다느니, 제발 가리지 말고 아무거나 잘 먹으라느니, 예전에 더 잘 먹은 것도 아니지 않느냐고 말이다. 그녀는 늘 아버지를 비방했다. 아버지가 남들보다 더 잘되려고 했지만 더 망해 버렸다고, 처자를 걸식하며 돌아다니게 했다고, 자기처럼 선량하고 기독교 정신을 가진 데다 동정심 많은 친척을 만나지 않았더라면 둘 다 길거리에서 굶어 죽었을지도 모른다고 말했다. 정말 못 하는 말이 없었다! 그녀의 말을 듣고 있자면 괴롭다기보다 역겨웠다. 어머니는 늘 우셨다. 어머니의 건강은 날이 갈수록 악화되었고, 몸도 눈에 띄게 여위어 갔다. 그러는 동안에도 나와 어머니는 아침부터 밤까지 쉼 없이 일을 했고, 일거리를 주문받아 바느질을 했다. 그런데 안나 표도로브나는 이것을 몹시 못마땅하게 여겼다. 그녀는 항상 자기 집은 양장점이 아니라고 말했다. 하지만 우리도 입을 것이 필요했고, 뜻하지 않은 지출에 대비해서 저축을 해야 했으며, 반드시 돈을 가지고 있어야 했다. 우리는 만일의 경우를 위해 돈을 모았고, 얼마간 시간이 지나면 어딘가로 이사할 수 있으리라고 기대했다. 그러나 어머니는 고된 일 때문에 끝내 건강을 잃었고, 매일매일 쇠약해졌다. 병은 벌레처럼 어머니의 생명을 갉아먹으며 무덤 쪽으로 바투 이끌었다. 나는 모든 걸 보고, 모든 걸 느끼고, 모든 걸 겪었다. 이 모든 일이 내 눈앞에서 일어나고 있었다!

시간이 흘렀지만 늘 고만고만한 나날이었다. 우리는 마치 도시에서 살지 않는 듯 조용히 생활했다. 안나 표도로브나는 자신의 지배력을 완전히 의식하게 되면서 조금씩 차분해졌다. 하지만 누구도 그녀와 맞설 생각은 하지 않았다. 우리 방과 그녀의 방 사이에는 복도가 있었고, 이미 말했듯 우리 방 옆에는 포크롭스키가 살고 있었다. 그는 사샤에게 프랑스어와 독일어, 역사, 지리 등, 안나 표도로브나의 말처럼 모든 학문을 가르쳤고 그 대가로 숙식을 제공받았다. 사샤는 발랄하고 장난이 심한 개구쟁이였지만 몹시 영리한 소녀였다. 나이는 열세 살이었다. 안나 표도로브나는 내가 기숙 중학교를 완전히 마치지 않았으니 사샤와 함께 공부하는 것도 나쁘지 않으리라고 어머니에게 말했다. 어머니는 흔쾌히 동의했고, 나는 사샤와 함께 만 일 년 동안 포크롭스키한테 교육받았다.

포크롭스키는 가난한, 매우 가난한 젊은이였다. 공부하러 걸어 다닐 수 없을 정도로 건강마저 나빴다. 우리는 습관적으로 그를 계속 대학생이라고 불렀다. 그는 겸손하고 얌전하고 조용히 살았으므로 우리 방에서는 그가 있는지 없는지조차 모를 정도였다. 겉보기에도 그는 아주 이상한 사람이었다. 걸음걸이도 이상하고 인사하는 모습도 어색하고 말하는 목소리도 기묘해서 처음에 나는 그를 보고 웃지 않을 수 없었다. 사샤는 끊임없이 그를 놀려 댔는데, 특히 그가 우리를 가르칠 때 더욱 심했다. 그는 성미가 예민해서 항상 화를 냈고, 사소한 일에도 냉정함을 잃고 소리를 지르거나 불평을 했다. 종종 수업을 끝내지 않은 채 자기 방으로 가 버리기도 했다. 그러고는 방에 틀어박혀서 며칠이고 종일 책만 읽었다. 그는 책이 많았는데, 모두 값비싸고 희귀한 책들이었다. 그는 우리 말고도 여기저기서 누군가를 가르치며 약간의 돈을 받았고, 돈이 생기면 그 즉시 책을 사러 나가곤 했다.

시간이 지나면서 나는 그를 더 많이 알게 되었고, 그와 좀 더 가까워졌다. 그는 내가 이제껏 만난 사람 가운데 가장 선량하고 훌륭한 사람이었다. 어머니는 그를 아주 존경했다. 그 뒤로 그는 나의 가장 좋은 친구가 되었다. 물론 어머니 다음으로.

처음엔 다 큰 처녀인 나도 사샤와 함께 장난을 쳤고, 우리는 어떻게 하면 그를 놀려서 화를 돋울 수 있을지 몇 시간씩 궁리하곤 했다. 그는 몹시 우스꽝스럽게 화를 냈고, 우리는 그러는 모습이 너무너무 재미있었다.(그때의 일을 떠올리면 정말 부끄럽다.) 한번은 무슨 일로 그가 거의 눈물까지 흘릴 만큼 성을 낸 적이 있었다. 그때 그가 "악동들이야." 하고 속삭이는 소리를 나는 분명히 들었다. 나는 갑자기 당혹스러웠다. 또 부끄럽기도 하고, 슬프기도 하고, 그가 가엾기도 했다. 지금도 기억하지만, 나는 귓불까지 빨개져서 눈물을 글썽이며 제발 진정하고 우리의 어리석은 장난을 용서해 달라고 애원했다. 하지만 그는 책을 덮더니 수업을 마치지도 않고 자기 방으로 돌아가 버렸다. 나는 온종일 자책하며 괴로워했다. 심지어 우리 같은 아이들이 잔인하게 놀려서 그가 눈물을 흘리게 됐다고 생각하니 도저히 견딜 수 없었다. 우리는 그의 눈물을 기다리고, 그의 눈물을 원했던 것이다. 그리고 그가 마지막 인내심을 잃게 하는 데 성공했고, 불행하고 가련한 그가 자신의 비참한 운명을 상기하도록 강요했던 것이다! 나는 스스로에 대한 노여움과 슬픔과 후회로 밤새 잠을 이루지 못했다. 후회는 마음을 가볍게 해 준다는 말이 있지만 외려 정반대였다. 내 슬픔에 어떻게 자존심까지 끼어들었는지 모르지만, 나는 그가 나를 어린애로 여기는 게 싫었다. 그 무렵 나는 벌써 열다섯 살이었다.

그날부터 나는 어떻게 하면 나에 대한 포크롭스키의 생각을 완전히 바꿔 놓을 수 있을지 수많은 계획을 세우면서 머리를 짜내기 시작했다. 하지만 나는 이따금 소심하고 내성적인 편이었다. 그런 상태에서 나는 아무런 결정도 내리지 못한 채 공상에 잠길 뿐이었다.(어떤 공상에 잠겼는지는 아무도 모른다!) 나는 사샤와 함께하던 못된 장난을 그만두었다. 그도 우리에게 화를 내지 않게 되었다. 그러나 이것만으로는 내 자존심을 만족시킬 수 없었다.

이제 지금껏 내가 만났던 사람들 중에서 가장 이상하고, 가장 흥미롭고, 가장 불쌍한 어떤 사람에 대해 몇 마디 얘기해 보겠다. 이 대목에서 내가 한 노인을 언급하는 까닭은 여태껏 그 사람을 거의 잊고 지내 왔는데, 돌연 포크롭스키와 관련한 모든 것들이 환기되었기 때문이다!

우리가 사는 집에는 이따금 노인 한 사람이 찾아오곤 했다. 더럽고 남루한 옷을 걸치고, 작은 몸집에 백발이 성성하고, 동작이 굼뜨는 데다 어색한, 한마디로 말하자면 더할 나위 없이 이상한 노인이었다. 언뜻 보기에 이 노인은 뭔가 부끄러워하고 수줍어하는 것 같았다. 그래서인지 항상 몸을 웅크린 채 얼굴을 찌푸리고 있었다. 노인의 찌푸린 표정과 몸짓이 너무 기이해서 사람들은 틀림없이 그가 제정신이 아닐 거라고 결론지었다. 우리 집에 와서도 현관 유리문 밖에 서 있을 뿐, 감히 집 안으로는 들어오지 못했다. 우리 중 누군가가, 이를테면 나나 사샤나 노인에게 좀 더 호의를 보이는 하인 중 누군가가 그 옆을 지나가면 노인은 자기에게 가까이 오도록 온갖 손짓을 했다. 노인에게 머리를 끄덕여서 안으로 불러들일 때에만(이건 집 안에 다른 사람이 아무도 없으니 원하면 들어올 수 있다는 신호였다.) 그는 살그머니 문을 열고 들어왔다. 그러고는 환한 미소

50

를 띤 채 만족한 듯 두 손을 비비면서 까치걸음으로 포크롭스키의 방을 향해 곧장 걸어갔다. 이 노인은 포크롭스키의 아버지였다.

나중에 나는 이 가련한 노인의 모든 과거를 자세히 알게 되었다. 예전에 그는 어딘가에서 근무했는데, 아주 무능했으므로 거기에서 가장 별 볼 일 없는 말석을 차지하고 있었다. 첫 번째 아내(대학생 포크롭스키의 어머니)가 죽자 그는 재혼을 생각했고, 소시민 출신 여자와 결혼했다. 새 아내가 집 안에 들어온 뒤로 모든 것이 송두리째 뒤집혔다. 그 여자 때문에 아무도 편히 살 수가 없었다. 그녀는 곧 모든 것을 자기 손아귀에 넣었다. 그 당시 대학생 포크롭스키는 열 살 정도의 어린이였다. 계모는 그를 미워했다. 하지만 운명이 어린 포크롭스키를 도와주었다. 관리(官吏)인 아버지 포크롭스키를 잘 알고, 한때 그의 은인이기도 했던 브이코프라는 지주가 어린 포크롭스키의 후견인이 되어 학교에 넣어 준 것이다. 브이코프 씨가 그에게 관심을 가진 까닭은 죽은 그의 어머니를 알았기 때문이다. 그의 어머니는 처녀 시절에 안나 표도로브나에게 신세를 진 적이 있었고, 그녀의 소개로 관리를 하던 포크롭스키에게 시집온 것이었다. 안나 표도로브나의 가까운 친구인 브이코프 씨는 너그러운 아량으로 신부를 위해 지참금 5000루블을 희사했다. 이 돈이 어디로 사라졌는지는 알 길이 없다. 대학생 포크롭스키는 자신의 가정 환경에 대해 말하기를 전혀 좋아하지 않았다. 그의 어머니는 굉장한 미인이었다고 하는데, 왜 그처럼 하잘것없는 사람에게 시집을 갔는지 이상한 일이었다······. 그녀는 결혼한 지 사 년쯤 지나서 아직 젊은 나이에 죽었다.

어린 포크롭스키는 초등학교를 마치고 중학교에 들어갔고, 다시 대학에 진학했다. 브이코프 씨는 종종 페테르부르크에 왔는데, 거기서도 그의 후원자가 되어 주었다. 그러나 포크롭스키는 차츰 건강이 나빠져서 더는 대학 공부를 이어 갈 수 없었다. 브이코프 씨는 안나 표도로브나에게 그를 소개하고 가정 교사로 추천했다. 이렇게 해서 젊은 포크롭스키는 아이한테 필요한 모든 것을 사샤에게 가르치는 조건으로 이 집의 식객이 되었다.

포크롭스키 노인은 둘째 아내의 학대를 견디다 못해 나쁜 습관에 빠졌고, 거의 항상 술에 취해 있었다. 아내는 그를 때리고 아예 부엌에서 살라며 내쫓기까지 했는데, 마침내 그는 아내의 구타와 고약한 행위에 익숙해진 나머지 불평조차 않게 되었다. 아직 그리 늙지도 않았는데, 그는 나쁜 술버릇 탓에 거의 제정신이 아니었다. 그에게 남아 있는 인간다운 고상한 감정의 유일한 징표는 바로 아들을 향한 무한한 사랑이었다. 사람들은 젊은 포크롭스키가 죽은 어머니를 빼닮았다고 말했다. 선량한 첫 아내에 관한 추억이, 몸을 망친 노인의 마음속에 아들에 대한 무한한 사랑을 불러일으켰던 것일까? 노인은 자기 아들 얘기 외에는 아무 얘기도 할 수 없었고, 일주일에 두 번씩 아들을 찾아왔다. 더 자주 찾아올 수 없었던 이유는 젊은 포크롭스키가 아버지의 방문을 싫어했기 때문이다. 포크롭스키의 모든 결점 중 가장 큰 결점이라 하면, 굳이 말할 것도 없이 아버지를 존경하지 않는 점이었다. 하지만 가끔 보면 노인도 세상에서 가장 참아 내기 힘겨운 존재이긴 했다. 첫째, 노인은 지나치게 호기심이 많았고, 둘째, 전혀 쓸데없고 무의미한 얘기나 질문으로 늘 아들의 공부를 방해했으며, 마지막으로 이따금 술에 취한 채 나타났다. 아들은 노인의 결점과 호기심 그리고 쉴 새 없이 지껄이는 버릇을 조금씩 고쳐 나갔고, 마침내 노인은 그의 말을 예언자의 계시처럼 받들었다. 이제 아들의 허락 없이는 입도 뻥긋하지 않았다.

가련한 노인은 자신의 페텐카(노인은 아들을 이렇게 불렀다.)를 경탄 어린 눈으로 바라보면서 더할 나위 없이 즐거워했다. 아들을 찾아올 때면, 노인은 아들이 자기를 어떻게 받아 줄지 몰랐으므로 대개 근심스럽고 겁먹은 듯한 표정을 지었다. 그러고는 으레 한참 동안 들어올지 말지 망설였다. 그런 순간에 내가 우연히 그 자리에 나타나면, 노인은 나를 이십여 분이나 붙들고 페텐카가 어떻게 지내는지, 건강한지, 기분은 어떤지, 어떤 중요한 일을 하는지, 무슨 일을 하는지, 글을 쓰는지, 무슨 사색에 잠겨 있는지 꼬치꼬치 캐묻곤 했다. 내가 충분히 용기를 북돋아 주고 안심하게 해 주면 그제야 노인은 집 안으로 들어올 결심을 하고, 조용하고 신중하게 문을 열고 우선 머리만 디밀었다. 아들이 화를 내지 않고 고개를 끄덕이는 모습을 보고 나서야 조용히 방으로 들어왔고, 항상 구겨지고 구멍이 뚫린 데다 가장자리가 찢긴 모자와 외투를 벗었다. 노인은 모든 것을 옷걸이에 걸고, 무슨 행동을 하든 소리 나지 않게 조심했다. 그러고는 어딘가에 놓인 의자에 가만히 앉아, 아들에게서 눈을 떼지 않은 채 페텐카의 기분을 가늠하며 그의 동작을 지켜보았다. 만약 아들이 조금이라도 기분이 안 좋은 눈치면 노인은 바로 알아채고 자리에서 엉거주춤 일어선 다음, "페텐카, 난 그저 잠시 들러 본 거란다. 어디 멀리 갔다 오다가 마침 이 옆을 지나게 되어서 잠깐 쉬려고 말이야." 하고 설명을 했다. 곧이어 말없이 얌전하게 외투와 모자를 집어 든 뒤 다시 조용히 문을 열고, 끓어오르는 슬픔을 억누르며 그 감정을 아들에게 보이지 않으려고 어렵사리 미소를 지은 채 바깥으로 나갔다.

한편 아들이 아버지를 기분 좋게 맞아들이기라도 하면 노인은 기뻐서 어쩔 줄 몰랐다. 그 만족감이 얼굴과 몸짓, 동작에 그대로 나타났다. 만약 아들이 그와 얘기라도 시작하면 노인은 의자에서 엉거주춤 몸을 일으켜 세운 뒤 거의 경건한 자세를 취한 채 늘 최상의 표현, 즉 가장 우스꽝스러운 표현을 사용하려고 애쓰면서 비굴하게 대답했다. 그러나 그는 말재간이 없었다. 그래서 매양 허둥대고 겁을 먹은 채 어찌할 바를 몰랐고, 제대로 고쳐 말하고 싶은 듯 혼자서 오랫동안 대답할 말을 중얼거렸다. 대답을 잘 해냈을 경우, 노인은 옷매무새를 바로잡고 조끼와 넥타이와 연미복을 단정히 정돈한 뒤 자부심 어린 표정을 지었다. 때때로 용기 있게 의자에서 슬며시 일어나 책장으로 다가가서는 책을 한 권을 뽑아 들고, 그것이 무슨 책이든 그 자리에서 읽기도 했다. 노인은 아들의 책쯤은 언제든지 마음대로 뽑아 볼 수 있으며, 아들의 친절이 일상인 양 이 모든 일을 일부러 무심하고 냉정하게 대했다. 하지만 나는 우연히 이 가련한 노인이 포크롭스키한테, 제발 책 좀 건드리지 말라는 경고를 듣고 깜짝 놀라는 모습을 본 적이 있다. 노인은 당황한 나머지 서두르다가 책을 거꾸로 꽂았고 그걸 바로잡으려다가 오히려 뒤집어 꽂는 바람에 책의 절단면이 밖으로 나오기도 했다. 노인은 미소 띤 얼굴을 붉힌 채 자신의 실수를 어떻게 만회해야 할지 몰라서 당황스러워했다. 포크롭스키는 노인에게 충고하여 나쁜 술버릇을 서서히 고쳐 나갔고, 세 번쯤 연거푸 맑은 정신으로 찾아오면 다음 번 방문했을 때 25코페이카나 50코페이카, 혹은 더 많은 돈을 쥐어 보내기도 했다. 그는 이따금 아버지에게 장화나 넥타이, 조끼를 사 주었다. 그러면 노인은 새것을 몸에 걸치고 수탉처럼 뽐냈다. 종종 노인은 우리에게도 들렀다. 수탉이나 사과 모양의 당밀 과자를 가져와서 줄곧 우리와 함께 페텐카에 대해 얘기했다. 그는 우리에게 열심히 공부하고 말을 잘 들으라고 부탁하면서, 페텐카는 착하고 모범적이며 박식한 아들이라고 말했다. 노인이 이렇게 얘기하면서 왼쪽 눈으로 윙크한 채 아주 우습게 얼굴을 찌푸리면 우리는 더 이상 참지 못하고 큰 소리로 깔깔댔다. 어머니는 그를 무척 좋아했다. 그러나 노인은 안나 표도로브나 앞에선 기가 죽었고, 얌전히 있으면서도 그녀를 매우 미워했다.

곧 나는 포크롭스키의 교습을 그만두었다. 그는 여전히 나를 어린애로, 사샤와 똑같은 장난꾸러기 소녀로 생각했다. 나는 이전의 잘못을 씻으려고 있는 힘을 다해서 노력했으므로 이런 대우에 몹시 마음이 아팠다. 하지만 나의 노력은 아무도 알아채지 못했다. 그래서 더욱 화가 났다. 나는 수업 시간 외엔 포크롭스키와 거의 대화하지 않았고, 달리 말할 수도 없었다. 얼굴이 붉어지고 마음이 혼란스러운 까닭에 어딘가 구석에서 홀로 울기도 했다.

어떤 묘한 상황 때문에 우리가 가까워지지 않았더라면, 이 모든 일들이 어떻게 끝났을지 모르겠다. 어느 날 저녁, 어머니가 안나 표도로브나의 집에 가셨을 때, 나는 살그머니 포크롭스키의 방에 들어갔다. 포크롭스키가 집에 없는 걸 알았음에도, 왜 그의 방에 들어갈 생각을 했는지 참으로 모를 일이다. 우리는 일 년이 넘도록 이웃해서 살았지만, 나는 지금껏 그의 방을 단 한 번도 들여다본 적이 없었다. 그때 내 심장은 콩닥콩닥 뛰다 못해 아예 가슴 밖으로 튀어나올 것 같았다. 나는 뭔가 특별한 호기심을 가지고 주위를 둘러보았다. 포크롭스키의 방은 매우 엉성하게 치워져 있었고, 별로 정돈되어 있지 않았다. 책상과 의자 위에는 종이가 있었다. 온통 책과 종이뿐이었다! 나는 이상한 생각이 들었고, 동시에 어떤 불쾌감에 사로잡혔다. 그에게 나의 우정이나 사랑하는 마음은 그다지 대단하지 않을지도 모른다는 생각이 들었던 것이다. 그는 박식한데, 나는 어리석고 아무것도 아는 게 없으며, 아무것도 읽지 않았고, 심지어 책 한 권도 제대로 읽지 않았다……. 그 순간 나는 책의 무게로 휘어진 긴 책꽂이를 부러운 마음으로 바라보았다. 나는 불쾌감과 우수 그리고 어떤 광기 같은 감정에 도취되었다. 그 즉시 그의 책을 한 권도 남김없이 모조리, 그것도 가능하다면 빨리 읽어 버리고 싶었다. 어쩌면 그가 아는 모든 것을 공부하면 그와 우정을 나눌 자격을 얻을 수 있으리라고 생각했는지도 모르겠다. 나는 첫 번째 책꽂이에 달려들어서 아무 생각도, 망설임도 없이 맨 처음 손에 잡힌 먼지투성이의 낡은 책을 움켜쥐었다. 얼굴이 빨개졌다가 하얗게 질렸다가, 흥분과 두려움에 벌벌 떨면서 몰래 내 방으로 가지고 왔다. 밤에 어머니가 잠들면 작은 등잔 밑에서 그 책을 다 읽으리라고 결심했다.

그러나 방에 도착해서 서둘러 펼쳐 보았더니 그 책은 낡고 반쯤 썩은, 온통 좀먹은 라틴어 작문책이었다. 이 사실을 깨닫고 너무 화가 났다. 나는 시간을 허비하지 않고, 당장 다시 그의 방으로 갔다. 내가 막 그 책을 책꽂이에 꽂으려는 순간, 복도에서 누군가 다가오는 발자국 소리가 들렸다. 나는 급히 서둘렀다. 하지만 그 지긋지긋한 책들은 일렬로 빽빽하게 꽂혀 있었으므로 아까 책을 뽑아낸 자리는 이미 나머지 책들로 빈틈없이 메워져 있었다. 이제 그들의 옛 친구가 끼어들 자리는 없었다. 나에겐 그 책을 밀어 넣을 힘이 없었지만 나는 막무가내로 다른 책들을 밀어냈다. 그러자 책꽂이를 지탱하던 녹슨 못이 마치 일부러 이 순간을 기다렸다는 듯 부러져 버렸다. 책꽂이 한쪽 끝이 밑으로 내려앉았다. 책들이 요란한 소리를 내면서 방바닥 위로 흩어졌다. 이때 문이 열리더니, 포크롭스키가 방에 들어왔다.

미리 언급하자면, 그는 누가 자기 물건에 손대는 것을 몹시 싫어했다. 그의 책을 건드린 사람에겐 불벼락이 떨어졌다! 온갖 규격의 크고 작은 책들, 각기 다른 두께의 책들이 책꽂이에서 무너져 내리며 책상과 의자 밑은 물론이고 온 방 안에 흩어졌을 때, 내가 느꼈을 두려움을 상상해 보라. 달아나고 싶었지만 이미 소용없었다. '이제 끝장이다, 끝장이야! 나는 망했다, 망했어! 열 살짜리 어린애처럼 어리석은 장난이나 치다니, 난 바보 같은 계집애야! 난 정말 바보야!' 하고 나는 생각했다. 포크롭스키는 무섭게 화를 냈다. "이게 뭐야, 아직도 장난질이 부족해! 이런 장난을 치다니 부끄럽지도 않아……! 도대체 언제 얌전해질 거야?" 그는 고함치기 시작했다. 그러고는 책을 주워 모았다. 나는 몸을 숙여 그를 도우려고 했다. "필요 없어, 필요 없다고. 그보다 허락도 없이 들락거리지나 말았으면 좋겠어." 하고 그가 소리쳤다. 하지만 나의 온순한 태도에 약간 마음이 누그러졌는지, 얼마 전까지 가지고 있던 교사의 권리를 이용해서 이전처럼 훈계조로 조용히 타일렀다. "그래, 언제 얌전해지고 정신을 차릴 거야? 자신을 돌아봐. 이제 어린애도 아니고, 철부지 소녀도 아니잖아. 벌써 열다섯 살이야!" 그는 이렇게 말하면서 내가 이미 어린애가 아니라는 사실을 확인이라도 하려는 듯 내 얼굴을 쳐다보았다. 그 순간 그의 얼굴이 빨개졌다. 나는 영문을 몰랐다. 그저 그의 앞에 서서, 놀란 눈을 동그랗게 뜨고 그를 빤히 쳐다보았다. 그는 엉거주춤 일어나서 당황한 모습으로 다가오더니 몹시 허둥대며 뭐라고 말하기 시작했다. 그는 무언가 사과하는 듯했다. 아마도 내가 성숙한 처녀임을 이제야 알게 됐음에 사과하는 것 같았다. 마침내 나도 그 점을 깨달았다. 그때 내가 어떤 모습이었는지는 기억나지 않는다. 나는 포크롭스키보다 더 허둥대고 더 당황한 채, 붉어진 얼굴을 두 손으로 가리고 그 방에서 뛰쳐나왔다.

나는 어떻게 해야 할지 몰랐고, 부끄러워서 몸 둘 바 역시 알지 못했다. 내가 그 방에 들어간 것을 들켜 버리다니! 꼬박 사흘 동안 나는 차마 그를 쳐다볼 수 없었다. 눈물이 날 만큼 부끄러웠다. 몹시 이상하고 우스꽝스러운 생각이 머릿속을 맴돌았다. 그중 가장 무모한 대책은, 그에게 찾아가서 상황을 설명하고 모든 것을 고백한 뒤, 내가 그렇게 행동한 까닭은 어리석은 계집애의 장난이 아니라 선의에서 나온 일이었음을 솔직히 얘기함으로써 설득하는 것이었다. 나는 정말 그를 찾아가려고 결심했으나 다행히도 용기가 부족했다. 내가 그를 찾아갔더라면 어떻게 되었을까, 생각해 본다! 지금도 이 모든 일을 떠올리면 부끄럽기 짝이 없다.

며칠 뒤, 어머니의 병세가 갑자기 악화되었다. 어머니는 벌써 이틀이나 침상에서 일어나지 못했고, 사흘째 밤에는 열이 나고 헛소리마저 했다. 나는 어머니를 간호하느라 하룻밤을 뜬눈으로 지새우고, 어머니 침대 곁에 앉아서 마실 것을 권하고 정해진 시각에 약을 드렸다. 밤새운 지 이틀째 밤에는 완전히 기진맥진해졌다. 이따금 졸음이 밀려오고 두 눈엔 푸르스름한 안개가 끼고 머리는 빙빙 돌았다. 금방이라도 쓰러질 것 같았다. 하지만 어머니의 가냘픈 신음 소리가 들리면 정신을 차려야 했다. 그렇게 몸을 부르르 떨며 잠시 잠에서 깨어났다가 다시 졸음에 빠져들곤 했다. 정말 고통스러웠다. 좀체 알 수 없고 기억해 낼 수도 없지만 꿈과 현실이 싸우는 그 괴로운 순간에 어떤 무서운 꿈, 어떤 무시무시한 환영이 혼란스러운 머릿속으로 찾아들었다. 나는 공포 속에서 눈을 떴다. 방 안은 어두웠고, 가물거리는 작은 등잔불의 몇 줄기 빛이 별안 간 방 전체를 환히 밝히더니 곧 벽을 따라 희미하게 명멸하며 완전히 사라지곤 했다. 나는 왠지 무서웠고 어떤 공포에 사로 잡혔다. 나의 공상은 무서운 꿈 때문에 한층 더 심각해졌다. 우수가 내 심장을 짓눌렀다……. 나는 의자에서 벌떡 일어나 너무나 고통스럽고 괴로운 감정을 이기지 못하고 기어이 나도 모르게 비명을 질렀다. 바로 그때 문이 열리더니 포크롭스키 가 우리 방으로 들어왔다.

한 가지만이 기억나는데, 정신을 차려 보니 나는 그의 팔 에 안겨 있었다. 그는 조심스럽게 나를 안락의자에 앉히고 물 한 잔을 주며 이것저것 물었다. 내가 그에게 뭐라고 대답했는 지는 기억나지 않는다. "당신은 아파요, 몹시 아파요." 그가 내 손을 잡으며 말했다. "당신은 열이 있어요. 자기 건강을 돌보 지 않아서 스스로 몸을 해친 거예요. 마음을 가라앉히고, 이 제 누워서 한숨 자요. 두어 시간 뒤에 깨워 줄 테니 좀 쉬도록 해요……. 자, 누워, 어서 누워요!" 그는 한마디 대꾸할 틈도 주 지 않고 계속 말을 이어 갔다. 피로는 마침내 나의 마지막 기 력을 빼앗아 갔다. 극도의 피로감 탓에 두 눈이 저절로 감겼 다. 나는 삼십 분만 눈을 붙이기로 결심하고 안락의자에 몸을 기울였는데, 결국 아침까지 자 버리고 말았다. 포크롭스키는 어머니에게 약을 줄 시각이 되어서야 비로소 나를 깨웠다.

다음 날, 나는 낮에 좀 쉬고 이번엔 결코 잠들지 않겠노라

굳게 결심한 뒤, 어머니 침대 곁의 안락의자에 다시 앉을 준비를 했다. 포크롭스키가 11시 무렵에 우리 방의 문을 노크했다. 나는 문을 열었다. "혼자 앉아 있으니 지루하죠." 그가 말했다. "자, 여기 책을 가지고 왔으니 받아요. 지루함을 좀 달래 줄 거예요." 나는 책을 건네받았다. 그게 무슨 책이었는지 지금은 기억나지 않는다. 밤새 한잠도 자지 않았지만, 그때 나는 그 책을 거의 들여다보지 않았다. 이상하게도 마음이 흥분되어서 잠을 이룰 수 없었고, 한곳에 가만히 있을 수도 없었다. 나는 안락의자에서 몇 번이나 일어나 방 안을 이리저리 서성였다. 어떤 내적 만족감이 온몸으로 번졌다. 포크롭스키의 관심을 받아서 너무 기뻤고, 나에 대한 그의 염려와 배려가 자랑스러웠다. 나는 밤새 이런저런 생각과 공상에 잠겼다. 포크롭스키는 더 이상 찾아오지 않았다. 나는 그가 오지 않으리라는 점을 알았고, 내일 저녁에 있을 일을 추측해 보았다.

다음 날 저녁, 집안사람들이 모두 잠자리에 들었을 때, 포크롭스키는 자기 방문을 열고 방문턱에 선 채로 나와 이야기를 했다. 그때 우리가 서로 무슨 말을 나누었는지 지금은 한마디도 기억나지 않는다. 두렵고 당황스러운 마음에 스스로에게 화를 내면서 우리의 대화가 어서 끝나기를 초조하게 기다렸던 일만이 기억난다. 나 스스로 이런 대화를 간절히 바랐고, 온종일 무슨 얘기를 할지 공상하며 질문과 대답을 미리 준비해 두었는데도 말이다……. 그날 저녁 처음으로 우리의 우정이 시작되었다. 어머니가 병환으로 누워 계시는 동안, 우리는 매일 밤 몇 시간씩 같이 시간을 보냈다. 나는 조금씩 숫기가 생겼지만 대화를 마친 뒤에는 여전히 뭔가에 대해 스스로 화를 냈다. 하지만 그가 나 때문에 그 지긋지긋한 책들을 잊었다는 사실을 깨닫고 은밀한 기쁨과 자랑스러운 만족감을 느꼈다. 한번은 우연히 농담처럼 책꽂이를 무너뜨렸던 일이 화제에 올랐다. 묘한 순간이었다. 나는 왠지 '지나치게' 솔직하고 정직해졌다. 열정과 이상한 환희에 사로잡힌 나는 그에게 모든 걸 고백했다……. 나는 배우고 싶었고, 무언가 알고 싶었고, 내가 소녀나 어린애 취급받는 데에 화가 났다고……. 거듭 말하지만, 그때 나는 기분이 아주 이상했다. 마음이 부드러워졌고 눈에는 눈물이 고였다. 나는 아무것도 숨기지 않고 모조리 얘기했다. 그를 향한 나의 우정과, 그를 사랑할 뿐 아니라 그와 함께 살며 그를 위로하고 편하게 해 주고 싶다는 소망 따위를. 그는 당황하고 놀라워하면서 나를 기묘하게 쳐다보더니 한마디도 하지 않았다. 나는 돌연 너무나 괴롭고 슬퍼졌다. 내가 보기에 그는 날 이해하지 못하고, 심지어 비웃는 듯했다. 나는 갑자기 어린애처럼 울음을 터뜨리며 엉엉 소리 내서 울었다. 이런 자신을 억제할 수 없었다. 마치 발작이라도 일으킬 것 같았다. 그때 그가 내 손을 잡더니 입을 맞추고, 자기 가슴에 꼭 파묻은 채 나를 설득하고 위로했다. 그는 몹시 감동하고 있었다. 그가 내게 무슨 말을 했는지는 기억나지 않지만, 나는 그저 울다가 웃다가 다시 울음을 터뜨렸다. 기쁨 때문에 얼굴이 빨개져서 한마디도 할 수 없었다. 하지만 나의 흥분에도 불구하고 포크롭스키는 여전히 어떤 당혹감과 어색함을 의식하고 있었다. 그는 나의 열정과 환희에, 너무나 갑작스럽고 뜨거운 우정에 무척 놀란 것 같았다. 아마 처음엔 그저 흥미만을 느꼈을 터다. 그런데 이윽고 그에게서도 주저하는 태도가 사라졌다. 그는 나처럼 소박하고 솔직한 감정으로 자신을 향한 나의 애착과 다정한 말과 관심을 받아 주었다. 이를테면 진실한 친구나 친오빠처럼 나와 동일한 관심을 가지고 모든 것에 대해 다정하고 친절하게 대답해 주었다. 그때 나의 마음은 얼마나 따스하고 즐거웠던가……! 나는 아무것도 숨기거나 감추지 않았다. 그도 이 모든 걸 알았고, 나날이 더욱더 내게 애착을 보였다.

가물거리는 램프 불빛 아래서, 병들어 누운 가엾은 어머니의 침상 옆에서 이 고통스럽고도 달콤한 한밤중의 만남을 가지는 동안 우리가 무슨 얘기를 주고받았는지 정말 기억나지 않는다……. 머리에 떠오르고, 가슴에서 우러나오고, 말하고 싶은 모든 것을 서로 주고받으면서 우리는 행복했다……. 아아, 슬프고도 즐거운 시간, 모든 것을 함께한 시간이었다. 그 시절을 회상하면 지금도 슬프고 즐겁다. 추억이란 즐거운 것이든 슬픈 것이든 항상 고통스러운 법이다. 적어도 내 경우에는 그렇다. 하지만 그 고통은 달콤하다. 마음이 무겁고 아프고 괴롭고 슬퍼질 때 추억은, 촉촉한 저녁 이슬방울이 한낮의 폭염에 시들어 버린 가련한 꽃을 싱싱하게 소생시키듯이, 우리의 마음을 상쾌하고 활기차게 한다.

어머니는 차츰 건강을 회복하셨지만 나는 여전히 밤이면 어머니의 침상 곁에 앉았다. 종종 포크롭스키는 내게 책을 가져다주었다. 처음엔 졸음을 쫓으려고 책을 읽었지만 점점 주의를 기울이게 되었고 나중엔 열심히 읽게 되었다. 지금껏 내가 알지 못했던 수많은 것들이 갑자기 내 앞에 나타났다. 새로운 사상과 새로운 인상이 마치 넘쳐흐르는 물결처럼 한꺼번에 내 가슴속으로 밀려들었다. 새로운 인상을 받아들일 때 흥분하면 할수록, 당황스럽고 힘겨울수록 그 인상은 더욱 소중하고 더욱 달콤하게 내 영혼을 뒤흔들었다. 이러한 인상은 돌연 한꺼번에 내 마음속으로 몰려들며 잠시도 쉴 겨를을 주지 않았다. 이상한 혼돈이 나의 존재 전체를 마구 흔들었다. 그러나 이 정신적 폭력은 나를 결코 혼란에 빠뜨릴 수 없었고, 그럴 만한 힘도 없었다. 나는 몹시 공상적이었고, 이러한 특성이 날 구해 주었다.

어머니가 병에서 완전히 회복하시자 우리의 저녁 만남과 긴 대화도 끝났다. 우리는 이따금 대화를 주고받았는데 대개 실없고 무의미한 것들이었다. 하지만 나는 그 모든 말에 나름의 의미와 함축적이고 특별한 가치를 부여하길 좋아했다. 나의 생활은 충만했고, 나는 평온하고 편안하고 행복했다. 이렇게 몇 주가 지나갔다……

어느 날, 포크롭스키 노인이 우리 방에 들렀다. 그는 오랫동안 우리와 얘기를 나눴는데, 평소와 달리 유쾌하고 활달하고 유독 수다스러웠다. 그는 웃으면서 자기 식으로 농담마저 건넸는데, 마침내 자신이 기분 좋은 이유를 밝혔다. 그는 꼭 일주일 뒤면 페텐카의 생일인데, 그날 반드시 아들을 만나러 올 테고, 새 조끼를 입을 것이며, 아내가 새 장화를 사 주기로 약속했다고 우리에게 말했다. 노인은 너무나 행복해하며 머리에 떠오르는 모든 생각을 떠들어 댔다.

그의 생일날! 이 생일 때문에 나는 밤이나 낮이나 마음이 편안하지 않았다. 나는 포크롭스키에게 내 우정을 상기시켜 줄 무언가를 선물해야겠다고 생각했다. 하지만 무엇을 선물한단 말인가? 마침내 나는 책을 선물하기로 했다. 그가 푸시킨 전집 최신판[17]을 가지고 싶어 한다는 사실을 알았기에 그걸 선물하기로 결심했다. 내게는 삯바느질로 번 돈 30루블이 있었다. 새 옷을 사려고 모아 놓은 돈이었다. 나는 즉시 우리 집 식모인 마트료나 할멈을 보내서 푸시킨 전집이 얼마나 하는지 알아 오게 했다. 그런데 곤란한 일이 생겼다! 모두 열한 권이나 되는 책값에다 장정 비용까지 합하면 최소한 60루블이 필요했다. 어디에서 돈을 구한단 말인가? 생각에 생각을 거듭했지만 끝내 해결책은 나오지 않았다. 어머니에게 부탁하기는 싫었다. 물론 어머니는 도와주셨을 것이다. 하지만 그러면 집 안 사람들 모두가 선물에 대해 알게 되리라. 게다가 이 선물은 일 년 동안 자신을 가르쳐 준 포크롭스키의 노동에 대한 보답이자 보수로 변질될 터였다. 나는 다른 사람들 몰래, 혼자서 은밀히 선물하고 싶었다. 그가 내게 공부를 가르쳐 준 수고는, 나의 우정이 아니면 그 무엇으로도 갚을 수 없는 빚으로 영원히 남겨 두고 싶었다. 드디어 나는 이 난제를 해결할 방법을 생각해 냈다.

---

17) 1838~1841년에 페테르부르크에서 출간된 열한 권짜리 푸시킨 사후 선집.

나는 고스티니 드보르[18]에 있는 헌책방에서 흥정만 잘하면 손때가 많이 묻지 않은, 거의 새것이나 다름없는 책을 이따금 반값으로 싸게 살 수 있다는 점을 알고 있었다. 나는 고스티니 드보르에 꼭 가기로 마음먹었다. 갑자기 기회가 찾아왔다. 그다음 날 우리도, 안나 표도로브나도 그곳에 갈 일이 있었던 것이다. 어머니는 몸이 편하지 않았고, 안나 표도로브나도 마침 가기 싫어했으므로 내가 모든 일을 떠맡게 되었다. 나는 마트료나와 함께 그곳으로 향했다.

다행히 나는 푸시킨 전집을 금방 찾아냈고, 장정도 무척 아름다웠다. 나는 흥정을 시작했다. 처음엔 보통 책방보다 값을 더 비싸게 불렀다. 하지만 몇 번이나 그냥 돌아서는 척하면서 애쓴 덕분에 상인은 가격을 할인해 주었고, 은화 10루블[19]에 팔겠다고 했다. 흥정은 정말 재미있었다……! 가련한 마트료나는 내가 무엇을 하는지, 왜 그처럼 많은 책을 사려고 하는지 이해하지 못했다. 그런데 큰일이었다! 나의 전 재산은 지폐로 30루블뿐이었고, 책 장수도 더는 싸게 팔려고 하지 않았다. 마침내 나는 사정하기 시작했고, 결국 그는 내 사정을 들어주었다. 그는 양보해 주긴 했지만 오직 2루블 50코페이카만을 깎아 주었고, 그것도 나라서, 내가 어여쁜 아가씨라서 깎아 주는 것이지 다른 사람이었다면 절대로 깎아 주지 않았으리라고 단언했다. 그럼에도 2루블 50코페이카가 부족했다! 나

---

18) 당시 페테르부르크에 있던 상가.
19) 은화 1루블은 지폐로 3루블 50코페이카에 상당한다.

는 화가 나서 울고 싶었다. 그러나 뜻밖의 상황이 슬픔에 빠진 나를 구원해 주었다.

내가 있는 곳에서 얼마 떨어지지 않은 다른 책방 앞에서, 나는 포크롭스키 노인을 발견했다. 노인 주위엔 네댓 명의 헌 책 장수들이 몰려 있었다. 그들은 노인을 갈팡질팡하게 했다. 모두들 노인에게 자기가 가지고 있는 온갖 상품을 권했다. 노인도 그 모든 책을 사고 싶어 했다! 가엾은 노인은 극도로 지친 사람처럼 그들 가운데 우두커니 서서 어떤 책을 골라야 할지 고민하며 쩔쩔매고 있었다. 나는 노인에게 다가가, 여기에서 무엇을 하느냐고 물었다. 노인은 나를 보더니 매우 반가워했다. 아마 노인은 페텐카만큼이나 날 좋아했던 것 같다. "보다시피 책을 사려고 해요, 바르바라 알렉세예브나." 노인이 대답했다. "페텐카에게 책을 사 주려고. 곧 그 아이 생일인데, 그 아이는 책을 좋아하니까 그 아이를 위해 책을 사려고 하는 거지……." 노인은 항상 우스꽝스럽게 말하곤 했지만 지금은 극도로 당황한 상태였으므로 더 허둥댔다. 어떤 책값을 물어보아도 모두 은화로 1루블, 2루블, 3루블이나 나갔기 때문이다. 그는 부피가 큰 책의 가격은 감히 물어보지도 못하고 그저 부러운 듯이 바라만 보다가 손가락으로 책장을 넘기고 손으로 만지작거린 뒤에 다시 제자리에 놓았다. "안 돼, 안 돼, 이건 비싸." 노인은 나직이 중얼댔다. "여기에서 하나 골라 볼까." 그는 얇은 잡지나 시가집, 문예 작품집 따위를 뒤적였다. 전부 별 볼 일 없는 것들이었다. "왜 이런 걸 사려고 하세요." 나는 노인에게 물었다. "그건 모두 잡동사니들이에요." 그가 대답했다. "아, 아니야. 그렇지 않아, 잘 봐요, 여기도 좋은 책들이 있어. 아주, 아주 좋은 책들이 있다고!" 노인은 이 마지막 문장을 노래하듯 길게 늘이며 애처롭게 말했다. 그는 어째서 좋은 책이 이렇게 비싼지 원통해하며 막 울음이라도 터뜨릴 것 같았다. 그의 눈물방울이 창백한 볼을 타고 빨간 코 위로 굴러떨어질 듯했다. 나는 노인에게 돈을 얼마나 가지고 있는지 물었다. "자, 이게 전부요." 가련한 노인은 기름투성이 신문지에 싼 돈을 전부 꺼내 놓았다. "여기 50코페이카짜리 은화 한 닢, 25코페이카짜리 은화 한 닢, 그리고 동전으로 20코페이카가 있어요." 나는 즉시 노인을 끌고 아까 흥정하던 헌책방으로 갔다. "이 열한 권짜리 책이 모두 32루블 50코페이카인데, 제게 30루블이 있어요. 2루블 50코페이카를 보태 주세요. 그리고 이 책을 같이 사서 선물하기로 해요." 노인은 기뻐서 어쩔 줄 몰라 하며 가지고 있던 돈을 전부 쏟아 냈다. 헌책방 주인은 노인에게 우리가 함께 구입한 전집을 넘겨주었다. 이 사랑스러운 노인은 내일 아무도 모르게 이 전집을 내게 가져다주겠다고 약속했다. 그러고는 주머니마다 책들을 쑤셔 넣고, 두 손에 책을 들고, 겨드랑이 밑에도 책을 끼웠다.

다음 날, 노인은 평소처럼 한 시간쯤 아들 방에 앉아 있다가 우리 방에 잠시 들러서 몹시 우스꽝스럽고 비밀스러운 표정으로 내 곁에 앉았다. 처음엔 웃으면서 어떤 비밀을 가지고 있다는 자랑스러운 만족감으로 두 손을 비벼 댔다. 그러고는 모든 책을 아무도 모르게 우리 집으로 가져와서 부엌 구석에 놓아두었고, 마트료나가 잘 보관하고 있다고 말했다. 그리고 자연스레 우리가 기다리는 생일 이야기로 넘어갔다. 노인은 우리가 어떻게 선물을 건네줄지에 대해 장황하게 얘기했다. 노인이 자신의 이야기에 열중하면 할수록, 자기 이야기를 자꾸 늘어놓을수록 나는 그의 마음속에 말 못 할 무언가가 있음을 분명히 알 수 있었다. 노인은 그것에 대해 말할 수 없고, 감히 말할 용기도 없으며, 심지어 말하길 두려워하고 있었다. 나는 잠자코 기다렸다. 그때까지 노인의 이상한 몸짓과 찡그린 얼굴, 깜박거리는 왼쪽 눈에서 내가 쉽게 읽어 낼 수 있었던 비밀스러운 기쁨과 은밀한 만족감은 이미 사라지고 없었다. 노인은 점점 불안해하고 우울해했다. 마침내 그가 참지 못하고 입을 열었다.

"저어……." 노인은 소심하게 나직한 목소리로 말을 꺼냈다. "저어, 바르바라 알렉세예브나…… 그런데 말이오, 바르바라 알렉세예브나……." 노인은 몹시 당황스러워했다. "다름이 아니라, 그 아이에게 생일 선물을 줄 때 당신은 전집에서 열 권을 뽑아 직접 건네주구려. 그러니까 열 권은 당신이 주는 걸로 하는 거예요. 나는 나머지 열한 번째 책을 가지고 아들한테 선물하는 걸로 말예요. 그러면 당신도 선물을 하고, 나도 선물을 하는 것이니, 우리 둘 다 선물하는 셈이 되잖아요." 이렇게 말하면서 노인은 머뭇거리며 입을 다물었다. 그러고는 겁먹은 표정으로 나의 선고를 기다렸다. 나는 그를 바라보았다. "왜 우리가 함께 선물한다고 하는 걸 싫어하세요, 자하르 페트로비치?" "그게 아니라, 바르바라 알렉세예브나, 실은 내가 좀, 그러니까, 그게……." 노인은 당황한 나머지 얼굴이 빨개지고 말문이 막혀서 꼼짝달싹 못 했다.

"그러니까." 마침내 노인이 설명하기 시작했다. "그러니까, 바르바라 알렉세예브나, 나는 때때로 장난을 치고…… 그러니까 거의, 아니 항상 장난을 치는데…… 좋지 않은 짓을 계속하고…… 즉, 그러니까 바깥 날씨가 춥다든가, 이따금 여러 가지 언짢은 일이 생기거나, 왠지 울적하거나, 뭔가 좋지 않은 일이 생기면 때때로 참지 못하고 장난을 쳐 대고 가끔 과음을 하지요. 페트루샤는 그걸 매우 싫어한다오. 바르바라 알렉세예브나, 알다시피 그 아이는 내게 화를 내고 꾸짖고 온갖 설교를 해 대요. 그래서 이번 선물로 내가 나쁜 버릇을 고치고 올바르게 생활하기 시작했음을 보여 주고 싶은 거요. 책을 사려고 요만큼 모아 두었는데, 그것도 오랫동안 모은 거라오. 이따금 페트루샤가 주는 것 말고는 돈 생길 데가 거의 없으니까요. 그 아이도 그걸 알고 있답니다. 그러니까 그 아이도 내가 책 사는 데 모아 둔 돈을 썼다는 걸 알게 될 거고, 내가 그 아이만을 위해서 이 모든 일을 했다는 걸 알게 될 거요."

나는 노인이 너무나 가여웠다. 나는 잠시 생각했다. 노인은 나를 불안하게 바라보았다. "저, 자하르 페트로비치, 아저씨가 그 책을 전부 선물하세요!" 하고 내가 말했다. "전부라니? 그러니까 이 책 전부를……?" "그래요, 전부요." "나 혼자서?" "네, 혼자서요." "나 혼자서? 그러니까 내 이름으로 혼자서?" "네, 아저씨 이름으로……." 나는 분명히 설명했다고 생각했는데, 노인은 아주 오랫동안 내 말을 이해하지 못했다.

"음, 그래요." 노인은 곰곰이 생각하고 나서야 말했다. "그래요! 그건 아주 좋아, 아주 좋을 것 같아요. 하지만 아가씨는 어떻게 할 거요, 바르바라 알렉세예브나?" "글쎄요, 저는 아무 것도 선물하지 않겠어요." "뭐라고!" 노인은 깜짝 놀란 듯이 소리쳤다. "그럼 아가씨는 페텐카에게 아무것도 선물하지 않을 거요? 그러니까 아무것도 선물하고 싶지 않단 말이오?" 그 순간 노인은 내가 자기 아들에게 뭔가를 선물할 수 있도록, 나의 제안을 철회하려는 것 같았다. 참으로 선량한 노인이었다! 나도 무언가를 선물하면 기쁘겠지만 노인에게서 그 기쁨을 빼앗고 싶지 않을 뿐이라고 설득했다. "아드님이 만족하고, 아저씨도 기뻐하신다면 저 역시 기쁠 것 같아요." 나는 이렇게 덧붙였다. "저도 마음속으로 몰래, 실제로는 그에게 선물을 한 것 같은 느낌이 들 테니까요." 이 말에 노인은 완전히 안심했다. 그는 우리 집에 두 시간이나 더 앉아 있었다. 하지만 그 동안에도 그는 한자리에 가만히 앉아 있지 못하고 일어서서 떠들거나 사샤와 장난을 쳤고, 내게 몰래 키스를 하거나 내 손을 꼬집었으며, 안나 표도로브나를 보고 살짝 눈살을 찌푸렸다. 마침내 안나 표도로브나는 그를 집 밖으로 내쫓았다. 한 마디로 노인은 여태 이런 온정을 한 번도 경험해 보지 못한 듯 너무 기뻐서 제정신이 아니었던 것이다.

　아들의 생일날, 노인은 정각 11시에 오전 예배를 마치고 나타났다. 그는 말끔하게 꿰맨 연미복에 새 조끼와 새 장화를 휘감은 채 두 손에 책 꾸러미를 들고 있었다. 그때 우리 모두는 안나 표도로브나의 큰방에 앉아서 커피를 마시고 있었다.(그날은 일요일이었다.) 노인은 푸시킨이 매우 훌륭한 시인이라고

가난한 사람들

두서없이 얘기하다가 느닷없이 화제를 바꾸더니 사람이란 처신을 잘해야 한다, 처신이 바르지 않다는 건 자신을 마구 놀린다는 뜻이다, 나쁜 성벽은 사람을 망치고 파멸로 이끈다고 말했다. 심지어 지극히 해롭고 무절제한 예를 몇 가지 열거하더니, 자신도 얼마 전부터 몸가짐을 완전히 고치고 이젠 아주 잘 처신하고 있다고 결론을 내렸다. 그는 이전부터 아들의 훈계가 옳다고 느끼며, 이 모든 것을 오랫동안 가슴속에 새기고 있었는데, 이제야 정말로 자신을 억제하게 되었다고 했다. 그 증거로, 자기가 오랜 시간 동안 모은 돈으로 이 전집을 사서 아들에게 선물한다고 선언했다.

나는 이 가련한 노인의 말을 들으며 눈물과 웃음을 참을 수 없었다. 필요한 경우엔 이 노인도 거짓말을 할 수 있었기 때문이다! 책은 포크롭스키의 방으로 옮겨져 책꽂이에 꽂혔다. 포크롭스키는 금방 진실을 알아챘다. 노인은 점심 식사에 초대되었다. 이날은 우리 모두가 정말 즐거웠다. 점심 식사 후에는 판트 놀이[20]를 했다. 사샤는 들떠서 떠들어 댔고 나는 사샤 곁을 떠나지 않았다. 포크롭스키는 내게 주의를 기울이며 줄곧 나와 단둘이 얘기할 기회를 엿보았지만 나는 그런 기회를 주지 않았다. 페테르부르크로 이사한 뒤 사 년 동안의 생활 중에서 가장 좋은 날이었다.

하지만 이제부터는 전부 슬프고 고통스러운 추억뿐이다. 드

---

20) 참석자들이 제비를 뽑아서 거기에 적힌 대로 노래나 우스운 동작 따위를 하는 놀이.

디어 나의 불행한 나날의 이야기가 시작된다. 아마 그 때문인지 나의 펜마저 더 느릿하게 움직이고, 마치 더 써 내려가기를 거부하는 듯하다. 바로 이런 이유 때문에 나는 기억을 더듬으며 행복했던 날들의 사소한 일상을 그토록 애정을 가지고 열심히, 또 상세하게 들추어냈나 보다. 행복했던 나날은 그리 길지 않았다. 그러한 나날은 오직 신만이 그 끝을 알 수 있는 슬픔, 쓰라린 슬픔으로 바뀌었다.

나의 불행은 포크롭스키의 병과 죽음으로 시작되었다.

그는 내가 여기에 서술한 마지막 사건이 있고 나서 두 달 뒤에 병이 났다. 이 두 달 동안 그는 생계 수단을 찾으려고 쉴 새 없이 뛰어다녔다. 그때까지 일정한 직업이 없었기 때문이다. 모든 폐병 환자처럼 그도 마지막 순간까지 더 살고자 하는 희망을 버리지 않았다. 어딘가에 그를 위한 교사 자리가 났지만 그는 이 직업에 염증을 느꼈다. 건강 때문에 관청 같은 곳에서도 근무할 수 없었다. 게다가 첫 봉급을 받으려면 오랫동안 기다려야만 했다. 간단히 말하자면, 포크롭스키는 어디에서나 실망만을 맛보았다. 그래서인지 성격도 나빠지고 건강도 악화되었다. 하지만 그는 그런 것에 신경 쓰지 않았다. 가을이 왔다. 그는 매일 얇은 외투를 걸치고 일자리를 찾아 바쁘게 돌아다니며 어디라도 좋으니 일거리를 달라고 부탁하고 간청했다. 이것이 그를 내심 고통스럽게 했다. 두 발이 퉁퉁 붓고 온몸이 비에 흠뻑 젖었다. 마침내 그는 침상에 눕고 말았다. 그리고 침상에서 더는 일어나지 못했다……. 만추인 10월 말에 그는 죽었다.

그가 앓는 동안 나는 그의 방에 거의 붙박인 채 그를 간호하고 시중들었다. 종종 밤을 새우기도 했다. 그는 거의 정신을 차리지 못했고 자주 헛소리를 했다. 일자리에 대해, 책에 대해, 나에 대해, 아버지에 대해 무슨 뜻인지 알아들을 수 없는 말을 했다……. 나는 그의 헛소리를 통해 지금껏 몰랐던, 감히 추측조차 할 수 없었던 많은 것을 알게 되었다. 그가 병이 나고 처음 얼마 동안은 집안사람들 모두가 나를 이상하게 바라보았다. 안나 표도로브나는 고개를 젓곤 했다. 그러나 나는 모든 사람들의 눈을 똑바로 마주 보았다. 그랬더니 아무도 포크롭스키에 대한 나의 관심을 더 이상 비난하지 않았다. 적어도 어머니만은 나를 비난하지 않았다.

이따금 포크롭스키는 날 알아보았지만, 그런 경우는 매우 드물었다. 그는 거의 언제나 혼수상태에 빠져 있었다. 며칠 밤 내내 당최 이해할 수 없는 막연한 말로 누군가와 오랫동안 이야기를 나누기도 했다. 마치 관 속에서 울리는 듯한 그의 목쉰 소리는 비좁은 방에서 공허하게 맴돌았다. 그럴 때면 나는 무서웠다. 특히 마지막 날 밤에 그는 꼭 미친 사람 같았고, 몹시 고통스러워하며 괴로워했다. 그의 신음 소리는 내 마음을 갈기갈기 찢어 놓았다. 온 집안사람들이 공포에 사로잡혔다. 안나 표도로브나는 한시라도 빨리 하느님이 그를 데려가도록 기도했다. 사람들이 의사를 불러왔다. 의사는 환자가 결코 아침까지 버티지 못하리라고 말했다.

포크롭스키 노인은 아들의 방문 앞 복도에서 온밤을 보냈다. 사람들이 그를 위해 복도에 거적 따위를 깔아 주었다. 노인은 쉴 새 없이 방을 들락거렸다. 그를 바라보기가 무서울 정도였다. 그는 완전히 슬픔에 빠져서 전혀 의식도, 분별도 없는 사람처럼 보였다. 그의 머리는 공포로 떨리고 있었다. 온몸을 부들부들 떨면서 혼자 중얼거리고 웅얼댔다. 슬픔 때문에 미쳐 가는 것 같았다.

날이 새기 전에 노인은 마치 정신적 고통으로 지쳐서 죽은 듯이 거적 위에 잠들어 있었다. 7시가 지나서야 아들은 숨을 거두려고 했다. 나는 노인을 깨웠다. 포크롭스키는 온전히 의식을 회복해서 우리 모두와 작별 인사를 했다. 기적 같은 일이었다! 나는 울 수도 없었다. 하지만 나의 영혼은 갈가리 찢기는 듯했다.

다른 무엇보다도 마지막 순간이 날 괴롭히고 고통스럽게 했다. 그는 잘 돌아가지 않는 혀로 줄곧 오랫동안 무언가를 부탁했지만, 나는 그의 말을 전혀 알아들을 수 없었다. 내 가슴은 고통으로 천 갈래 만 갈래 찢겨 나갔다! 그는 꼬박 한 시간 동안이나 불안해하고 고통스러워하며, 차가워진 두 손으로 뭔가 손짓을 해 보이려고 애썼다. 그러고 나서 다시 나지막하고 목쉰 소리로 애타게 애원하기 시작했다. 하지만 그의 말은 산산이 조각난 소리의 파편에 불과했고, 나는 다시 아무것도 이해할 수 없었다. 나는 집안사람들 모두를 그에게 데려오기도 하고, 그에게 마실 것을 권하기도 했다. 그러나 그는 연신 애처롭게 머리를 흔들었다. 마침내 나는 그가 무엇을 원하는지 이해했다. 그는 창문의 커튼을 올리고 덧문을 열어 달라고 부탁하고 있었다. 마지막으로 한낮을, 이 세상을, 태양을 보고 싶었던 것이다. 나는 커튼을 걷어 올렸다. 이제 막 먼동이 트기 시작한 그날의 하늘은 죽어 가는 사람의 가엾은 생명처럼 슬프고 애처로웠다. 뿌연 장막 같은 구름이 하늘을 덮고 있었다. 비가 부슬부슬 내려서 한결 음산하고 음울한 날씨였다. 가느다란 빗방울이 유리창을 두드리고, 차갑고 더러운 빗물이 줄지어 흘러내렸다. 모든 것이 흐리고 어둠침침했다. 창백한 낮의 햇살이 겨우 방 안으로 흘러 들어왔으나 성상 앞에 밝혀 놓은 가물거리는 등잔불만도 못했다. 그는 죽어 가면서 너무나 슬프게 날 쳐다보고 고개를 저었다. 잠시 후 그는 숨을 거두었다.

장례식은 안나 표도로브나가 직접 관장했다. 아주 평범한 관을 하나 샀고, 짐마차의 마부도 고용했다. 안나 표도로브나는 그 비용을 충당한다며 죽은 사람의 책과 물건을 모두 가져갔다. 노인은 그녀와 다투고 소란을 피워서 뺏을 수 있는 대로 책을 빼앗았고, 온 주머니는 물론 모자 속에도 쑤셔 넣은 채 사흘 내내 가지고 다녔다. 심지어 교회에 갈 때도 책을 가지고 갔다. 이 사흘 동안 그는 뭔가 이상하게 걱정이 되는지 정신 나간 바보처럼 관 주위를 분주하게 돌아다녔다. 그는 죽은 사람 위에 놓인 화환을 고쳐 놓기도 하고, 초에 불을 붙여서 새 것으로 갈기도 했다. 무슨 일이든 제대로 생각할 수 없음이 분명했다. 어머니도, 안나 표도로브나도 교회 장례식에는 참석하지 않았다. 어머니는 몸이 아팠고, 안나 표도로브나는 참석할 채비를 다 갖추었다가 포크롭스키 노인과 싸우는 바람에 집에 남았다. 나와 노인만이 교회에 갔다. 장례 미사를 올리는 동안, 나는 미래의 예감과도 같은 어떤 공포에 사로잡혔다. 나는 장례식이 끝날 때까지 간신히 교회에 서 있을 수 있었다. 비로소 관 뚜껑이 덮이고 못이 박히더니, 관은 곧 짐마차에 실려 나갔다. 나는 한길이 끝나는 데까지만 따라갔다. 마차가 차츰 빨리 달리기 시작했다. 노인은 그 뒤를 따라 달려가면서 큰 소리로 울었다. 뛰면서 울었기 때문에 노인의 울음소리는 떨리고 간간이 끊겼다. 모자가 떨어졌지만 가엾은 노인은 그걸 줍기 위해 멈추지도 않았다. 노인의 머리가 비에 흠뻑 젖었다. 바람이 일고, 차가운 공기가 그의 얼굴을 때리고 거세게 찔렀다. 노인은 고약한 날씨를 전혀 느끼지 못하는 것 같았고, 엉엉 울면서 마차의 이쪽저쪽을 뛰어다녔다. 낡은 프록코트 자락이 날개처럼 바람에 나부꼈다. 모든 주머니에서 책들이 삐져나왔고, 노인은 두 손으로 커다란 책 한 권을 꽉 잡고 있었다. 길 가던 사람들이 모자를 벗고 성호를 그었다. 어떤 이들은 걸음을 멈추고 이 가련한 노인을 깜짝 놀란 눈으로 쳐다보았다. 책들이 그의 주머니에서 진창으로 끊임없이 떨어졌다. 사람들은 그를 멈춰 세우고 책이 떨어졌다고 알려 주었다. 노인은 책을 주워 들고 다시 관의 뒤를 따라 달려갔다. 길모퉁이에서 거지 노파가 달라붙더니 노인과 함께 관 뒤를 따라갔다. 마차는 마침내 모퉁이를 돌았고 나의 시야에서 사라졌다. 나는 집으로 돌아왔다. 그러고는 견딜 수 없는 슬픔에 젖어 어머니의 품속으로 몸을 내던졌다. 그리고 두 손으로 어머니를 꽉 끌어안고 입맞춤했다. 나는 마지막 남은 친구인 어머니를 마치 죽음에 넘기지 않으려고 애쓰듯이 부둥켜안았다.

그러고는 겁에 질려서 어머니에게 찰싹 매달린 채 목 놓아 울었다……. 그러나 죽음은 이미 불쌍한 어머니의 곁에 와 있었다!………………………………………………………………………

6월 11일

어제 저를 데리고 섬으로 산책하러 가 주셔서 정말로 감사드려요, 마카르 알렉세예비치! 그곳은 참으로 신선하고 좋았습니다. 초목은 또 얼마나 푸르던지요! 정말 오랜만에 푸른 초목을 보았어요. 병을 앓는 동안 줄곧 나는 죽어야만 하고, 반드시 죽을 것만 같은 생각이 들었어요. 그러니 어제 제가 뭘 느꼈고 어떤 기분이었을지 생각해 보세요! 어제 제가 무척 슬퍼했다고 해서 부디 화내지는 마세요. 어제 저는 매우 기분이 좋았고 마음도 가벼웠답니다. 하지만 가장 좋은 순간이면 왠지 항상 슬퍼진답니다. 그러니 제가 눈물을 흘린 건 별일도 아닙니다. 눈물을 흘리는 이유를 저 자신도 늘 모르겠어요. 제 느낌이 병적이고 신경질적이어서 제가 받는 인상 역시 병적인가 봐요. 구름 한 점 없는 창백한 하늘, 저녁노을, 황혼의 정적 ─ 이 모든 것들이 제게는 어쩐지 버겁고 고통스럽게 느껴져서 가슴이 답답해지고, 저도 모르게 눈물이 흘러내렸나 봅니다. 어쩌자고 이 모든 걸 당신에게 쓰고 있는지 모르겠네요. 저 스스로도 모를 일인데 남에게 설명하기란 더욱더 어려운 일입니다. 그러나 어쩌면 당신은 절 이해할지도 모르겠군요.

저의 슬픔도, 기쁨도요! 마카르 알렉세예비치, 당신은 어쩌면 그토록 친절하신지요! 어제 당신은 제가 무엇을 느끼는지 알아내려고 제 눈을 들여다보며 제가 기뻐하면 같이 기뻐해 주셨죠. 조그만 덤불에서도, 가로수에서도, 냇가에서도 당신은 단정한 차림새로 제 앞에 서서 마치 자기 영지를 보여 주듯 줄곧 제 눈을 들여다보셨죠. 이건 당신이 착한 마음씨를 가졌다는 증거예요, 마카르 알렉세예비치. 그래서 제가 당신을 사랑하는 거예요. 그럼, 안녕히 계세요. 오늘은 다시 몸이 아파요. 어제 발을 적셔서 감기에 걸렸나 봐요. 표도라도 왠지 몸이 아파서 지금은 우리 둘 다 병든 몸입니다. 저를 잊지 마시고 좀 더 자주 들러 주세요.

당신의
V. D.

6월 12일

나의 그리운 이, 바르바라 알렉세예브나!

바렌카, 어제 있었던 모든 일들을 멋진 시로 들려줄 줄 알았는데 겨우 평범한 편지 한 장을 보내 주었군요. 내가 이런 말을 하는 까닭은, 편지가 짧긴 해도 당신이 유난히 훌륭하고 멋지게 글을 썼기 때문입니다. 자연도, 다양한 시골 풍경도, 느낌에 대한 나머지 모든 것들도 한마디로 아주 멋지게 묘사했더군요. 그런데 나는 글을 쓰는 데 너무나 재능이 없습니다. 책을 열 페이지나 뒤적거려도 아무것도 나오지 않고, 아무것도 써지지 않습니다. 벌써 시도를 해 보았지요. 나의 그리운 이여, 당신은 내가 착하고 악의 없으며, 주변 사람들에게 해를 끼치지 않고 자연 속에 나타난 신의 은총을 이해할 줄 아는 사람이라고 여러모로 칭찬하는 말을 써 보냈더군요. 그건 모두 맞는 말입니다, 바렌카, 하나도 틀리지 않습니다. 실제로 나는 당신이 얘기한 대로 그러한 인간이고, 나 자신도 그 점을 잘 알아요. 하지만 당신이 쓴 글을 읽노라면 저도 모르게 감동하고, 곧이어 여러 가지 괴로운 생각이 떠오릅니다. 자, 바렌카, 당신한테 몇 가지 이야기를 들려줄 테니 귀를 기울여 주세요.

겨우 열일곱일 때부터 일하기 시작했으니까, 내가 관청에서 근무한 지도 머지않아 삼십 년이 됩니다. 뭐, 말할 것도 없이 제복 몇 벌을 닳도록 입었습니다. 어른이 되었고, 세상 이치도 알게 되었고, 많은 사람들을 보아 왔죠. 세상에서 이런저런 일을 겪으면서 살아왔다고 할 수 있는데, 한번은 십자 훈장을 추천받은 적도 있답니다. 당신은 믿지 않을지 모르지만 나는 절대 당신에게 거짓말을 안 합니다. 그런데 그리운 이여, 이게 어떻게 되었는지 아세요? 이 모든 일을 방해하는 악한 사람들이 나타난 겁니다! 그리운 이여, 무식하고 어리석지만 나도 마음만은 다른 사람들과 똑같습니다. 바렌카, 이 악한 사람이 내게 무슨 짓을 했는지 아세요? 말하기조차 창피합니다. 그 사람이 어째서 그런 짓을 했느냐고요? 내가 온순하고 조용하고 착하기 때문입니다! 내가 그들 마음에 안 든다는 이유로 그런 나쁜 짓을 한 거지요. 처음엔 "마카르 알렉세예비치는 이러저러하대."라는 말부터 시작해서 "마카르 알렉세예비치한테는 물어보지도 마세요." 하다가 "물론, 마카르 알렉세예비치 잘못이지!"라고 결론을 맺는 겁니다. 바렌카, 보다시피 이렇게 모든 걸 마카르 알렉세예비치 탓으로 돌리더군요. 그뿐만 아니라 그들은 마카르 알렉세예비치를 우리 관청 전체의 얘깃거리로 만들어 버렸어요. 그걸로는 부족했는지 내 구두며 제복이며 머리칼이며, 심지어 나의 외모에 대해서 험담을 해 댔습니다. 이를테면 그들은 나의 모든 걸 마음에 안 들어 했고, 결국 내 모든 걸 바꿔 버려야 했지요! 그런데 이 모든 일은 벌써 오래전부터 매일 되풀이되어 왔습니다. 나는 무슨 일에든 금세 적응하고, 온순하고 하잘것없는 인간이라 이런 일에도 익숙해졌지요. 하지만 그들은 왜 내게 이런 짓을 했을까요? 내가 누구에게 나쁜 짓을 했나요? 내가 다른 사람의 자리를 가로채기라도 했나요, 네? 상관 앞에서 내가 누굴 헐뜯었나요? 상여금을 넉넉히 달라고 간청했나요? 내가 무슨 약정서라도 허투루 작성했나요? 바렌카, 그런 일은 생각만 해도 죄입니다. 내가 왜 그런 짓을 하겠습니까? 바렌카, 내게 그런 간교함과 공명심을 부릴 만한 재주가 있는지 잘 생각해 보세요? 그런데 어째서 나를 그토록 괴롭혀 댔는지 정말 기가 막힙니다. 당신은 나더러 훌륭한 사람이라고 했지만, 당신이야말로 그들과 비교가 안 될 만큼 훌륭합니다. 도대체 가장 위대한 시민의 미덕이란 무엇일까요? 최근 예프스타피 이바노비치와 사적으로 대화한 적 있는데, 그가 말하길 시민의 가장 중요한 미덕은 돈을 버는 재주라고 하더군요. 농담으로 주고받은 얘기(이게 농담이라는 건 나도 압니다.)였지만, 이 말에는 누구에게도 신세를 지지 말아야 한다는 교훈이 담겨 있습니다. 그런데 나는 아무에게도 폐를 끼치지 않아요! 나에겐 내 돈으로 산 빵 한 조각이 있어요. 정말 하찮고 이따금 딱딱하게 굳어 있지만, 정당하게 노동해서 얻은 빵입니다. 내 마음대로 먹어도 아무런 법적 문제가 없는 빵입니다. 하지만 내가 어쩌겠어요! 나도 서류를 정서하는 일이 대단하지 않다는 걸 잘 알지만, 이 일에 긍지를 느낀답니다. 땀을 흘리며 일하고 있으니까요. 그리고 실제로 서류를 정서하는 일이 뭐가 어떻단 말인가요? 정서하는 일이 죄악이라도 되나요? "저자는 정서하고 있어!", "저 쥐[21] 같은 관리가 정서를 하고 있어!" 이렇게들 말하지만 정서하는 일이 어디 수치스러운 일인가요? 올바르고 깨끗하게 쓴 서류는 보기에도 좋고 윗분도 만족시킬 수 있습니다. 그러니 나는 윗분들을 위해 서류를 정서하는, 가장 중요한 일을 하는 셈입니다. 사실 나는 문장을 만들지 못하고, 스스로도 그런 저주받을 재주가 없음을 잘 압니다. 그래서 승진도 못 했고, 지금 당신에게 편지를 쓰면서도 꾸밈없이 솔직하게, 마음속에 떠오르는 대로 쓰고 있지요……. 나도 이 모든 걸 잘 압니다. 하지만 모두가 문장을 잘 지으면 도대체 정서는 누가 한단 말인가요? 저는 이런 의문을 떨칠 수 없으니, 바렌카, 대답해 주세요. 아

---

21) 말단 공무원을 경멸적으로 부르는 말.

무튼 지금 나는 없어서는 안 될 꼭 필요한 사람이고, 쓸데없는 말로 사람을 헷갈리게 해서는 안 된다는 점을 잘 압니다. 그러니 내가 쥐같이 보인다면 쥐라고 부르라지요! 하지만 이 쥐는 필요하고 쓸모 있는 쥐입니다. 게다가 사람들은 이 쥐의 덕을 보는 데다, 포상까지 받는 그런 훌륭한 쥐라는 말입니다! 그리운 이여, 이 얘기는 그만할게요. 이런 얘기는 하고 싶지 않았는데 좀 흥분했던 것 같습니다. 그러나 이따금 스스로를 정당하게 평가하는 일은 기분을 유쾌하게 해 줍니다. 그리운 이여, 사랑스러운 이여, 내게 위안을 주는 선량한 이여, 안녕히 계세요! 사랑스러운 당신에게 들를게요, 꼭 들르겠습니다. 그러니 그때까지 따분해하지 마세요. 작은 책 한 권 가져갈게요. 그럼, 안녕, 바렌카.

당신의 행복을 진심으로 기원하는
마카르 제부시킨

6월 20일

친절하신 마카르 알렉세예비치 님!
기한 내에 끝내야 할 일이 있어서 급히 몇 자 적습니다. 다름이 아니라, 좋은 조건으로 물건을 살 수 있게 됐어요. 표도라가 그러는데, 자기가 아는 사람이 새것이나 다름없는 제복과 속옷과 조끼와 모자를 판다고 합니다. 이 모든 걸 아주 싸게 내놨다고 해요. 당신이 그걸 사면 좋을 것 같아요. 당신은 지금 그리 옹색한 편이 아니고, 돈도 좀 가지고 있잖아요. 수중에 돈이 있다고, 당신이 직접 말씀하셨고요. 이런 일에는 돈을 아끼지 마세요. 모든 게 당신한테 필요한 물건이에요. 얼마나 낡은 옷을 입고 다니시는지 당신 모습을 한번 바라보세요. 부끄러우시죠! 온통 누더기예요. 당신에겐 새 옷이 없잖아요. 당신이 아무리 새 옷이 있다고 단언하더라도 저는 다 안 답니다. 당신이 새 옷을 어디에 팔아 치웠는지는 아무도 모르지만요. 어쨌든 제 말 듣고 사도록 하세요. 저를 위해서 그렇게 하세요. 저를 사랑하신다면 꼭 사세요.

당신은 제게 속옷을 선물로 보내 주셨군요. 하지만 마카르 알렉세예비치, 이러면 당신은 파산할 거예요. 저를 위해 그렇게 많은 돈을 낭비하시다니 큰일이에요! 아주 상당한 돈을 쓰셨겠죠! 아아, 당신은 돈을 낭비하는 데에 어찌 그리 관대하신가요! 저는 이런 거 필요 없어요. 모두 불필요한 거예요. 당신이 저를 사랑한다는 건 잘 알고, 또 믿고 있습니다. 그러니 이런 선물로 굳이 당신의 사랑을 상기시킬 필요는 없어요. 저는 당신한테 이런 선물을 받기가 괴롭답니다. 이 선물들이 당신에게 얼마나 값비싼지 잘 알기 때문이에요. 이번이 마지막입니다. 앞으로는 절대 선물을 사 보내지 마세요. 아시겠죠? 제발 부탁이에요. 마카르 알렉세예비치, 저에게 수기를 끝까지 써서 보내 달라고 하셨죠. 하지만 저는 제가 수기를 어떻게 썼는지, 또 무엇을 썼는지도 모른답니다! 지금은 제 과거를 얘기할 기력이 없답니다. 또 과거를 생각하고 싶지도 않아요. 지난날을 회상하면 무서워져요. 특히 불쌍한 자식을 그 잔인한 사람들의 먹잇감으로 남겨 둔 채 돌아가신 가엾은 어머니를 생각하면 그 무엇보다 괴롭습니다. 기억을 떠올리기만 해도 가슴이 에이는 것 같아요. 그 모든 일이 여전히 너무나 생생합니다. 벌써 일 년이 지났는데도 마음이 안정되기는커녕 생각할 엄두조차 안 납니다. 그리고 당신은 모든 것을 잘 알고 계시잖아요.

안나 표도로브나가 요즘 무슨 생각을 하는지 말씀드렸죠. 그녀는 저를 은혜도 모르는 여자라고 비난하고 있어요. 심지어 자신이 브이코프 씨와 공모했다는 사실마저 모두 부정하고 있어요! 그녀는 저에게 자기 집으로 오라고 합니다. 또 제가 거지같이 생활하고 있으며, 나쁜 길에 빠졌다고 말해요. 만약 제가 자기한테 돌아오면 브이코프 씨와의 모든 일을 원만하게 처리하고, 저에 대한 그의 모든 죄과 역시 치르겠다고 합니다. 또 그녀는 브이코프 씨가 저에게 지참금을 주고 싶어 한다고 얘기해 주었습니다. 마음대로 하라지요! 저는 당신 그리고 친절한 표도라와 함께 이곳에 있는 편이 더 좋아요. 저를 향한 표도라의 애착은 죽은 유모를 생각나게 합니다. 비록 먼 친척이지만 당신은 당신의 이름으로 저를 지켜 주고 있잖아요. 그들이 무엇을 하든 알고 싶지 않아요. 그럴 수만 있다면 그들을 잊고 싶습니다. 그들은 제게서 무엇을 더 원하는 걸까요? 표도라는 이 모든 것이 헛소문일 뿐이고, 결국 그들은 절 내버려 둘 거라고 말합니다. 제발 그렇게 되길!

V. D.

6월 21일

　나의 그리운 바렌카!

　편지를 쓰고 싶지만 무엇부터 써야 할지 모르겠군요. 바렌카, 우리가 지금 이렇게 살고 있는 게 정말 신기하다는 생각이 듭니다. 나는 지금껏 이렇게 즐거운 나날을 보낸 적이 단 한 번도 없었거든요. 정말 주님이 아담한 집과 가족으로 날 축복하시는 것 같아요! 당신은 나의 귀여운 아이입니다! 그런데 당신은 내가 보낸 하찮은 속옷 네 장에 대해 이러쿵저러쿵하고 있군요. 당신한텐 속옷이 필요하잖아요. 표도라한테 들어서 압니다. 바렌카, 당신을 기쁘게 하는 건 나에게 더없는 행복입니다. 그리운 바렌카, 이건 나의 기쁨이니 내가 하는 대로 내버려 둬요. 거듭 말하건대 내가 선택한 일을 말리거나 반대하지 말아요. 나는 살면서 여태 이런 적이 한 번도 없었답니다. 이제야 세상에 나온 기분입니다. 첫째, 당신이 바로 내 가까이에 살면서 날 위로해 주니 나는 두 배의 삶을 살고 있는 셈입니다. 둘째, 옆방에서 살고 있는 라타자예프 씨가 오늘 차를 마시러 오라고 날 초대했어요. 이따금 저녁 문학 모임을 여는 그 관리입니다. 오늘 모임에서는 문학 작품을 읽을 겁니다. 그리운 바렌카, 지금 우리는 이렇게 멋지게 살고 있어요! 그럼, 안녕. 내가 이런 얘기를 쓴 이유는 뭔가 특별한 목적이 있어서가 아니라, 그냥 무사히 잘 지내고 있음을 당신에게 알리기 위해서입니다. 사랑스러운 이여, 테레자를 통해 자수용 명주 색실이 필요하다고 말씀하셨죠. 바렌카, 살게요, 명주실을 사겠습니다. 내일은 당신을 완전히 만족시켜 주는 기쁨을 누릴 수 있겠군요. 어디서 살 수 있는지도 알고 있습니다.

당신의 충실한 친구
마카르 제부시킨

6월 22일

친애하는 바르바라 알렉세예브나 님!

그리운 이여, 우리 집에서 너무나 슬픈, 정말로 동정받을 만한 사건이 일어났기에 당신에게 알립니다! 오늘 새벽 4시가 지났을 무렵, 고르시코프의 아들이 죽었습니다. 원인은 모르겠지만 성홍열인가 뭔가 하는 병으로 죽은 것 같습니다! 나는 고르시코프 집에 조문을 다녀왔습니다. 그런데 바렌카, 그들은 정말로 비참하게 살고 있더군요! 사는 게 얼마나 엉망이던지! 하지만 놀랄 일도 아닙니다. 온 가족이 체면상 작은 병풍으로 방 하나를 겨우 나눈 채 살고 있었으니까요. 방에는 벌써 관이 놓여 있었습니다. 평범했지만 꽤 괜찮은 관이었어요. 미리 만들어 놓은 관을 샀다고 하더군요. 아이는 아홉 살쯤 됐는데 기대를 많이 받았다고 합니다. 바렌카, 그들은 정말 보기에도 가여웠어요! 애 엄마는 울지 않았지만 너무나 슬프고 애처로워 보였습니다. 아니, 어쩌면 어깨의 짐을 하나라도 덜어서 마음이 한결 가벼웠는지도 모릅니다. 하지만 그들에겐 아직 두 아이가 남아 있는데, 젖먹이와 여섯 살을 갓 넘긴 여자아이예요. 실제로 어린애가, 그것도 피붙이가 고통당하는 모습을 보고도 속수무책이었을 테니 무슨 기쁨이 있겠어요! 아이 아버지는 낡고 기름때가 묻은 프록코트를 걸치고 다 부서진 의자에 앉아 있었습니다. 눈물이 얼굴을 타고 흘러내렸는데, 아마 슬퍼서가 아니라 평소처럼 눈이 짓물러서일 겁니다. 참으로 이상한 사람입니다! 누가 말을 걸면 그는 언제나 당황해서 얼굴이 온통 빨개진 채 대답을 못 하니 말입니다. 불쌍한 어린 딸아이는 관에 기대서 있었는데, 너무 우울해 보였고 깊은 생각에 잠겨 있었어요! 바렌카, 나는 어린애가 깊은 생각에 잠겨 있는 모습을 보는 게 싫어요. 그런 모습을 보면 기분이 불쾌해져요! 그 애 옆 방바닥에 누더기 헝겊으로 만든 인형이 뒹굴었지만, 놀 생각은 않고 입술에 조그만 손가락을 댄 채 꼼짝도 않고 서 있었어요. 주인집 여자가 사탕을 주었는데, 받기만 하고 먹지는 않았습니다. 슬퍼요, 바렌카, 그렇지 않나요?

마카르 제부시킨

6월 25일

친절하신 마카르 알렉세예비치! 당신에게 책을 돌려 드립니다. 이건 정말 쓸모없는 책입니다. 손에 들 가치조차 없어요. 도대체 당신은 이런 보물을 어디서 캐내셨나요? 농담은 그만

두고, 당신은 정말 이런 책들이 마음에 드시나요, 마카르 알
렉세예비치? 어떤 사람이 며칠 내로, 읽을 만한 책을 구해 주
겠다고 약속했어요. 원하시면 저와 같이 읽어요. 그럼 이만 안
녕. 정말로 더 쓸 시간이 없어요.

V. D.

6월 26일

　그리운 바렌카! 실은 나도 그 책을 읽지 않았습니다. 조금
읽어 보고 이건 엉터리인 데다, 사람들을 웃기기 위해 그저 재
미있게 쓴 책이라는 사실을 눈치챘어요. 하지만 아마 재미있으
리라고, 또 실제로 재미있다고 판단해서, 어쩌면 바렌카의 마
음에 들지도 모른다는 생각에 갑자기 당신에게 보냈던 겁니다.
　라타자예프가 진짜 문학 작품을 빌려준다고 약속했습니다.
그러니 이번엔 당신도 좋은 책을 받아 보게 될 겁니다, 바렌
카. 라타자예프라는 사람은 분별력도 있고 재능도 있습니다.
그는 직접 글을 쓰는데 아주 잘 쓴답니다! 글솜씨도 좋고 어
휘력도 풍부해요. 그래서 아주 보잘것없는 말도, 이따금 내가
팔도나나 테레자에게 쓰는 아주 평범하고 비열한 말도 그 사
람이 쓰면 훌륭한 표현이 됩니다. 나는 그의 집에서 열리는 저
녁 모임에도 가끔 참석합니다. 우리는 담배를 피우고, 그는 우
리에게 작품을 읽어 주지요. 다섯 시간씩이나 읽어 주어도 우

리는 줄곧 귀를 기울입니다. 이건 문학이 아니라 진수성찬이에요! 정말 매혹적인 꽃, 진짜 꽃입니다. 어떤 페이지로도 꽃다발을 만들 수 있어요! 그는 아주 붙임성 있고 친절하고 상냥한 사람입니다. 글쎄, 그 사람 앞에서 나는 도대체 뭘까요? 아무것도 아니지요. 그는 유명한 사람이지만 나는 뭡니까? 그냥 존재하지 않는 거나 마찬가지입니다. 그런데 그는 내게도 호의를 베푼답니다. 나는 그에게 약간의 정서를 해 주고 있습니다. 바렌카, 여기에 무슨 간계가 있다거나 내가 정서를 해줘서 그가 내게 호의를 베푼다고는 절대 생각하지 마세요. 바렌카, 소문 같은 건 믿지 마세요. 비열한 소문 따위는 믿지 말아요! 그래요, 정서는 나 스스로가 그를 기쁘게 해 주기 위해서 하는 겁니다. 그리고 그가 내게 호의를 베푸는 까닭은 날 기쁘게 하기 위해서고요. 바렌카, 나는 행동의 미묘함을 이해합니다. 그는 친절하고 매우 선량한 사람이며 비할 데 없이 훌륭한 작가입니다.

바렌카, 문학이란 좋은 겁니다. 아주 좋은 겁니다. 나는 이걸 사흘 전에 그들을 통해 알았습니다. 문학이란 참 심오한 것입니다! 사람들의 마음을 굳세게 하고 깨우쳐 주지요. 그들의 책에는 이 모든 것에 관한 내용이 다양하게 쓰여 있습니다. 아주 훌륭하게 쓰여 있어요! 문학은 그림이다. 즉, 어느 정도 그림이나 거울 같은 것이다. 정열의 표현이고, 아주 섬세한 비평이며, 도덕적 교훈이고 기록이다. 나는 이 모든 걸 그들에게서 배웠답니다. 바렌카, 솔직히 말해 그들 사이에 앉아서 얘기를 듣다가(또 그들처럼 담배도 피웁니다.) 그들이 여러 가지

화제에 대해 토론과 논쟁을 시작하면, 나는 그저 기가 죽어 버립니다. 바렌카, 우리 같은 사람은 그냥 잠자코 있어야만 해요. 그렇게 천하의 멍청이처럼 앉아 있다 보면 스스로가 부끄러워집니다. 그래서 공동의 화제에 대해 다만 반 마디라도 거들려고 저녁 내내 궁리해 보지만 마치 일부러 그러는 양 그 반 마디가 나오지 않는 거예요! 바렌카, 그러면 입 한번 벙긋하지 못하는 나 자신이 불쌍해집니다. 속담에 몸뚱이만 크고 머리는 텅 비었다더니, 날 두고 하는 말입니다. 참, 요즘 한가한 시간에 내가 무엇을 하는지 아세요? 멍청이처럼 잠만 잔답니다. 쓸데없이 잠만 자는 대신에 뭔가 즐거운 일을 했어야 하는데 말입니다. 가령 앉아서 무엇을 쓰기라도 했으면 자신에게도 유익하고 남들에게도 좋았을 테죠. 그런데 바렌카, 그들이 얼마나 돈을 버는지 아세요, 정말이지 놀라워요! 라타 자예프만 해도 상당한 돈을 벌고 있어요! 그가 전지(全紙) 한 장[22]을 어떻게 쓰느냐고요? 어떤 날엔 전지 다섯 장이나 써서 한 장에 300루블씩 받는다고 해요. 우스운 이야기나 뭔가 재미있는 걸 쓰면 500루블을 요구합니다. 상대방이 돈을 준다 안 준다 하지만 그는 무슨 일이 있어도 받아 내고야 맙니다! 다음번에는 1000루블을 챙길 거래요! 어때요, 바르바라 알렉세예브나? 굉장하죠! 그는 시를 쓴 작은 노트를 가지고 있는데, 시라고 해 봐야 모두 짤막한 것들뿐이죠. 그런데 그걸 7000루블이나 받겠다니, 바렌카, 생각해 보세요, 정말

---

22) 책의 분량을 재는 단위로, 전지 한 장은 책 16페이지 분량에 해당한다.

괜찮은 부동산이자 커다란 집 한 채 값이죠! 5000루블을 준다는데도 그는 응하지 않았다고 해요. 그래서 내가 "라타자예프 씨, 그들한테 5000루블을 받고 침이나 한번 뱉어 주지 그래요. 5000루블도 큰돈 아닌가요!" 하고 그를 설득해 보았지요. 그랬더니 "아뇨, 그 사기꾼들은 아마 7000루블도 낼 겁니다." 하고 말하더군요. 정말로 교활한 사람입니다!

바렌카, 이야기가 여기까지 왔으니 하는 수 없이 「이탈리아의 열정」에서 한 구절을 뽑아 적어 보냅니다. 이건 그가 쓴 작품의 제목입니다. 그럼 바렌카, 끝까지 읽어 보고 평가해 주세요.

……블라디미르는 몸을 부르르 떨었다. 광기 어린 열정이 그의 몸속에서 용솟음치고 피가 끓어올랐다…….

"백작 부인!" 그가 소리쳤다.

"백작 부인! 당신은 이 열정이 얼마나 무섭고, 이 광기가 얼마나 무한한지 아십니까? 그래요, 내 공상은 나를 기만하지 않았습니다! 난 당신을 사랑합니다. 열렬히 미칠 듯이, 분별없이 당신을 사랑합니다! 당신 남편의 모든 피〔血〕로도 미친 듯이 끓어오르는 내 영혼의 희열을 꺼 버릴 수 없습니다! 가슴이 찢기는 듯한 고통의 불길을, 지칠 대로 지친 내 가슴을 갈기갈기 찢어 놓고 이 가슴에 깊은 골을 새긴 지옥의 불길을 하찮은 장애물 따위가 꺼 버릴 수는 없습니다. 오, 지나이다, 지나이다……!"

"블라디미르……." 백작 부인은 그의 어깨에 몸을 기대고 정신없이 속삭였다.

"지나이다!" 환희에 가득 찬 스멜스키가 소리쳤다.

그는 가슴에서 뜨거운 숨을 토해 냈다. 정열의 불길은 사랑의 제단에서 빨갛게 타오르고 불행한 수난자들의 가슴에 깊은 골을 새겼다.

"블라디미르……."

백작 부인은 황홀해하며 속삭였다. 그녀의 가슴은 부풀어 오르고, 볼은 빨갛게 물들고, 두 눈은 이글이글 타올랐다…….

새롭고 무서운 결혼이 이루어졌다!……………………………………
……………………………………………………………………………………

반 시간이 지나서 늙은 백작이 자기 아내의 규방(閨房)으로 들어왔다.

"여보, 귀한 손님을 위해 사모바르라도 올려놓으라고 해야 할 거 아니오?" 그는 아내의 뺨을 가볍게 두드리고 나서 말했다.

자, 이런 내용입니다. 바렌카, 당신한테 묻겠는데, 이걸 읽어 본 감상은 어떤가요? 사실 좀 자유분방하죠. 그 점에는 나도 이의가 없어요. 그러나 멋집니다. 정말 멋지지 않나요! 그럼 이번엔 중편 「예르마크와 줄레이카」에서 다시 한 구절을 뽑아 보겠습니다.

바렌카, 시베리아를 정복한 거칠고 사나운 카자크인 예르마크가 포로로 잡힌 시베리아의 왕 쿠춤의 딸 줄레이카에게 홀딱 반했다고 상상해 보세요. 당신도 알다시피 이 사건은 이반 뇌제 시대에서 직접 따온 겁니다. 자, 이건 예르마크와 줄레이카의 대화입니다.

"날 사랑한다고, 줄레이카! 오, 다시 한 번, 다시 한 번 말해 주오……!"

"당신을 사랑해요, 예르마크." 줄레이카가 속삭였다.

"하늘과 땅이여, 그대들에게 감사하노라! 난 행복하다……! 그대들은 내게 모든 것을, 내 흥분된 영혼이 어린 시절부터 동경해 온 모든 걸 주었도다. 날 인도하는 별이여, 너는 날 바로 이곳으로 인도하였구나. 바위투성이 우랄산맥을 넘어 네가 왜 날 이곳으로 인도했는지 이제야 알겠노라! 세상 사람들에게 나의 줄레이카를 보여 주겠다. 그러면 광포한 괴물 같은 인간들이 어찌 감히 날 비난하랴! 오오, 만약 그들이 줄레이카의 부드러운 영혼 속에 숨겨진 고통을 이해할 수 있다면! 그들이 내 사랑하는 줄레이카의 눈물 한 방울 속에 깃든 완전한 서사시를 읽을 수 있다면! 오오, 나의 입맞춤으로 이 사랑스러운 눈물을 씻어 주고, 이 사랑스러운 눈물을, 이 천상의 눈물을 마시게 해 다오…… 나의 천사여!"

"예르마크," 줄레이카가 말했다. "세상은 흉악하고 사람들은 공정하지 않아요! 그들은 우릴 쫓아내고 비난할 거예요, 사랑하는 예르마크! 정든 고향 시베리아의 눈 속, 아버지의 움막에서 자란 이 가련한 계집애가 얼음처럼 차갑고 비정한, 이기적인 세상에서 무엇을 할 수 있겠어요? 사람들은 저를 이해하지 못할 거예요, 오, 내 사랑하는 이여!"

"그땐 이 카자크의 군도가 그들의 머리 위로 높이 날아올라 바람을 가르리라!" 예르마크는 무섭게 눈을 부라리며 소리쳤다.

그런데 바렌카, 사랑하는 줄레이카가 참살됐다는 것을 알았을 때 예르마크의 심정이 어땠겠어요. 눈먼 노인 쿠춤은 예르마크가 자리에 없는 어두운 밤을 틈타 그의 천막에 숨어들어서, 옥새와 왕관을 빼앗은 그에게 치명적인 타격을 가하려 했으나 그만 자기 딸을 죽여 버린 겁니다.

"돌에 칼을 가는 것이 나는 즐겁다!"
예르마크는 마법의 바위에 강철 검을 벼리면서 미친 듯이 화를 내며 외쳤다.
"내겐 그들의 피, 피가 필요하다! 놈들의 사지를 자르고, 자르고, 잘라야만 한다!"

이 모든 일이 일어난 뒤, 예르마크는 사랑하는 줄레이카를 잃은 슬픔을 견디지 못하고 결국 이르티시강에 몸을 던집니다. 이것으로 이야기는 모두 끝납니다. 그리고 우스운 이야기, 특히 사람들을 웃기려고 쓴 이야기에서 뽑은 몇 구절을 적어 보냅니다.

"당신은 이반 프로코피예비치 젤토푸즈를 아시나요? 프로코피 이바노비치의 발을 물어뜯은 바로 그 사람 말입니다. 이반 프로코피예비치는 성격이 완고하지만 보기 드물게 선량한 사람입니다. 그런데 프로코피 이바노비치는 꿀에 잰 무를 아주 좋아하지요. 아직 펠라게야 안토노브나가 그와 친할 때의 일인데…… 그런데 당신은 펠라게야 안토노브나를 알죠. 아, 있잖아요, 항상 치마를 뒤집어 입고 다니는 그 여자 말입니다."

어때요 바렌카, 이건 정말 웃기는, 아주 우스꽝스러운 이야기죠! 그가 우리에게 이 이야기를 읽어 주었을 때 우린 너무 우스워서 배를 움켜쥐고 웃어 댔어요. 아아, 그는 이렇듯 재주가 있는 사람입니다! 바렌카, 이 이야기는 약간 꾸민 데가 있고 아주 경박스럽지만, 악의 없고 자유사상이나 자유주의적 생각 따윈 추호도 담겨 있지 않답니다. 바렌카, 다시 말해 두지만 라타자예프는 아주 예의 바르고 다른 작가들과 비교가 안 될 정도로 훌륭한 작가입니다.

그런데 사실 이따금 이런 생각이 들곤 해요……. 이를테면 내가 만일 뭔가를 쓴다면 어떻게 될까? 그러니까, 가령, 밑도 끝도 없이 갑자기 '마카르 제부시킨 시집'이라는 표제가 붙은 책이 나온다면 어떻게 될까! 그러면 나의 천사여, 당신은 뭐라고 말할까요? 당신은 그걸 어떻게 생각하고 어떻게 느낄까요? 바렌카, 나 자신에 대해 말하면, 만약 나의 책이 발간된다면 나는 감히 넵스키 거리에 두 번 다시 얼씬거리지 못할 것 같습니다. "아, 저기 작가이며 시인인 제부시킨이 간다. 봐, 저이가 바로 제부시킨이야." 하고 모두가 말한다면 어떻게 하겠어요! 그리고 그렇게 되면, 예컨대 내 구두를 어떻게 해야 할까요? 바렌카, 내친김에 하는 말이지만 내 구두는 거의 항상 누덕누덕 꿰맨 고물인 데다, 솔직히 이따금 아주 보기 흉한 꼴사서니입니다. 그러니 작가 제부시킨이 누더기 구두를 신고 있다는 사실을 모두가 알게 되면 어떡하겠어요! 만약 어떤 백작 부인이나 공작 부인이 알게 되면 그들은 뭐라고 말할까요? 어쩌면 그녀들은 눈치채지 못할지도 모르지요. 생각하건대, 공작 부인들이 당최 무엇 때문에 구두에, 그것도 관리의 구두에 신경을 쓰겠어요.(왜냐하면 구두도 천차만별이잖아요.) 그러나 사람들은 모든 것에 대해 얘기하고, 내 친구들이 폭로할지도 모릅니다. 그래요, 라타자예프가 제일 먼저 폭로할지 모릅니다. 그는 V라는 백작 부인의 집에 드나들곤 하니까요. 아무때나 그녀 집에 찾아가고 허물없이 지낸다고 합니다. 그녀는 아주 매력 있고 문학을 좋아하는 부인이라고 해요. 이 라타자예프라는 사람은 참 날쌔고 빈틈이 없어요!

이제 이 화제에 대해선 그만 얘기하죠. 나의 천사여, 이런 장난스러운 얘기를 미주알고주알 쓴 이유는, 당신을 위로하기 위해서입니다. 나의 그리운 이여, 그럼 안녕! 이번 편지엔 아주 많은 얘기를 정말 단숨에 썼는데, 오늘 내 기분이 무척 유쾌하기 때문입니다. 우리는 모두 함께 라타자예프 집에서 점심을 먹었는데(바렌카, 그들은 모두 장난꾸러기예요.), 고급 수입 포도주가 연신 나왔어요……. 그런데 무엇 때문에 이런 걸 당신한테 쓰는지 모르겠군요! 바렌카, 그냥 읽기만 하고 나에 대해서는 이상하게 생각하지 마세요. 전부 별생각 없이 끄적거려 본 거니까요. 책을 보낼게요. 꼭 보내겠습니다……. 여기서는 폴 드 콕[23]의 한 작품을 돌려 가며 읽고 있습니다. 하지만 폴

---

23) 샤를 폴 드 콕(Charles Paul de Kock, 1793~1871). 프랑스의 소설가. 파리를 배경으로 한 그의 애정 소설은 당시 널리 읽혔다. 그러나 1840년대 러시아의 비평계는 그의 작품을 '더러운 것'으로 간주했다.

드 콕의 책은 당신 마음에 안 들 겁니다……. 분명 마음에 안 들 거예요! 당신에게 폴 드 콕은 맞지 않을 겁니다. 바렌카, 그는 페테르부르크의 모든 비평가들을 아주 화나게 했다고 합니다. 사탕을 한 푼트 보냅니다. 당신을 위해 일부러 샀습니다. 그리운 바렌카, 사탕을 먹을 때마다 날 생각하세요. 알사탕만큼은 깨물지 말고 꼭 빨아 드세요. 아니면 이가 상해요. 당신은 과일을 설탕에 절여 만든 과자도 좋아하겠지요? 다음 편지에서 알려 주세요. 자, 그럼 안녕, 안녕히 계세요. 나의 그리운 바렌카, 주님이 함께하길 빕니다.

언제나 가장 충실한 당신의 벗
마카르 제부시킨

6월 27일

친절하신 마카르 알렉세예비치 님!
표도라가 그러는데, 만일 내가 원한다면, 누군가 내 처지를 동정해서 어느 집에 좋은 가정 교사 자리를 기꺼이 알선해 줄 거라고 합니다. 당신 생각은 어떠세요? 받아들이는 게 좋을까요, 아니면 사양하는 편이 좋을까요? 일을 얻으면 저는 당신의 짐이 되지 않을 테고, 게다가 자리도 꽤 좋은가 봅니다. 하지만 다른 한편으로 낯선 집에 가기가 왠지 두려워요. 그들은 지주라고 해요. 나에 대해 알아내려고 이것저것 캐묻고 호기심을 보이겠죠. 그럼 저는 뭐라고 말해야 할까요? 심지어 저는 사교적이지 않은 데다, 부끄럼을 많이 타잖아요. 저도 정든 집에서 오래오래 사는 것이 좋아요. 어쩐지 익숙한 곳이 더 좋을 듯하고, 비록 슬픔과 같이 살더라도 그러는 편이 더 좋을 것 같아요. 더욱이 도시를 떠나야 하고, 앞으로 무슨 일을 하게 될지 전혀 모르잖아요. 아마 어린애를 돌보라고만 할지도 모릅니다. 이 년 동안 가정 교사를 셋씩이나 갈아 치운 사람들이래요. 마카르 알렉세예비치, 제가 그곳에 가야 할지 말아야 할지 제발 조언해 주세요. 그나저나 왜 당신은 제게 한 번도 안 들르시죠? 가끔 얼굴이라도 보여 주세요. 거의 일요일 예배에서만 만나 볼 수 있군요. 당신도 참 비사교적인 분입니다! 저와 똑같아요! 저는 당신의 육친이나 다를 바 없잖아요. 저를 사랑하지 않나요, 마카르 알렉세예비치. 저는 혼자 있으면 이따금 몹시 슬퍼져요. 때때로, 특히 황혼 녘에는 홀로 외로이 앉아 있곤 해요. 표도라는 어딘가로 나갈 테고, 혼자 앉아서 생각에 잠기면 즐겁고 슬펐던 지난날이 모두 떠오릅니다. 모든 일들이 눈앞에 나타나고, 안개 속에서처럼 아른거리지요. 낯익은 사람들의 얼굴도 떠오르는데(나는 거의 생생하게 봅니다.), 다른 누구보다 어머니를 자주 봐요……. 그리고 아주 이상한 꿈을 꾸곤 해요! 건강이 몹시 나빠진 걸 느낍니다. 몸이 쇠약해졌는지 오늘 아침 자리에서 일어났을 땐 어질어질하더군요. 게다가 아주 끔찍한 기침까지 해요! 곧 죽을 것 같은 느낌이 들고, 죽게 되리라는 사실도 알고 있어요. 누가 저를 묻어 줄까요? 누가 제 관의 뒤를 따라올까요? 누가 저를 불쌍히 여길까요……? 아마 저는 낯선 장소, 낯선 집, 낯선 모퉁이에서 죽게 될 거예요……! 아아, 마카르 알렉세예비치, 삶이란 왜 이다지도 슬플까요! 그런데 당신은 어쩌자고 늘 저에게 사탕을 먹이려고 하시나요! 정말이지 당신이 어디에서 그 많은 돈을 구하는지 모르겠어요. 오, 친절하신 마카르 알렉세예비치, 제발 돈을 아끼세요. 표도라가 제가 수놓은 양탄자를 팔 거예요. 지폐로 50루블을 받을 수 있대요. 참 잘된 일이죠. 나는 그것보다 덜 받을 거라고 생각했거든요. 표도라에게 3루블을 주고, 옷 한 벌 해 입을 거예요. 그리 좋은 건 아니더라도 지금 입고 있는 것보다는 따뜻하겠죠. 당신에게 조끼를 만들어 드릴게요. 좋은 천을 골라서 제가 직접 만들 겁니다.

표도라가 제게 『벨킨 이야기』[24]를 구해 주었어요. 읽고 싶으시면 이 책을 보내 드릴게요. 다만 더럽히거나 오래 가지고 계시진 마세요. 남의 책이니까요. 이건 푸시킨의 작품입니다. 이 년 전 어머니와 함께 읽었는데, 이번에 다시 읽고 무척 슬펐답니다. 책을 가지고 계시면 보내 주세요. 라타자예프 씨한테 받은 책은 빼고요. 아마 그는 자신의 책이 출판되면 남에게 주는 모양이죠. 마카르 알렉세예비치, 당신은 어째서 그의 책이 맘에 드시나요? 참으로 보잘것없던데……. 그럼 안녕히 계세요! 제가 너무 재잘댔죠! 저는 마음이 슬퍼지면 뭐든지 지껄이기를 좋아해요. 약인 셈이죠. 특히 가슴속에 있는 것을

---

24) 알렉산드르 푸시킨(Alexander Pushkin, 1799~1837)이 가상의 작가인 벨킨을 내세워 쓴 다섯 편(「발사」, 「눈보라」, 「장의사」, 「역참지기」, 「귀족 아가씨」)의 이야기 모음집.

모두 지껄이고 나면 금세 마음이 가벼워진답니다. 그럼 안녕, 나의 친구여, 안녕히 계세요!

당신의 V. D.

6월 28일

그리운 바르바라 알렉세예브나!

쓸데없는 걱정은 그만하세요! 그런 생각을 하다니 부끄럽지 않나요! 자, 이제 그만해요, 나의 천사여. 왜 그런 생각을 하나요? 당신은 병이 든 게 아닙니다. 절대로 병이 든 게 아니에요. 당신은 활짝 핀, 정말 활짝 핀 꽃처럼 싱싱합니다. 다소 안색이 창백하긴 해도 활짝 핀 꽃입니다. 그리고 도대체 그런 꿈이며 환상은 다 뭡니까! 부끄러운 일입니다. 그리운 이여, 이제 그만하세요. 꿈 따위에 개의치 마세요. 전혀 신경 쓰지 마세요. 나는 왜 잠을 잘 잘까요? 왜 내겐 아무 일도 일어나지 않을까요? 바렌카, 날 좀 보세요. 잘 살고, 평온하게 잠도 잘 자고, 건강하고 원기 왕성하니 보기에도 좋잖아요. 이제 그만하세요, 바렌카, 부끄러운 줄 아세요. 생각을 고치세요. 바렌카, 나는 당신의 머릿속을 잘 알아요. 조금이라도 무슨 일이 생기면 공상에 빠지고 괜스레 괴로워하지요. 바렌카, 날 위해서라도 그러지 마세요. 세상 속으로 나간다고요? 결코 안 됩니다! 아니, 안 돼요, 안 됩니다! 도대체 왜 그런 생각을 하는 거죠? 무슨 생각을 하는 겁니까? 게다가 지방으로 가다니요! 안 돼요, 바렌카, 허락할 수 없어요, 그런 계획엔 전적으로 반대합니다. 낡은 프록코트를 팔아서 셔츠만 걸치고 거리를 걸어 다니는 한이 있더라도 당신에겐 부족함이 없도록 하겠어요. 안 됩니다, 바렌카, 안 돼요. 나는 당신을 잘 알아요! 그건 바보 같은, 정말로 바보 같은 생각입니다! 틀림없이 이 모든 것은 표도라의 탓입니다. 아마 그 어리석은 여자가 당신에게 그런 생각을 불어넣었을 겁니다. 바렌카, 그 여자를 믿지 말아요. 당신은 아직 그 여자에 대해 다 알지 못하죠? 표도라는 어리석고 앙앙거리고 싸움을 좋아하는 여자입니다. 죽은 남편도 그 여자가 죽인 거나 다름없어요. 혹시 그 여자가 무슨 일로 당신 속을 긁은 건 아닌가요? 바렌카, 어쨌든 안 됩니다. 절대로 안 됩니다! 당신이 떠나 버리면 도대체 난 어쩌라는 말입니까? 나는 무엇을 해야 하나요? 안 돼요, 바렌카, 그런 생각은 머리에서 지워 버리세요. 당신에게 뭐가 부족합니까? 우리는 당신 덕분에 더할 나위 없이 즐겁고, 당신도 우리를 사랑하고 있으니 여기서 우리와 함께 조용히 살도록 해요. 삯바느질도 하고 책도 읽으면서, 아니, 바느질 같은 건 하지 않아도 좋아요. 아무튼 우리와 함께 살기만 해요. 만일 당신이 떠나 버린다면 어떻게 될지 한번 생각해 보세요……. 자, 당신에게 책을 가져다줄게요. 다시 어딘가로 산책이나 하러 가요. 다만 어리석은 말은 하지 말고, 정신을 차리고, 사소한 일로 고집부리지 말아요! 조만간 당신에게 가겠습니다. 그 대신 나의 직설적이고 솔직한 고백만은 부디 받아 주세요. 좋지 않나요,

바렌카, 매우 좋지 않나요! 물론 나는 무식한 사람입니다. 내가 무식한 사람이고, 가난해서 제대로 배우지 못했다는 점도 잘 알아요. 하지만 내가 말하고자 하는 바는 이런 얘기가 아니고, 나의 문제도 아닙니다. 당신의 생각대로 나는 라타자예프를 변호하고 있습니다. 그가 내 친구라서 두둔하고 있는 겁니다. 그는 글을 잘 씁니다. 아주아주, 정말로 아주 잘 씁니다. 나는 당신의 의견에 동의할 수 없어요, 절대로 동의할 수 없습니다. 그의 문장은 화려하고 딱딱 끊어지고 수사가 풍부하며 다양한 사상을 함축하고 있습니다. 참으로 훌륭합니다! 바렌카, 아마 당신은 감정 없이 읽었나 보죠? 아니면 그걸 읽을 때 기분이 안 좋았다거나 무슨 일로 표도라에게 화가 났다거나, 분명 좋지 않은 일이 있지 않았나요. 그래요, 마음이 만족스럽고 즐거울 때, 몹시 기분이 좋을 때, 가령 사탕을 입에 물고 있을 때, 감정을 가지고 잘 읽어 보세요. 라타자예프보다 훌륭한, 심지어 훨씬 훌륭한 작가들도 있다는 데엔 이견이 없습니다.(누가 그런 의견에 반대하겠어요?) 물론 그들도 훌륭하지만 라타자예프 역시 훌륭합니다. 요컨대 그들도 글을 잘 쓰지만 그도 잘 씁니다. 그는 그 나름대로 독특하고 독창적으로 글을 쓰지요. 그것도 아주 훌륭하게 써내고 있습니다. 자, 그럼 안녕, 바렌카. 더 이상 쓸 수가 없습니다. 바쁘게 해야 할 일이 있거든요. 아무리 보아도 싫증이 나지 않는 사랑하는 이여, 마음을 가라앉히세요. 주님이 당신과 함께할 겁니다.

당신의 충실한 친구

마카르 제부시킨

추신: 바렌카, 책을 보내 줘서 고마워요. 푸시킨도 읽어 볼 게요. 오늘 저녁에 꼭 당신에게 들르겠습니다.

7월 1일

친애하는 마카르 제부시킨!

나의 친구여, 아니, 안 됩니다. 저는 당신들과 함께 살 수가 없어요. 오래 생각한 끝에, 저는 이렇게 좋은 자리를 거절하는 건 아주 어리석은 짓임을 깨달았습니다. 거기에선 적어도 빵 조각만큼은 확실히 먹을 수 있겠죠. 저는 다른 사람들의 귀여움을 받을 수 있도록 애쓰고, 필요하다면 성격도 고치려고 노력할 거예요. 물론 낯선 사람들 사이에서 다른 사람들의 호의를 구하고, 자기 감정을 숨기고, 마음에 없는 짓을 하며 생활하기란 괴롭고 고통스럽겠지만, 하느님이 저를 도와주실 거예요. 그리고 평생 다른 사람들과 어울리지 않고 지낼 수는 없어요. 전에도 이런 경우가 있었답니다. 지금도 기억하는데, 제가 아직 어리고 기숙 학교에 다닐 때의 일입니다. 일요일이면 언제나 집에서 장난을 치며 뛰어놀곤 했지요. 어느 땐 어머니한테 꾸중을 듣기도 했지만 전혀 개의치 않았고, 마음은 마냥 즐겁고 가벼웠어요. 그런데 저녁이 가까워지면 견딜 수 없는 슬픔이 밀려왔습니다. 9시에 기숙 학교로 돌아가야만 했으니까요. 거긴 모든 게 낯설고 냉랭하고 엄격했습니다. 게다가 월요일엔 여자 선생님들이 몹시 화를 내곤 해서 가슴이 답답하고 그저 울고 싶었습니다. 결국 한쪽 구석에서 눈물을 감추고 혼자 울고 있으면 게으름뱅이라는 소릴 들었죠. 하지만 공부하기가 싫어서 울었던 건 결코 아닙니다. 그러다 어떻게 되었는지 아세요? 저는 머지않아 학교생활에 익숙해졌고, 심지어 그 학교를 나올 땐 친구들과 헤어지느라 또 눈물을 흘렸답니다. 아무튼 당신들 두 사람에게 더는 커다란 짐이 될 수 없어요. 이런 생각을 하면 괴롭습니다. 당신과는 솔직하게 얘기하는 것이 몸에 배어서 이 모든 걸 털어놓는 겁니다. 표도라가 매일 일찍 일어나서 빨래를 하고 밤늦게까지 일하는 걸 제가 모르겠어요? 나이가 들면 누구나 편안히 사는 걸 좋아하죠. 또 당신이 저 때문에 파산할 지경이고, 저를 위해 마지막 한 푼까지 털어 쓰는 걸 제가 모를 리 있겠어요? 친구여, 당신은 힘에 부치는 일을 하고 있습니다. 당신은 모든 물건을 내다 팔아서라도 제가 궁핍하지 않게 해 주겠노라고 편지에 쓰셨더군요. 친구여, 저는 당신의 선량한 마음을 믿어요. 하지만 지금이니까 그렇게 말씀하시는 겁니다. 당장은 상여금 덕분에 뜻하지 않은 돈을 가지고 있지만, 다음엔 어떻게 하실 거죠, 그다음에는요? 제가 늘 아프다는 걸 당신도 잘 아시잖아요. 저는 당신처럼 일을 할 수도 없습니다. 그럴 수 있다면 진심으로 기쁘겠지만 항상 일거리가 있는 건 아니니까요. 그럼 저는 어떻게 해야 하나요? 오직 가련한 당신들 두 사람을 바라보면서 단장의 고통을 느껴야 합니다. 어떻게 하면 제가 조금이라도 당신을 도울 수 있을까요? 친구여, 어째서 제가 당신에게 필요한 여자인가요? 제가 당신을 위해 무슨 좋은 일이라도 했나요? 저는 그저 당신에게 진실한 애착을 느끼며, 온 마음을 다해 당신을 아주 깊이 사랑할 뿐입니다. 하지만 제 운명은 참 기구합니다! 저는 사랑할 줄도 알고 사랑할 수도 있지만 다만 그뿐, 당신을 위해 좋은 일을 하거나 당신 은혜에 보답할 수조차 없습니다. 더 이상 저를 붙잡지 마시고, 숙고해 보신 뒤에 당신의 마지막 의견을 말씀해 주세요. 답장을 기다릴게요.

당신을 사랑하는
V. D.

7월 1일

바렌카, 어처구니없고 어리석은, 정말 어리석은 생각입니다! 당신을 그냥 내버려 두면 그 귀여운 머리로 무슨 생각이든 다 하겠군요. 이도 저도 아닙니다! 하지만 나는 이제야 이 모든 게 다 어리석은 일임을 알았습니다. 바렌카, 당신에게 무엇이 부족한지 그것만 말해 봐요! 우리는 당신을 사랑하고 당신은 우리를 사랑하잖아요. 우리 모두 만족스럽고 행복한데, 도대체 무엇이 더 필요하단 말입니까? 낯선 사람들 사이에서 무엇을 하겠다는 겁니까? 당신은 낯선 사람이 어떤지 아직 모르는 것 같군요……. 아니, 그러지 말고, 내게 타인이 무엇인지 물어보세요. 당신한테 모조리 말해 줄게요. 바렌카, 나는 남이란 뭔지 잘 압니다. 남의 빵을 얻어먹은 적도 있으니까요. 바렌카, 남이란 간악하고 너무나 간악해서 당신같이 여린 마음의 소유자는 이해하기 어렵고, 꾸지람과 비난과 사나운 눈길로 당신의 여린 마음을 갈기갈기 찢어 놓을 겁니다. 당신은 우리 사이에서 따뜻하고 기분 좋게, 마치 둥지 속에 있는 듯 지낼 수 있어요. 그럼에도 아무 생각 없는 사람처럼 우리를 두고 떠나려 하는군요. 글쎄 당신 없이 우리가 뭘 하겠어요. 그렇게 되면 이 늙은이는 무엇을 하나요? 우리에게 당신이 필요하지 않다고요? 도움이 되지 않는다고요? 어째서 도움이 되지 않는다는 겁니까? 그래요, 바렌카, 당신이 왜 도움이 안 되는지 스스로 판단해 보세요. 바렌카, 당신은 내게 매우 소중한 사람입니다. 우리에게 좋은 영향을 주고요……. 지금도 이렇게 당신 생각을 하면 기분이 좋습니다……. 종종 당신에게 편지를 쓰며 거기에 내 모든 마음을 털어놓고, 당신에게서 세심한 답장을 받지요. 나는 당신의 옷을 사고 모자를 마련하기도 합니다. 이따금 당신한테서 자잘한 부탁을 받으면 기꺼운 마음으로 그걸 들어주기도 하고요……. 아니, 어째서 당신이 내게 소용없단 말입니까? 늘그막에 나 혼자서 무엇을 하나요? 나야말로 무슨 쓸모가 있겠어요? 바렌카, 당신은 이 점에 대해선 생각하지 않는 모양이군요. 가령, 내가 없으면 저 사람은 무슨 쓸모가 있을까, 하는 문제를 생각해 보세요. 그리운 이여, 나는 이미 당신한테 길들었습니다. 그러니 당신이 없으

가난한 사람들

면 무슨 일이 일어나겠어요? 나는 네바강에 갈 테고, 그러면 모든 게 끝날 테지요. 정말 그럴 겁니다. 바렌카, 당신 없이 나 홀로 남아서 무엇을 하겠어요! 아아, 내 사랑하는 바렌카! 아마 당신은 짐마차의 마부가 날 볼코보 공동묘지로 운반하길 바라는 것 같군요. 거지 노파가 혼자서 내 관을 배웅하고, 사람들이 묘혈을 모래로 덮고 떠나 버린 뒤 나 홀로 남길 바라는 건가요? 거기에 나 혼자 버려지기를 바라는 건가요. 바렌카, 그건 죄악입니다, 정말 죄악입니다, 신에게 맹세코 죄악입니다! 내 귀여운 친구 바렌카, 당신의 책을 돌려 드립니다. 나의 친구여, 당신이 이 책에 대해 의견을 묻는다면, 평생 이렇게 훌륭한 책은 처음 읽었다고 말하겠어요. 바렌카, 지금 나는 어째서 여태 이토록 멍청하게 살아왔는지 자문해 봅니다. 지금껏 나는 무엇을 했나? 나는 어떤 숲에서 나왔나? 바렌카, 나는 아무것도 모릅니다, 정말 아무것도 몰라요! 하나도 아는 게 없어요! 바렌카, 당신에게 솔직히 고백하건대, 나는 무식한 사람입니다. 이제껏 책을 조금밖에, 아주 조금밖에 읽지 않았습니다. 아니, 거의 읽지 않은 거나 마찬가지입니다. 『인간의 세계』[25]라는 유익한 책을 읽었고 『종으로 여러 가지 악곡을 연주하는 소년』[26]과 「이비쿠스의 학」[27]을 읽었습니다. 내가

---

25) 리체이(귀족 학교) 시절, 푸시킨의 선생인 A. I. 갈리치(A. I. Galich, 1783~1848)가 쓴 식자층을 위한 교양 독본.

26) 프랑스 작가 뒤크레뒤미닐(F. G. Ducray-Duminil, 1761~1819)이 쓴 『어린 종지기』(1809)의 러시아어 번역본.

27) 프리드리히 폰 실러(Friedrich von Schiller, 1759~1805)가 1797년에 쓴

읽은 글은 이게 전부입니다. 그 밖에는 아무것도 읽지 않았습니다. 이번에 당신이 빌려준 책에서 「역참지기」[28]를 읽었습니다. 바렌카, 당신에게 말하고 싶은 건, 인간이란 마치 자신의 생활 전체를 직접 쓴 것 같은 책을 바로 옆에다 놓고도 모른 채 살아가는 경우가 있다는 겁니다. 이전엔 몰랐던 모든 것을, 바로 지금 이 책을 읽으면서 조금씩 생각하고 발견하고 깨닫게 되었습니다. 그리고 마지막으로, 당신이 빌려준 이 책이 마음에 드는 이유는 또 있습니다. 어떤 창작물은 읽고 또 읽고 아무리 애를 써도 너무 교묘해서 알쏭달쏭할 뿐이었습니다. 예컨대 나는 아둔해서, 그러니까 천성이 아둔해서 너무 진지한 책은 읽을 수가 없습니다. 그런데 이 책은 마치 내가 직접 쓴 것 같았어요. 이를테면 내 마음을 있는 그대로 사람들에게 뒤집어 보여 준 듯, 모든 것을 자세하게 묘사해 놓았더군요. 정말 그랬습니다! 정말 나도 이렇게 쓸 수 있을 것 같고, 왜 진작 이런 글을 쓰지 않았나 하는 생각마저 들더군요. 나도 이 책에 쓰인 것과 똑같이 느껴 왔고, 이따금 그 가련한 삼손 브이린과 똑같은 처지에 있어 봤으니까요. 실제로 우리 주변에는 삼손 브이린들이, 그런 불쌍한 사람들이 얼마나 많은가요! 정말 모든 게 빈틈없이 묘사되어 있어요! 바렌카, 그 죄 많은 노인이 정신을 잃을 정도로 술을 진탕 마시고 슬퍼하며 온종

발라드로, 1813년 B. A. 주콥스키가 러시아어로 번역했다.
28) 『벨킨 이야기』 중 하나로 14등관 역참지기인 삼손 브이린의 비극적인 삶과 운명을 그린 이야기다. 푸시킨은 하급 관리인 브이린을 통해 주변과 사회로부터 핍박과 냉대를 받는, 이른바 '작은 인간'의 형상을 창조해 냈다.

일 양피 외투를 뒤집어쓴 채 잠을 자는 대목, 슬픔에 못 이겨 펀치를 마시고 길 잃은 자신의 어린 양인 딸 두냐샤가 생각날 때마다 더러운 옷자락으로 두 눈을 훔치면서 서럽게 우는 대목을 읽었을 때는 나도 모르게 눈물을 흘릴 뻔했습니다. 정말 이건 있는 그대로, 사실을 쓴 것입니다! 당신도 꼭 읽어 보세요. 이건 실제 있는 얘기입니다! 살아 있는 얘기입니다! 나도 그런 장면을 직접 보았습니다. 이 모든 일이 내 주변에서 생생하게 일어나고 있어요. 멀리 갈 필요도 없어요! 테레자도 그렇고, 우리 집의 그 불쌍한 관리도 그렇습니다. 그 역시 삼손 브이린과 똑같은 사람인데, 성만 고르시코프로 다를 뿐입니다. 바렌카, 이런 일은 누구에게나, 당신이나 나에게도 일어날 수 있습니다. 넵스키 거리나 강변로에 사는 백작도 마찬가지입니다. 다만 그들은 나름대로 품위가 있기 때문에 다르게 보일 따름입니다. 그에게도 똑같은 일이 일어날 수 있고, 내게도 똑같은 일이 일어날 수 있습니다. 바로 그렇습니다, 바렌카, 그런데 당신은 다시 우리 곁을 떠나려고 하는군요. 바렌카, 그건 나를 죄짓게 하는 겁니다. 바렌카, 당신은 자신이나 나를 망칠 수도 있습니다. 오오, 나의 소중한 사람, 제발 그런 무모한 생각 따윈 머릿속에서 쫓아 버리고 괜히 날 괴롭히지 마세요. 아직 깃털도 자라지 않은 작고 여린 새 같은 당신이 어디에서 먹이를 구하고, 어떻게 스스로 파멸을 물리치고, 악한들로부터 자신을 지키겠다는 겁니까! 바렌카, 그런 말은 이제 그만하고 건강이나 회복하세요. 쓸데없는 충고나 비방에 귀 기울이지 말고 당신의 책을 주의 깊게 다시 한 번 읽어 보세요. 당신에게 쓸모 있을 겁니다.

나는 「역참지기」에 대해 라타자예프에게 말했습니다. 그는 이 모든 것이 구식이고, 요즘엔 삽화와 다양한 묘사를 활용한 책들이 유행이라고 하더군요. 나는 정말 그가 하는 말을 이해할 수 없었어요. 하지만 그는 푸시킨더러 훌륭한 작가이고 성스러운 러시아를 찬양했다고 결론짓더군요. 그러고는 푸시킨에 대해 많은 얘기를 들려주었습니다. 바렌카, 참 좋은, 아주 좋은 작품입니다. 다시 한 번 이 책을 주의 깊게 읽어 보시고, 나의 충고를 듣고 따라 주세요. 나를, 이 늙은이를 기쁘게 해 주세요. 그러면 하느님도 몸소 당신에게 상을 내려 주실 겁니다, 그리운 바렌카, 꼭 상을 내려 주실 겁니다.

당신의 충실한 친구
마카르 제부시킨

7월 6일

친애하는 마카르 알렉세예비치 님!

표도라가 오늘 은화 15루블을 제게 가져다주었습니다. 그래서 약속한 3루블을 주었더니, 가련한 표도라가 얼마나 좋아하던지! 당신에게 급히 편지를 씁니다. 저는 지금 당신의 조끼를 재단하고 있습니다, 작은 꽃무늬가 있는 노르스름한 빛깔의 아주 질 좋은 천으로요. 당신에게 작은 책 한 권을 보냅니다. 여기엔 여러 편의 이야기가 들어 있어요. 저는 그중에서 몇 편을 읽었습니다. 특히 「외투」[29]라는 작품을 읽어 보세요. 당신은 극장에 같이 가자고 하셨는데 표가 너무 비싸지 않을까요? 보통석을 끊어서 가면 어떨까요. 너무 오랫동안 극장에 가지 않아서 도대체 언제 가 봤는지 기억조차 안 납니다. 다만 극장 구경이 너무 비싸지 않을까, 거듭 걱정이 됩니다. 표도라는 머리만 흔들어 대며, 당신이 전혀 수입에 어울리지 않는 생활을 한다고 얘기하더군요. 저도 알아요. 당신이 저 하나만을 위해 얼마나 많은 돈을 쓰는지! 친구여, 불행한 일이 생기지 않도록 조심하세요. 표도라가 어떤 소문을 들려주면서, 당신이 방세를 내지 않아서 주인 여자와 싸운 것 같다고 하더군요. 저는 당신이 몹시 걱정됩니다. 그럼, 안녕. 바삐 할 일이 있어요. 별일은 아니고 모자의 리본을 바꿔 달려고 해요.

V. D.

추신: 그런데 만약 우리가 극장에 간다면, 저는 새 모자를 쓰고 어깨에 짧은 검은 망토를 두르려고 합니다. 괜찮을까요?

---

29) 니콜라이 고골(Nikolai Gogol, 1809~1852)의 작품. 고골은 「외투」(1842)에서 「역참지기」의 삼손 브이린과 같은 '작은 인간'에 해당하는 만년 9등관 아카키 아카키예비치 바시마치킨의 불행한 삶과 비극을 사실적이면서도 환상적으로 그려 냈다.

7월 7일

친애하는 바르바라 알렉세예브나!

……그럼 어제 하던 얘기를 계속할게요. 그래요, 바렌카, 우리도 한때는 어리석은 짓을 했습니다. 나는 어떤 여자 배우에게 홀딱 반한 적이 있어요. 뭐, 대수로운 일은 아니었지요. 그런데 아주 놀라운 사실은, 내가 이 여자 배우를 거의 본 적이 없고 극장에서 겨우 한 번 보았을 뿐인데도 그녀에게 반했다는 겁니다. 당시 나와 벽 하나를 사이에 두고, 젊고 열정적인 사람 다섯이 살고 있었어요. 그들과는 일정한 거리를 두고 생활하긴 했지만 나는 그들과 어쩔 수 없이 사귀게 되었습니다. 게다가 외톨이가 되지 않으려고 나 역시 사사건건이 그들에게 맞장구를 쳐 댔습니다. 그들이 내게 이 여자 배우에 대해 얘기해 주었어요! 매일 저녁, 극장 문이 열리기가 무섭게 그들 모두는 — 정작 필요한 곳에 쓸 돈은 한 푼도 없었지요. — 극장으로 향했고, 값싼 보통석에 앉아 열렬히 손뼉을 치며 이 여자 배우를 여러 번 불러 댔습니다. 정말 열광적으로요! 집으로 돌아와서는 밤새 그녀에 대해 얘기하며 쉬이 잠들지 못했습니다. 모두가 그녀를 '나의 글라샤'라고 부르며 그녀만을 사랑했고, 마음속에 카나리아 한 마리를 품고 있었어요. 어떻게 그들과 함께 극장의 4층 싸구려 관람석에 앉게 되었는지 나도 모르겠습니다. 나는 커튼 끝자락이나 가까스로 볼 수 있었지만 소리는 전부 들을 수 있었습니다. 여자 배우는 정말 아름다운 목소리를, 꾀꼬리처럼

낭랑하고 달콤한 목소리를 가지고 있었어요. 우리 모두는 손이 얼얼할 정도로 손뼉을 치며 고래고래 소리를 질러 댔습니다. 한마디로 우리는 하마터면 사람들한테 혼쭐이 날 뻔했고, 한 친구는 정말로 끌려가기까지 했습니다. 나는 뭔가에 취한 듯한 기분이 되어서 집에 돌아왔지요! 주머니엔 은화 1루블이 있었는데, 월급날은 아직 열흘이나 남았을 때였어요. 그런데 바렌카, 내가 어떻게 했는지 아세요? 다음 날, 직장에 나가기 전에 나는 프랑스인이 경영하는 향수 가게에 가서 전 재산을 털어 향수와 향기로운 비누를 하나 샀어요. 그때 왜 그것들을 다 샀는지는 나 자신도 모릅니다. 나는 집에서 점심도 먹지 않고 줄곧 그녀의 창 밑을 서성댔습니다. 그녀는 넵스키 거리에 있는 건물 4층에서 살았어요. 집에 돌아와서 한 시간쯤 쉬고는, 단지 그녀의 창 밑을 지나가려고 다시 넵스키 거리로 나가곤 했어요. 나는 한 달 반이나 이렇게 어슬렁거리며 그녀의 꽁무니를 따라다녔습니다. 계속 마차를 세 내어 그녀의 창 밑을 오갔습니다. 심신이 완전히 지치고 심지어 빚을 지게 되자 그녀에 대한 사랑도 식어 버리더군요. 싫증이 난 거지요! 바렌카, 여자 배우가 반듯한 사람을 이 지경으로 만들어 버린 거예요! 그러나 나도 젊었죠, 그때는 정말 젊었습니다……!

M. D.

7월 8일

친애하는 나의 바르바라 알렉세예브나!

이달 6일에 받은 책을 서둘러 돌려 드립니다. 아울러 이 편지에서 당신과 함께 급히 의논할 것이 있습니다. 바렌카, 나를 이렇게 극단적인 상황으로 몰고 가다니 불쾌합니다. 실례지만 바렌카, 모든 사람의 지위는 신에 의해 각자의 운명에 맞게끔 정해지는 겁니다. 어떤 사람은 장군 견장을 달도록 정해져 있고, 또 어떤 사람은 9등 문관으로 근무하도록 정해져 있습니다. 즉, 어떤 사람은 명령을 하고 어떤 사람은 불평 한마디 없이 순종하도록 정해져 있는 겁니다. 이처럼 지위는 사람의 능력에 따라 정해집니다. 어떤 사람은 어느 분야에 소질이 있고 다른 사람은 또 다른 분야에 소질이 있는데, 이런 재능 역시 다 하느님이 주시는 거예요. 나는 벌써 삼십여 년이나 관청에서 근무하고 있습니다. 비난받을 일을 한 적이 없고 착실하게 행동했으며 규칙을 어긴 적도 없습니다. 일개 시민으로서 물론 결점도 있지만 동시에 미덕도 가졌다고 생각합니다. 상관들이 나를 존중하고, 국장님도 나에게 만족하고 계십니다. 비록 여태껏 그들이 특별한 호의를 보이진 않았지만 내게 만족하고 있음을 잘 압니다. 백발이 되도록 살아왔으나 큰 죄를 짓지 않았습니다. 물론 작은 죄야 누구나 짓고 살지요. 바렌카, 누구나 죄가 있고, 심지어 당신도 죄가 있을 겁니다. 하지만 나는 큰 실책이나 뻔뻔스러운 행동을 해서 지적받은 적도 없고, 규정을 어기거나 사회의 안정을 깨뜨린 적도 없습니다. 그런 적이 없어요. 심지어 십자 훈장을 받을 뻔했죠. 하지만 이런 얘길 해 봐야 무슨 소용이겠습니까! 바렌카, 당신은 양심에 따라 이 모든 것을 알았어야 합니다. 그 소설의 작가도 알았을 겁니다. 그런 글을 썼다면 그 작가는 이 모든 걸 알았을 겁니다. 아니, 나는 당신한테서 이런 것을 기대하지 않았습니다. 아닙니다, 바렌카! 나는 당신한테서 이런 것을 기대하지 않았어요.

어떻게 그럴 수가 있죠! 이 작품을 읽은 뒤로 내 골방에서 — 이 골방이 어떻든 — 조용히 살 수가 없습니다. "물을 흐리지 말고 살라."라는 속담에 따라 아무도 건드리지 않고, 신의 두려움을 알고, 스스로의 분수에 맞게 살아야 해요. 사람들이 자기를 건드리지 않게 하고, 자신의 남루한 방에 몰래 들어오거나 엿보지 못하게 하고, 또 저자는 집에서 어떻게 생활하는지, 가령 좋은 조끼가 있는지, 제대로 된 속옷을 가지고 있는지, 장화는 있는지, 밑창은 무엇으로 댔는지, 무엇을 먹고 무엇을 마시는지, 무엇을 정서(淨書)하고 있는지…… 따위의 호기심의 대상이 되지 않길 바라면서 말입니다. 나만 하더라도 제대로 포장되지 않은 도로에선 장화를 아끼려고 발끝으로 걸을 때가 있는데, 그게 어떻다는 거죠! 이따금 돈이 없어서 차를 못 마시는 타인에 대해 쓰는 이유가 뭡니까? 마치 모두가 반드시 차를 마셔야만 한다는 듯이 말이죠! 내가 다른 사람이 무슨 빵 조각을 씹고 있는지 알아내려고 그들 입속을 들여다본 적이 있던가요? 내가 이런 식으로 누굴 모욕했나요! 아닙니다, 바렌카, 자신을 건드리지 않는데 왜 남을 모욕한단 말입니까? 그럼, 바르바라 알렉세예브나, 당신에게 한 가지 예를 들어 보죠. 바로 이런 겁니다. 한 사람이 열심히 성실하게 일하고 있습니다. 무엇이 더 필요합니까! 상관들도 그를 존중합니다.(누가 뭐라고 해도 그는 존중받고 있습니다.) 그런데 누군가가 그의 면전에 대고 명백한 이유도 없이 괜히 욕설을 퍼붓는 셈입니다. 물론 나에게 뭔가 새로운 물건이 생긴다면 기뻐서 잠도 못 잘 겁니다. 가령 새 구두가 생긴다면 진심으로 기뻐하고 크게 만족하면서 그걸 신겠죠. 정말 그렇습니다. 나도 느껴 봤어요. 섬세하고 멋진 구두를 신고 자기 발을 내려다보면 당연히 기쁘지 않겠습니까. 이건 올바로 묘사되었어요! 그런데 표도르 표도로비치[30] 같은 사람이 왜 이런 책의 발행을 묵과하고 자기변호를 하지 않는지 참으로 놀랍습니다. 사실 그는 아직 젊은 고관인데, 이따금 고함치기를 좋아합니다. 그래요, 소리치면 안 된다는 법은 없죠. 우리 같은 사람들은 필요하다면 야단을 맞아야 합니다. 예컨대 호통을 치는 까닭이 품위를 유지하기 위한 것이라고 해 봅시다. 그러면 품위를 유지하기 위해서라도 호통을 쳐야 합니다. 훈계하고 윽박질러야 합니다. 바렌카, 우리끼리 얘기지만 우리 같은 사람들은 야단을 맞지 않으면 아무것도 하지 않고, 모두들 어딘가 명단에 오르려고 호시탐탐 기회만 엿봅니다. 정작 일에는 무관심하게 뒷짐을 지고, 나는 이 자리나 저 자리에 어울린다고

---

30) 고골의 소설 「외투」의 주인공 아카키 아카키예비치를 작가 자신의 이름 (표도르)으로 비틀어 적고 있다.

떠들어 댈 거예요. 직급에는 여러 가지가 있고, 모든 직급마다 그 직급에 맞는 질책을 요구하기 때문에 자연히 질책의 방식도 가지각색이기 마련입니다. 당연한 얘기죠! 바렌카, 이 세상이 유지되는 이유는, 우리가 서로 모범을 보이고 우리 각자가 다른 사람을 질책하기 때문입니다. 만일 이런 예방책이 없다면 세상은 존립하지 않을 테고, 질서도 없을 겁니다. 표도르 표도로비치가 이런 모욕을 간과하고 지나치다니 정말로 놀랍습니다.

도대체 무엇 때문에 이런 것을 쓰는 걸까요? 이런 것이 무슨 필요가 있을까요? 독자들 중 누군가가 내게 이런 외투라도 만들어 준답니까? 새 구두라도 사 준답니까? 아닙니다, 바렌카, 다 읽고 나면 속편을 요구하겠죠. 사람은 이따금 사람의 눈을 피해 몸을 숨기고, 자신이 성공하지 못했음을 감추고, 때때로 어디든 얼굴을 내미는 일을 두려워합니다. 그건 험담을 두려워하고, 세상의 온갖 시시콜콜한 것들이 욕설을 만들어 내기 때문입니다. 그리고 갖가지 공적 생활과 가정생활이 문학 작품의 소재가 되어 나돌아 다니고, 모든 것이 출판되어 널리 읽히고, 웃음거리가 되고 험담의 빌미가 되기 때문입니다! 그러면 그 즉시 밖을 돌아다닐 수 없게 됩니다. 이 책에는 걸음걸이만 보아도 우리를 알아볼 수 있도록 하급 관리들의 모습이 잘 그려져 있습니다. 작가가 이야기의 결말쯤에서라도 생각을 바꿔 뭔가 완곡하게 표현했더라면 좋았을 텐데요. 또 주인공의 머리에다 종이를 뿌렸다는 대목 다음에라도 "이 모든 점으로 미루어 볼 때, 그는 선량하고 훌륭한 시민이었고, 자기 동료들로부터 이런 푸대접을 받을 사람이 아니었고, 윗사람들의 말도 잘 들었고(어떤 실례를 들 수도 있을 겁니다.), 누구의 불행도 원하지 않았고, 하느님을 믿다가 사람들의 애도 속에서 죽었다.(만약 작가가 주인공이 꼭 죽기를 원한다면.)" 등의 구절이 삽입되었다면 좋았을 겁니다. 아예 이 가련한 주인공을 죽이지 말고 그에게 외투를 되찾아 주고, 장관은 그의 온갖 선행을 더 자세히 알게 되고, 그를 자기 사무실로 발령 내고, 승진도 시켜 주고 월급도 많이 올려 주었다면 가장 좋았을 거예요. 그랬다면 결국 악은 벌을 받고 선은 승리했을 테고, 사무실 동료들은 모두 아무것도 얻지 못했을 겁니다. 예컨대 나라면 그렇게 썼을 겁니다. 그런데 이 작품에 무슨 특징이나 좋은 점이 있습니까? 그저 하루하루의 너절한 일상에서 얻은 공허한 장면에 불과합니다. 바렌카, 어떻게 당신은 이런 책을 내게 보낼 생각을 했나요? 이렇게 악의적인 책을 말입니다. 이건 전혀 사실과 다릅니다. 실제로 그런 일이 있었다면 고발을 해야 합니다, 바렌카, 정식으로 고발을 해야 합니다.

당신의 충실한 종
마카르 제부시킨

7월 27일

친애하는 마카르 알렉세예비치 님!

최근에 일어난 일과 당신이 보낸 편지 때문에 놀라고 당황했는데, 표도라의 얘기를 듣고 나니 모든 것이 확실해졌습니다. 그런데 마카르 알렉세예비치, 갑자기 왜 그렇게 낙담하고 절망의 심연으로 떨어지셨나요? 당신의 설명으로는 충분히 납득이 되지 않습니다. 그것 보세요, 지난번에 제안받은 유리한 일자리를 잡으려고 고집한 제가 옳았잖아요? 게다가 최근에 제게 일어난 일로 저는 정말 놀랐습니다. 당신은 저를 사랑하기 때문에 감추는 거라고 말씀하십니다. 당신이 만일의 경우에 대비해서 저축해 둔 돈을 저를 위해 쓴다고 말씀하셨을 때, 저는 정말 고마운 일이라고 생각했습니다. 그런데 당신에겐 저축해 둔 돈이 전혀 없었고, 우연히 저의 빈궁한 처지를 아시고 자신의 월급을 가불해 가면서까지 저를 위해 쓰기로 결심하셨죠. 심지어 제가 병이 났을 때 옷까지 팔았다는 사실을 알게 된 지금, 저는 이 모든 것을 어떻게 받아들이고 어떻게 생각해야 할지, 여태 경험해 보지 못한 괴로운 처지에 놓였습니다. 아아! 마카르 알렉세예비치! 당신은 그 이상 쓸데없는 데에 돈을 낭비하지 말았어야 해요. 그저 연민과 친척으로서의 애정에 이끌려 베푼, 처음 몇 번의 도움으로 끝냈어야 했습니다. 마카르 알렉세예비치, 저에게 그런 처지를 솔직하게 말하지 않음으로써 당신은 우리의 우정을 배반한 셈입니다. 당신의 마지막 재산이 저의 옷이며 과자며 산책이며 극장 구경이며 책을 사는 데 쓰였음을 알게 된 지금, 저는 저의 용서받지 못할 경솔함(당신의 상황을 걱정하지 않고 당신한테서 모든 것을 받았으니까요.)을 송두리째 후회하면서, 이 모든 것에 대해 값비싼 대가를 치르고 있습니다. 결국 당신이 저를 기쁘게 해 주려고 했던 모든 것들이 이젠 저를 슬프게 할 뿐이고, 무익한 후회만을 남기고 있습니다. 요즈음 당신이 우울해하는 모습을 눈치채고, 저 역시 무슨 일이 일어나지 않을까 걱정하고 있었지만 지금과 같은 일이 일어나리라고는 꿈에도 생각하지 못했습니다. 도대체 어떻게 된 일입니까! 마카르 알렉세예비치, 당신이 그토록 낙담하시다니요! 이제 당신을 아는 모든 사람들이 당신을 어떻게 생각하고, 당신에 대해 뭐라고 얘기하겠어요? 저를 비롯한 모든 사람들이 당신의 선량한 마음씨와 겸손함과 신중함을 존경해 왔는데, 그런 당신이 돌연 이전과 전혀 다른 분별없는 생활에 빠지시다니요. 경찰이 만취한 채 길거리에 널브러진 당신을 집으로 데려다주었다는 얘기를 표도라에게서 들었을 때, 제 마음이 어땠겠어요! 당신이 나흘이나 보이지 않아서 무슨 심상치 않은 일이 일어나지 않았을까 짐작은 했지만, 저는 너무 놀란 나머지 그 자리에서 굳어 버리고 말았습니다. 마카르 알렉세예비치, 당신이 결근한 진짜 이유를 상관이 알면 뭐라고 말할지 생각해 보셨나요? 모두가 우리를 조롱하고, 모두가 우리의 관계를 알고, 당신의 이웃들이 저까지 끌어들여서 놀린다고 말씀하시는데, 마카르 알렉세예비치, 그런 것엔 신경 쓰지 마시고, 제발 마음을 가라앉히세요. 그리고 이건 언뜻 들은 얘기인데, 그 장교들과 당신 사이에서 일어난 일도 저를 깜짝 놀라게 했습니다. 무슨 일인지 자세하게 설명해 주세요. 당신은 제게 털어놓기가 두렵고, 고백하면 저와의 우정을 잃을까 봐 걱정이 된다고 쓰셨습니다. 병든 저를 어떻게 도울지 몰라서 절망에 빠졌고, 제가 병원에 실려 가지 않도록 모든 것을 팔았고, 잔뜩 빚을 졌고, 매일 여자 집주인과 불쾌한 일이 생긴다고 쓰고 계십니다. 하지만 이 모든 것을 숨기면서 당신은 더 나쁜 길을 선택했습니다. 이제야 저는 모든 걸 알게 되었어요. 당신은 제가 당신 불행의 원인이라는 걸 모르게 하려고 애쓰셨지만, 이제 그 진실은 제게 두 배의 고통을 가져다주었습니다. 마카르 알렉세예비치, 이 모든 일로 저는 정말 놀랐습니다. 오, 나의 친구여! 불행은 전염병과 같습니다. 불행한 사람들과 가난한 사람들은 더 이상 전염되지 않도록 서로 피해야 합니다. 당신의 소박하고 고독한 생활에서 지금껏 경험하지 못했던 불행을 제가 당신께 안겨 준 겁니다. 이 모든 것이 저를 괴롭히고 낙담하게 합니다.

당신에게 무슨 일이 있었는지, 왜 그런 행동을 하셨는지 이제 모든 것을 솔직하게 써 보내 주세요. 되도록 저를 안심시켜 주세요. 저를 안심시켜 달라고 강요하듯 쓰는 까닭은, 자존심 때문이 아니라 제 마음에 그 무엇으로도 지워 버릴 수 없는 당신을 향한 우정과 사랑이 있기 때문입니다. 안녕히 계세요. 당신의 답장을 학수고대합니다. 마카르 알렉세예비치, 당신은 저에 대해 잘못 생각하셨어요.

진심으로 당신을 사랑하는
바르바라 도브로셀로바

7월 28일

　더없이 소중한 나의 바르바라 알렉세예브나!

　이제 전부 끝났고, 모든 것이 조금씩 이전 상태로 돌아가고 있으니, 바렌카, 당신에게 모두 말하겠습니다. 당신은 사람들이 나를 어떻게 생각할지 걱정하지만, 바르바라 알렉세예브나, 서둘러 말해 두건대 내게 무엇보다 소중한 것은 자존심입니다. 따라서 윗사람들은 나의 불행과 난잡한 모든 행동을 아직 아무도 모르고, 앞으로도 알 리가 없으므로 그들은 모두 이전처럼 나를 존중할 것임을 당신에게 알려 드립니다. 다만 한 가지 두려운 점은 뜬소문입니다. 이곳 집주인 여자는 여전히 꽥꽥대지만 당신이 보낸 10루블로 빚의 일부를 갚고 나니 이젠 투덜대기만 할 뿐 그 이상의 일은 없답니다. 다른 사람들은 어떤가 하면, 별문제 없습니다. 그들에게 돈만 빌려 달라고 하지 않으면 그만입니다. 바렌카, 해명을 마치면서 당신에게 말하고자 하는 바는, 나에 대한 당신의 존경이야말로 이 세상에서 가장 소중하고, 잠시 무질서한 생활에 휘말린 지금도 내게 위안을 준다는 사실입니다. 다행히 첫 충격과 첫 소동이 지나갔고, 당신은 그걸 용서하셨습니다. 나는 당신을 나의 천사처럼, 곧이곧대로 말하자면, 천사를 사랑하듯 당신을 사랑했습니다. 하지만 당신과 헤어질 수 없어서 당신을 내 곁에 붙잡아 두고자 당신을 속였습니다. 그래도 당신은 나를 배신자나 이기주의자로 생각하지 않았습니다. 지금은 직무에 성실히 임하여 맡은 일을 잘 수행하고 있습니다. 어제 내가 옆을 지나

갈 때, 예프스타피 이바노비치는 한마디도 하지 않았습니다. 바렌카, 솔직히 말해서 나를 옥죄는 것은 빚과 형편없는 옷입니다. 그러나 이런 건 아무것도 아닙니다. 바렌카, 당신에게 간절히 부탁하는데, 이 점에 대해 낙담하지 마세요. 바렌카, 당신은 내게 50코페이카를 또 보냈는데, 바렌카, 이 50코페이카가 내 가슴을 후벼 팠습니다. 어쩌다 일이 이 지경까지 되어 버렸는지! 그러니까 이 바보 같은 늙은이가 나의 천사인 당신을 돕는 게 아니라, 오히려 가엾은 고아인 당신이 날 도와주고 있잖습니까! 표도라가 돈을 구했다니 잘한 일입니다. 만약 조금이라도 뭔가 희망이 보이면 당신에게 모든 것을 자세히 적어 보내지요. 하지만 무엇보다도 뜬소문, 뜬소문이 나를 괴롭힙니다. 그럼 안녕, 나의 천사여. 당신의 손에 키스하며 당신의 건강을 기원합니다. 서둘러 직장에 나가야 하기 때문에 자세히 쓸 수 없습니다. 열심히 노력해서 그동안 직무를 게을리한 잘못을 모두 씻어야 하니까요. 모든 사건들과, 장교들과 다툰 일에 대해서는 저녁에 적어 보내겠습니다.

당신을 존경하고 진심으로 사랑하는
마카르 제부시킨

7월 28일

아아, 바렌카, 바렌카! 이번엔 당신이 잘못을 했고 양심의 가책을 느낄 겁니다. 당신의 편지는 내 머리를 혼란스럽고 어리둥절하게 했습니다. 그런데 이제 여유를 가지고 내 마음속을 들여다보니 나는 내가 옳았음을, 절대로 옳았음을 알게 되었습니다. 내가 저지른 추태를 말하는 게 아니라(바렌카, 그런 것은 문제가 안 됩니다!), 내가 당신을 사랑하고 있으며, 당신을 사랑했던 것이 전혀 경솔한 짓이, 전혀 분별없는 짓이 아니었다는 말입니다. 바렌카, 당신은 아무것도 모릅니다. 만약 당신이 왜 이 모든 일이 일어났고 어째서 내가 당신을 사랑할 수밖에 없는지 아신다면 당신은 그렇게 말하지 않았을 겁니다. 당신은 단지 만사를 아주 이치에 맞게 말하고 있을 뿐, 마음은 전혀 그렇지 않다는 것을 나는 믿습니다.

바렌카, 나와 장교들 사이에 어떤 일이 있었는지는 나 자신도 잘 모르고 좀체 기억이 나지 않습니다. 나의 천사여, 미리 지적해 두지만 그 일이 있기 전에 나는 극심한 혼란에 빠져 있었습니다. 이미 한 달 내내 내가 한 가닥 실오라기에 매달려 버티고 있었다고 상상해 보세요. 극도로 비참한 상태였습니다. 당신에게도 숨기고, 집에도 숨겨 왔는데 주인집 여자가 떠들어 댄 겁니다. 그런 건 뭐 대수로운 일이 아닐 수도 있습니다. 하지만 창피하기 짝이 없었지요. 게다가 그녀가 우리의 관계를 어떻게 알았는지 온 집 안에 떠들고 다니는 바람에 나는 깜짝 놀라서 귀를 막아 버렸습니다. 문제는 다른 사람들이 귀를 막지 않고 도리어 더욱더 귀를 기울였다는 겁니다. 바렌카, 나는 지금 몸 둘 바를 모르겠습니다…….

나의 천사여, 이렇게 이 모든 것들, 이 온갖 불행이 층층이

쌓여서 나를 궁지로 몰아붙인 겁니다. 그런데 표도라한테, 어떤 저열한 구혼자가 당신 집에 불쑥 나타나서 무례한 청혼으로 당신을 모욕했다는 이상한 이야기를 들었습니다. 바렌카, 그자가 당신을 몹시 모욕했으리라 생각됩니다. 나 역시 심한 모욕감을 느꼈으니까요. 바렌카, 나는 그 얘기를 듣는 순간 미쳐 버렸고, 분별력을 잃고 완전히 돌아 버렸습니다. 나의 친구 바렌카, 나는 일찍이 경험한 적 없는 어떤 광기에 사로잡혀서 밖으로 뛰쳐나왔고, 그 나쁜 놈을 찾아가고 싶었습니다. 당최 내가 뭘 하고 싶었는지 알 수 없지만, 나의 천사인 당신이 모욕당하는 것을 원하지 않았기 때문입니다! 정말 슬펐어요! 그때 비가 내려서 진창이었고, 참으로 우울했습니다……! 나는 그만 돌아가고 싶었어요……. 그런데 바렌카, 그때 마침 한 사람을 우연히 만났어요. 예멜랴, 예멜리얀 일리치를 만난 겁니다. 그는 관리인데, 정확히 말하자면 관리였는데, 우리 직장에서 해고당했으므로 이젠 관리가 아닙니다. 무엇을 하는진 모르지만 근근이 살아가는 것 같았습니다. 그래서 우리는 같이 걸었습니다. 하지만 바렌카, 당신도 자기 친구의 불행과 재난 그리고 유혹당한 사연을 읽는 일이 즐거울리 없겠죠? 사흘째 되는 날 저녁에, 이 예멜랴가 부추기는 바람에 나는 그 장교라는 자에게 찾아갔습니다. 주소는 우리집 문지기에게 물어보았어요. 바렌카, 한마디 더 덧붙이자면, 오래전부터 나는 이 젊은이를 눈여겨보았고, 벌써 우리 집에세 들어 살 때부터 그를 주시해 왔습니다. 그때 내가 실례를 범했음을 이제야 절실히 느낍니다. 왜냐하면 그에게 나의 방문을 알렸을 때, 이미 나는 제정신이 아니었으니까요. 바렌카, 솔직히 나는 아무것도 기억하지 못합니다. 그의 집에 장교들이 아주 많았던 것만을 기억합니다. 아니면 내 정신이 몽롱해서 그렇게 보였는지 모르겠습니다. 또 내가 무슨 말을 했는지도 모릅니다. 다만 내가 의분에 젖어서 말을 많이 한 것만은 압니다. 그 즉시 그들은 나를 쫓아냈고 나를 계단 아래로 내던졌습니다. 아니, 내던진 건 아니고 그냥 밀쳐 낸 겁니다. 바렌카, 당신도 내가 어떻게 돌아왔는지 이미 알고 있습니다. 바로 이게 전부입니다. 물론 나는 스스로 품위를 깎아내렸고, 내 명예도 실추시켰습니다. 하지만 이 사건은 당신말고 아무도 모르니 실상 없었던 일이나 마찬가지입니다. 아마 그럴 것 같지 않나요, 바렌카? 당신은 어떻게 생각하시나요? 나는 이런 사례를 분명히 경험한 적 있어요. 작년에 우리 직장에서 아크센티 오시포비치가 이런 식으로 표트르 페트로비치의 인격을 모독했는데, 그는 남몰래, 은밀하게 그랬습니다. 아크센티는 표트르를 경비실로 불러냈고, 나는 그모든 광경을 문틈으로 보았어요. 그는 그 상황을 잘 처리했고, 나 말고 본 사람이 아무도 없었으므로 점잖게 처리한 셈이죠. 글쎄, 나와는 상관없는 일이고, 또 무슨 일이 있었는지 아무에게도 말하고 싶지 않았어요. 그런데 이 일이 있은 뒤, 표트르 페트로비치와 아크센티 오시포비치는 정말 아무렇지도 않게 지냈습니다. 알다시피, 표트르 페트로비치는 자존심이 무척 강해서 누구에게도 이 일에 대해 얘기하지 않았습니다. 그래서 이제 그들은 스스럼없이 서로 인사를 나누고 악수를 한답니다. 바렌카, 나는 당신과 말다툼을 하려는 게 아닙니다. 아니, 감히 말다툼을 할 용기조차 없습니다. 나는 큰 실수를 했고, 무엇보다 두려운 것은 스스로의 평판을 떨어뜨렸다는 점입니다. 하지만 이것 역시 틀림없이 내가 타고난 운명입니다. 운명을 피할 수 없음은 당신도 알고 있죠. 자, 바로 이게 내 불행과 재난에 대한 상세한 설명입니다. 바렌카, 이 모든 이야기는 읽어도 그만, 안 읽어도 그만인 것들이에요. 나의 바렌카, 나는 몸이 좀 좋지 않고 들뜬 기분마저 다 사라졌습니다. 친애하는 바르바라 알렉세예브나, 이제 나의 애착과 사랑과 존경을 당신께 표하면서 이만 줄입니다.

당신의 가장 충실한 종
마카르 제부시킨

7월 29일

친애하는 마카르 알렉세예비치 님!
  당신이 보낸 두 통의 편지를 다 읽었는데, 그저 한숨만 나옵니다! 나의 친구여, 당신은 제게 무언가 말하지 않고 숨기고 있습니다. 그저 당신에게 일어난 불쾌한 일들의 일부분만을 써 보내셨군요. 그렇지 않다면…… 마카르 알렉세예비치, 실제로 당신의 편지는 여전히 산만하게 느껴져요……. 제게 들러 주세요, 제발 오늘 들러 주세요. 아셨지요, 점심 식사를 하러 곧장 우리 집에 들러 주세요. 당신이 거기에서 어떻게 지내는지, 주인집 여자와는 어떻게 화해했는지 저는 알 길이 없어요. 당신은 이 점에 대해 한마디도 쓰지 않았고, 마치 일부러 침묵하고 있는 것 같아요. 그럼, 안녕, 나의 친구여. 오늘 꼭 우리 집에 들러 주세요. 당신이 늘 우리 집에 식사하러 온다면 좋을 텐데요. 표도라는 음식을 아주 잘 만들거든요. 안녕히 계세요.

당신의
바르바라 도브로셀로바

8월 1일

경애하는 바르바라 알렉세예브나!

바렌카, 신께서 당신에게 선을 선으로 갚고 내 은혜에 보답할 기회를 주셨음을 기쁘게 생각합니다. 바렌카, 나는 그러리라고 믿습니다. 천사처럼 선량한 당신의 마음씨를 믿기 때문에 당신을 비난하려고 이런 말을 하는 것이 아닙니다. 다만 그때처럼 노년에 함부로 돈을 허비했다고 날 비난하지는 마세요. 물론 그런 행동은 아주 큰 잘못입니다. 그러나 이제 와서 어쩌라는 말입니까! 당신이 굳이 그 일을 커다란 잘못이라고 꼭 말해야겠다면, 나의 친구여, 나는 당신에게 숱한 잔소리를 들어도 쌉니다! 내가 이런 말을 한다고 화내지 마세요. 바렌카, 내 가슴은 온통 찢긴 듯합니다. 가난한 사람들은 변덕스러워요. 태어날 때부터 그렇습니다. 전에도 그렇게 느꼈지만, 지금은 훨씬 더 통감하고 있습니다. 가난한 사람은 성격이 까다롭습니다. 그는 이 세상을 남과 다르게 보고, 지나가는 사람들을 흘끔흘끔 곁눈질하고, 당혹스러운 시선으로 주변을 둘러보고, 혹시 누가 자기 말을 하진 않는지 말 한 마디 한 마디에 귀를 곤두세웁니다. 예컨대, 저 사람은 왜 저렇게 볼품이 없을까? 저 사람은 도대체 무엇을 느낄까? 이쪽에서 보면 어떻고, 저쪽에서 보면 어떨까? 바로 이런 거죠. 바렌카, 삼류 문사들이 글을 어떻게 쓰든 가난한 사람이 쓰레기만도 못한 취급을 받고, 누구한테도 존경받지 못한다는 점은 모두가 아는 사실입니다! 삼류 문사들이 무엇을 쓰든 가난한 사람의 모든 상황은 언제나 똑같을 겁니다. 어째서 늘 똑같을까요? 그들의 견해에 따르면, 가난한 사람은 모든 속내를 속속들이 뒤집어서 보여 줘야 하고, 또 가난한 사람은 성스러운 뭔가를, 그 어떤 자존심도 가져선 안 되기 때문입니다! 최근에 예멜랴가 말하길, 누군가 그를 무슨 자선 단체에 등록시켰는데, 은화 10코페이카를 받을 때마다 어떤 공식적인 심사 같은 걸 받았다고 합니다. 그들은 그에게 10코페이카를 거저 주었다고 생각하지만, 천만의 말씀입니다. 그들은 가난한 사람을 구경한 대가로 돈을 지불한 겁니다. 요즘엔 선행마저 어쩐지 이상하게 이루어집니다……. 아마 항상 그래 왔을 겁니다. 아무도 모르게! 그들은 선행을 할 능력이 없는 이들이거나 아주 대단한 전문가들, 둘 중의 하나겠죠. 필시 당신은 이런 사실을 몰랐을 거예요, 그렇죠! 우리처럼 가난한 사람들은 다른 건 몰라도 그런 건 잘 압니다. 왜 가난한 사람은 이 모든 걸 알고, 또 그렇게 생각할까요? 왜 그럴까요? 바로 경험을 통해 아는 겁니다. 가령 가난한 사람은 바로 옆에 있는 신사가 어딘가 레스토랑으로 걸어가면서 "저 가난한 관리는 오늘 무엇을 먹을까? 나는 소테 파피요트[31]를 먹겠지만 저 가난한 관리는 버터도 넣지 않은 카샤[32]를 먹을 테지." 하고 혼잣말한다는 걸 알죠. 하지만 내가 버터도 안 들어간 카샤를 먹든 말든 그와 무슨 상관이라는 말입니까? 바렌카, 그런데 그런 것만을 생각하는 사람이 있다는 겁니다. 이 기분 나쁜 삼류 문사들은 이리저리 걸어 다니면서 사람들이 발바닥을 돌에 대고 걷는지, 혹은 구두 끝으로 조심스레 걷는지 살펴본다는 거죠. 어느 관청에서 근무하는 9등관 아무개는 구두 밖으로 발가락이 비어져 나오고, 팔꿈치가 다 닳아서 구멍이 났다느니…… 그리고 이 모든 것을 묘사해 대며 그런 쓰레기 같은 것을 출판한단 말입니다…… 내 팔꿈치가 닳아서 구멍이 난 게 그들이랑 무슨 상관입니까? 바렌카, 당신이 나의 거친 말을 용서해 주리라 생각해서 하는 얘기지만, 예컨대 가난한 사람도 이 점에 대해선 당신이 가진 처녀로서의 수치심과 똑같은 수치심을 가지고 있다는 말입니다. 당신도 모든 사람들 앞에서 ── 이런 거친 말을 용서하십시오. ── 옷을 벗진 않잖습니까. 마찬가지로 가난

---

31) 고기, 생선 채소 등의 식재료를 소스와 함께 종이에 싸서 조리하는 요리.
32) 쌀, 보리, 귀리 등을 끓여서 만든 죽.

한 사람 역시 누군가가 자신의 비좁고 초라한 집을 들여다보고, 심지어 가족 관계마저 미주알고주알 알려 하는 걸 싫어한다는 말입니다. 그런데 바렌카, 당신은 왜 그때 이런 정직한 인간의 명예와 자존심을 짓밟으려 하는 나의 적들과 함께 나를 모욕했습니까!

오늘 나는 관청에서 자신에 대한 수치심으로 얼굴이 화끈거린 나머지, 마치 곰 새끼나 털 뽑힌 참새처럼 앉아 있었습니다. 바렌카, 나는 부끄러웠어요! 옷 사이로 팔꿈치가 훤히 들여다보이고 단추도 실에 매달려 대롱거렸으니 당연히 부끄러운 일입니다. 일부러 그러기라도 한 듯 나의 모든 것이 아주 엉망이었습니다! 나도 모르게 의기소침해질 수밖에 없었어요. 그런데 무슨 일이 있었는지 아세요……! 오늘 스테판 카를로비치와 업무에 대해 얘기를 나누었는데, 마치 우연인 듯 "어이, 당신 마카르 알렉세예비치!" 하고 덧붙이더군요. 그러고는 말을 흐리며 자기가 무슨 생각을 했는지는 끝까지 말하지 않았습니다. 다만 나는 무슨 상황인지를 짐작했고, 얼굴이 새빨개져서 훵한 정수리까지 달아올랐습니다. 실제로 그건 아무 일도 아니었지만 마음이 불편하고 괴로웠어요. 그들이 벌써 무엇을 알고 있지는 않을까! 오, 맙소사 어떻게 알았을까! 고백하건대, 몹시 의심스러운 자가 한 사람 있습니다. 이런 악한들에게 그 같은 일은 아무것도 아니지요! 그자들은 폭로할 겁니다! 남의 모든 사생활을 값싼 몇 푼에 폭로할 겁니다. 그자들에게 신성함 따위는 아예 없습니다.

이제 나는 그게 누구의 장난인지 압니다. 바로 라타자예프의 장난입니다. 그는 우리 관청의 누군가와 알고 지내는데, 분명 대화 중에 없는 말까지 덧붙여서 죄다 떠들어 댔을 겁니다. 아니면 그가 자기 직장에서 늘어놓은 이야기가 우리 관청에까지 전해졌을지도 모릅니다. 우리 집에 사는 사람들 모두가 이런 사정을 낱낱이 알고서 당신의 집 창문을 손가락질합니다. 나는 이미 그들이 손가락질하는 까닭을 압니다. 어제 내가 당신 집으로 식사하러 갈 때 그들 모두가 창밖으로 고개를 쑥 내밀더군요. 주인집 여자는 "저것 봐, 전혀 어울리지 않는 늙은이와 어린 계집이 붙어 버렸네."라고 말하면서 당신을 험담했습니다. 하지만 이 모든 일조차 당신과 나를 자신의 문학 작품 속으로 끌어들여서 풍자적으로 묘사하려 하는 라타자예프의 추악한 의도에 비하면 아무것도 아닙니다. 그자가 직접 그렇게 말했노라고, 우리 집에 사는 친절한 이웃들이 내게 미리 귀띔해 줬습니다. 바렌카, 이제 나는 아무것도 생각할 수 없고 무엇을 어떻게 결정해야 할지 모르겠습니다. 솔직히 말해서, 우리가 신의 노여움을 샀나 봅니다, 나의 천사여! 바렌카, 내 지루함을 달래 주려고 책을 보내겠다고요? 바렌카, 뭐하러 책을 보냅니까! 도대체 책이란 무엇입니까? 그건 밑도 끝도 없는 이야기입니다! 소설은 엉터리이고, 한가한 사람들이나 읽도록 쓰인 보잘것없는 것입니다. 바렌카, 나를 믿어요, 나의 오랜 경험을 믿어 주세요. 만약 사람들이 셰익스피어를 운운하며, 봐라 문학엔 셰익스피어가 있지 않느냐고 당신의 말문을 막아 버리더라도 셰익스피어 역시 엉터리입니다. 모든 소설은 진짜 엉터리이고, 오직 남의 결점을 비웃고 공격하기 위해서 만들어진 것입니다!

당신의
마카르 제부시킨

8월 2일

친애하는 마카르 알렉세예비치 님!

아무것도 걱정하지 마세요. 하느님이 모든 걸 잘되게 이끌어 주실 겁니다. 표도라가 자기와 제 일감을 많이 얻어 와서 우리는 즐겁게 일을 시작했습니다. 아마 모든 게 잘될 거예요. 표도라는 최근에 제게 일어난 불쾌한 사건에 안나 표도로브나가 관련되어 있다고 의심하지만, 지금 저는 아무래도 상관없습니다. 오늘 저는 왠지 무척 즐거워요. 그나저나 당신은 자꾸 돈을 빌리려고 하시는데, 제발 그러지 마세요! 나중에 갚아야 할 때 곤란해지잖아요. 우리와 좀 더 친하게 지내는 편이 좋겠으니, 주인집 여자는 신경 쓰지 말고 더욱 자주 들러주세요. 다른 적들과 당신 주변의 악의를 가진 사람들에 대해서 말하건대, 당신은 괜한 의심으로 괴로워하고 있음이 틀림없어요, 마카르 알렉세예비치! 지난번에도 말씀드렸지만 당신의 문장은 매우 고르지 않답니다. 그럼, 안녕, 안녕히 계세요. 저희에게 꼭 오시리라 믿으며 기다리겠습니다.

당신의

V. D.

8월 3일

나의 천사, 바르바라 알렉세예브나!

내게 약간의 희망이 생겼음을 나의 생명인 당신에게 급히 알려 드립니다. 나의 바렌카, 나의 천사여, 당신은 내가 돈을 빌려서는 안 된다고 쓰셨지요? 하지만 나의 귀여운 이여, 돈을 빌리지 않고는 살아갈 수가 없습니다. 나도 몸이 성하지 않고, 당신 역시 갑자기 변고를 당할지 모르잖아요! 당신은 몸이 몹시 허약하니까요. 그래서 반드시 돈을 빌려야 한다고 쓴 겁니다. 자, 그럼 말을 이어 가겠습니다.

바르바라 알렉세예브나, 나는 직장에서 예멜리얀 이바노비치와 나란히 앉아 있습니다. 당신이 아는 그 예멜리얀이 아닙니다. 나와 같은 9등관인데, 우리 두 사람은 관청에서 아마 가장 오래 근무한 최고참이라 할 수 있습니다. 그는 착하고 욕심 없는 사람으로, 늘 말이 없고 진짜 곰처럼 보입니다. 그러나 사무에 밝고 멋진 필체를 — 그는 영어를 정말 깨끗하게 쓰는데, 솔직히 나 못지않게 잘 씁니다. — 구사하는 훌륭한 사람입니다! 우리는 친하게 지낸 적이 한 번도 없지만, 그저 평소 습관대로 "안녕히 가세요, 안녕하십니까." 하고 인사 정도는 나눕니다. 이따금 면도칼이 필요할 경우에 "예멜리얀 이바노비치, 미안하지만 면도칼 좀 빌려주세요."라고 부탁하기도 합니다. 요컨대 공동생활을 하면서 꼭 필요한 말은 하고 지내는 사이입니다. 그런데 바로 이 예멜리얀이 오늘 나에게 "마카르 알렉세예비치, 뭘 그렇게 골똘히 생각하세요?" 하고 묻는 겁니다. 그가 내게 호의를 보이고 있음을 깨닫고 나는 "예멜리얀 이바노비치, 사실은 이러저러합니다." 하고 그에게 마음을 털어놓았습니다. 하지만 모든 걸 다 말하지는 않았습니다. 그럴 순 없지요. 절대 말하지 않을 겁니다. 그럴 용기도 없고요. 이것저것 좀 어려운 일이 있다고 털어놓았을 뿐입니다. 그랬더니 예멜리얀 이바노비치가 이렇게 말해 주었어요. "그럼, 돈을 좀 빌리지 그래요. 표트르 페트로비치한테라도 빌리세요. 그는 이자를 받고 돈을 빌려줘요. 나도 그에게서 돈을 빌렸는데, 이자도 적당해서 그렇게 부담이 되지 않더군요." 바렌카, 이 말을 듣고 나는 가슴이 뛰었습니다. 어쩌면 신께서 표트르 페트로비치라는 은인의 마음을 움직여서 내게 돈을 좀 융통해 줄지도 모른다는 생각이 들었어요. '그러면 주인집 여자에게 방세도 내고, 당신도 돕고, 나 또한 그럴싸하게 차려입어야지.' 하고 나는 혼자 이러저런 계산을 해 보았습니다. 솔직히 지금 나는 너무나 창피합니다. 자리에 앉아 있기조차 무섭습니다. 관청의 냉소적인 사람들이 날 놀려 대더라도 그건 아무 상관 없습니다! 국장님은 이따금 우리의 책상 옆을 지나가곤 합니다. 그러다 지저분한 내 모습을 보시기라도 한다면, 오 맙소사! 국장님에겐 청결과 정돈이 중요하답니다. 국장님은 아무 말도 안 하시겠지만, 나는 창피해서 죽을 지경입니다. 정말입니다. 그래서 나는 마음을 단단히 먹고, 구멍 난 주머니 속에 수치심을 감춘 뒤 표트르 페트로비치에게로 향했습니다. 나는 돈을 빌릴 수 있다는 기대감과 희망에 차 있었지만 정말 산 것도 죽은 것도 아닌 상태였습니다. 모든 감정이 뒤범벅돼 있었죠. 그런데 바렌카, 모든 일이 터무니없이 끝나 버렸습니다! 그는 무슨 일로 바빠 보였고, 페도세이 이바노비치와 얘기하고 있었습니다. 나는 그의 옆에 다가가서 소매를 잡아당기며 "표트르 페트로비치, 저, 표트르 페트로비치!" 하고 말을 걸었어요. 그가 고개를 돌리자 나는 "사정이 이러저러한데 30루블 정도 빌려줄 수 있겠소." 하고 말을 건넸습니다. 처음에 그는 내 말을 이해하지 못했는데, 내가 모든 사정을 설명하자, 빙긋 웃더니 아무 일도 없다는 듯이 입을 다물었습니다. 나는 다시 그에게 똑같은 부탁을 했습니다. 그러자 그가 "당신 담보는 있소?" 하고 묻는 겁니다. 그는 서류를 뚫어져라 응시한 채 무언가를 쓰면서 나를 쳐다보지조차 않았습니다. 나는 약간 멍해졌습니다. 나는 "아뇨, 표트르 페트로비치, 담보는 없어요."라고 답한 뒤 월급을 타면 반드시, 그것도 맨 먼저 갚겠다고 설명했지요. 그때 누군가가 그를 불렀고, 나는 그를 기다렸어요. 그는 자리로 돌아와서, 마치 내가 있음을 모르는 양 펜을 깎기 시작했습니다. 나는 여전히 용건을 얘기하면서 "표트르 페트로비치, 어떻게 좀 안 될까요?" 하고 물었습니다. 그는 못 들은 척 아무 말도 안 했고, 나는 잠시 서 있다가 '젠장, 마지막으로 한 번 더 시도해 보자.'라고 생각하며 그의 소매를 잡아당겼습니다. 그가 무슨 말이라도 해 주기를 바랐는데, 그는 펜을 다 깎더니 다시 글을 쓰기 시작했습니다. 그래서 나는 물러났어요. 바렌카, 그들이 훌륭한 사람들인지는 몰라도 모두 다 오만한, 아주 오만한 인간들입니다. 나 같은 건 사람 취급도 하지 않아요! 그들은 우리와 전혀 달라요! 바렌카, 이 말을 하려고 이 모든 걸 쓴 겁니다. 예멜리얀 이바노비치는 다시 빙그레 웃으며 머리를 흔들었습니다. 그리고 이 마음씨 좋은 사람은 내게 희망을 주었죠. 예멜리얀 이바노비치는 훌륭한 사람입니다. 그는 나를 어떤 사람에게 소개해 주겠다고 약속했습니다. 바렌카, 그가 소개해 주려는 사람은 비보르스카야 거리에 사는 14등급 관리인데, 역시 이자를 받고 돈을 빌려준다고 합니다. 예멜리얀 이바노비치는 이 사람이 반드시 돈을 빌려줄 거라고 말하더군요. 내일 그에게 갈 겁니다. 그런데 당신은 어떻게 생각하나요? 돈을 빌리지 못하면 정말 큰일입니다! 주인집 여자는 날 집에서 거의 내쫓으려 하고, 심지어 식사도 안 주려고 해요. 게다가 내 장화는 몹시 닳아 빠졌고, 바렌카, 옷에는 단추마저 없고…… 내게 없는 게 어디 이것뿐이겠습니까! 윗사람 중 누군가가 내 추레한 꼴을 본다면 어떻게 될까요? 큰일입니다, 바렌카, 큰일입니다, 정말 큰일입니다!

마카르 제부시킨

8월 4일

친절하신 마카르 알렉세예비치!

마카르 알렉세예비치, 제발 가능한 한 빨리, 얼마라도 좋으니 돈을 빌려 보세요. 현재의 상황에서 무슨 일이 있든 당신에게 도움을 청할 수 없음을 알지만, 지금 저의 처지를 아신다면 이해하실 거예요! 우리는 이 집에서 도저히 머무를 수가 없답니다. 제게 정말로 끔찍하고 불쾌한 일이 일어났어요. 지금 제가 얼마나 심각한 혼란과 흥분 상태에 빠져 있는지를 당신이 아신다면! 나의 친구여, 상상해 보세요. 오늘 아침에 훈장을 몇 개나 단 중년의 남자, 아니 거의 노인 같은 낯선 사람이 우리 집에 찾아왔습니다. 이 사람이 왜 우리 집을 방문했는지 영문을 몰랐으므로 저는 깜짝 놀랐지요. 그때 마침 표도라는 가게에 나가고 없었어요. 그 사람은 나더러 어떻게 살고 있는지, 또 무엇을 원하는지 묻더니 대답도 듣지 않은 채, 자기는 그 장교의 큰아버지라고 하더군요. 그러고는 조카의 무례한 행동과 우리에 관한 나쁜 소문을 온 집 안에 퍼뜨린 일에 대해 조카를 몹시 나무랐다고 하면서, 조카는 바람둥이인데다 경박한 녀석이므로, 이제부터 자기가 저를 보호해 주겠다고 말했습니다. 또 젊은이들의 말을 듣지 말라고 충고하더니, 자기는 아버지처럼 저를 동정하고 있으며, 부성애마저 느낀다고 하더군요. 끝으로 이제 모든 면에서 기꺼이 도와주겠다고 덧붙였습니다. 저는 그 말을 어떻게 이해해야 할지 몰라서 얼굴이 새빨개졌고, 차마 고맙다는 말조차 못 했어요. 그

는 내 손을 꼭 쥐고 볼을 두드리며, 제가 참으로 아름답고 양
볼의 보조개가 너무 마음에 든다고(그가 무슨 말을 했는지 오
직 신만이 아시겠죠!) 하더군요. 마침내 자기는 이미 늙은이라
고 말하면서 제게 키스를 하려고(정말로 혐오스러운 사람이었어
요!) 했습니다. 그때 마침 표도라가 집 안에 들어왔어요. 그는
약간 당황하더니, 다시 저의 수줍음과 얌전한 행동에 경의를
표하면서 제발 자신을 서먹하게 대하지 말라고 부탁했어요.
그러고 나서 표도라를 한쪽으로 불러 세우더니 이상한 구실
을 들이대며 돈을 좀 쥐여 주려 하더군요. 물론 표도라는 돈
을 받지 않았어요. 이윽고 그는 귀가할 채비를 하면서, 또다시
아까 한 말을 되풀이했어요. 그리고 다음에 올 때는 귀고리를
가져다주겠다고(그는 무척 당황한 듯했어요.) 말했습니다. 그리
고 제게 집을 옮기라고 타이르면서, 자기가 봐 둔 좋은 방이
있는데 방값은 한 푼도 받지 않을 테니 거기로 이사하면 어떻
겠느냐고 하더군요. 제가 정직하고 사려 깊은 처녀라 몹시 마
음에 든다면서 방탕한 젊은이를 조심하라고 거듭 충고했어요.
마지막으로 자기는 안나 표도로브나를 알고 있으며, 그녀가
직접 저를 찾아올 거라는 말도 했습니다. 그제야 저는 모든
것을 이해했습니다. 제게 어쩌다 이런 일이 일어났는지 모르
겠어요. 난생처음 겪는 상황이었으므로 저는 그만 이성을 잃
었습니다. 그래서 그에게 단단히 망신을 주었습니다. 표도라가
저를 도와주었고, 그를 집 밖으로 쫓아내다시피 했습니다. 우
리는 이 모든 것이 안나 표도로브나의 짓이라고 확신합니다.
그렇지 않다면 그 사람이 어떻게 우리에 대해 알았겠어요?

마카르 알렉세예비치, 부탁드립니다. 제발, 저를 도와주세요. 제발, 저를 이대로 두지 마세요! 얼마라도 좋으니 돈을 구해 보세요. 우리는 이사 갈 돈도 없고, 여기에 더 이상 머무를 수도 없어요. 표도라도 그렇게 하자고 합니다. 최소한 25루블이 필요해요. 돈은 일해서 갚겠습니다. 표도라가 며칠 내로 다시 일감을 얻어 올 테니, 설령 이자가 비싸더라도 개의치 마시고 어떤 조건이든 받아들이세요. 제가 다 갚아 드릴게요. 제발 저를 저버리지 마시고 도와주세요. 곤경에 처한 당신께 이런 폐를 끼치다니, 정말 괴롭습니다. 하지만 당신만이 저의 유일한 희망입니다! 안녕히 계세요, 마카르 알렉세예비치, 저를 생각해 주세요. 부디 일이 잘되길 빕니다!

V. D.

8월 4일

나의 사랑스러운 바르바라 알렉세예브나!

이 예기치 않은 모든 재난이 내 마음을 뒤흔들어 놓았습니다! 그토록 무시무시한 불행은 내 영혼을 파괴합니다! 온갖 따리꾼들과 쓸모없는 영감쟁이 같은 모리배들이 나의 천사인 당신을 병상으로 내몰고 있어요. 심지어 그자들은, 그 따리꾼들은 나까지 괴롭히려고 합니다. 그자들은 날 괴롭히고, 맹세하건대, 더욱더 괴롭힐 겁니다! 그러니 당신을 도울 수 없다면 차라리 지금 죽는 편이 낫습니다! 바렌카, 당신을 돕지 못한다면 그것이 바로 나의 죽음입니다. 순수하고 진실한 죽음입니다. 하지만 내가 돕는다 하더라도, 당신은 어린 새가 콕콕 쪼아 대는 올빼미나 사나운 새들을 피해 둥지를 떠나듯, 결국 내게서 날아가 버릴 겁니다. 바렌카, 바로 이런 생각이 나를 괴롭힙니다. 그런데 바렌카, 당신은 너무나 잔인하군요! 어떻게 그럴 수가 있나요? 사람들이 당신을 괴롭히고 모욕하는데, 나의 작은 새인 당신은 어찌 내가 당신에 대해 걱정할까 봐 괴로워하며 슬퍼하나요. 게다가 일을 해서 빚을 갚겠다고요? 그건 사실상 내 빚을 기한 내에 갚기 위해 당신의 연약한 몸을 해치겠다는 말이지요. 바렌카, 당신이 무슨 얘기를 했는지 한번 생각해 보세요! 당신은 왜 삯바느질을 하고, 고된 일을 자처하고, 걱정을 하면서 당신의 가엾은 머리를 아프게 하나요? 왜 당신의 아름다운 두 눈을 상하게 하고, 건강을 망치려 하는 겁니까? 아, 바렌카, 바렌카, 나의 귀여운 사람이여, 알다시피 나는 전혀 쓸모없는 인간입니다. 나 스스로 내가 쓸모없는 인간이라는 사실을 알지만, 이번만큼은 쓸모 있는 인간이 될 겁니다! 나는 모든 역경을 이겨 내고, 직접 부업도 찾아보겠습니다. 갖가지 작가들의 온갖 원고를 정서하고, 그들을 찾아가서 억지로라도 일을 맡을 겁니다. 그들은 늘 좋은 필경사를 찾고 있으니까요. 나는 그 점을 잘 알고 있으니, 당신이 자기 몸을 해치도록 내버려 두지 않을 겁니다. 당신이 스스로를 망치도록 방관하지 않을 겁니다. 나의 천사여, 나는 반드시 돈을 빌릴 겁니다. 돈을 빌리지 못하면 차라리 죽어 버리겠습니다.

내 귀여운 바렌카, 당신은 높은 이자를 겁내지 말라고 썼는데, 겁내지 않아요, 바렌카, 지금 나는 아무것도 두렵지 않습니다. 바렌카, 나는 지폐로 40루블을 빌릴 겁니다. 그리 많은 액수도 아니에요, 바렌카, 당신은 어떻게 생각하세요? 상대가 첫마디에 40루블을 빌려줄 정도로 날 믿을까요? 가령, 내가 처음 만난 상대방에게 그만한 믿음과 신뢰를 줄 수 있는 사람같이 보이나요? 첫 만남에서 내 용모를 보고 날 호의적으로 평가할까요? 나의 천사여, 내가 좋은 인상을 줄 수 있을까요? 당신이라면 어떻게 생각하겠어요? 사실 매우 두렵습니다. 병적으로, 정말이지 병적일 만큼 두려워요! 바렌카, 빌린 40루블 중 25루블은 당신을 위해 따로 떼어 놓을 겁니다. 은화 2루블은 주인집 여자에게 주고, 나머지는 내가 쓸 겁니다. 물론 주인집 여자에게 돈을 더 주어야겠지만, 아니 반드시 그래야 하겠죠. 하지만 바렌카, 모든 사정을 헤아리고 내게 필요한 것들을 나열해 보면, 결코 그 이상은 줄 수 없습니다. 그러니 그 점에 대해서는 더 이상 언급할 필요가 없습니다. 은화 1루블로는 새 구두를 살 겁니다. 내일 또 낡은 구두를 신고 직장에 나갈 수 있을지 모르겠어요. 목도리도 필요합니다. 지금의 목도리를 사용한 지도 벌써 일 년이 다 되어 가니까요. 하지만 당신이 낡은 앞치마로 목도리뿐 아니라 가슴바대까지 만들어 준다고 약속했으니, 목도리는 더 이상 고려하지 않겠습니다. 자, 그럼 구두와 목도리는 갖추어진 셈입니다. 나의 친구여, 이제 단추만이 남았군요! 나의 귀여운 사람, 당신도 내가 단추 없이 지낼 수 없다는 데 동의하겠죠. 내 옷 앞섶의 단추는 거의 반이

나 떨어져 나갔습니다! 국장님이 이런 추한 꼴을 보고 무슨
말씀을 하실까, 생각만 해도 불안하기 짝이 없어요! 바렌카,
나는 국장님의 말을 듣지 못할 겁니다. 그 자리에서 죽어 버
리고 말 테니까요. 상상만 해도 창피해서 죽을 것 같아요! 아,
나의 바렌카! 이렇게 필요한 걸 모두 사고 나면 3루블이 남습
니다. 그 돈으로는 내 생명을 위해 담배 반 푼트를 사겠습니
다. 나의 천사여, 나는 담배 없이는 살 수가 없으니까요. 그런
데 파이프를 입에 못 문 지도 벌써 아흐레째입니다. 사실 당신
에게 아무 말 않고 담배를 살 수도 있지만, 그러면 마음이 꺼
림칙할 겁니다. 당신은 지금 불행을 겪는데, 심지어 마지막 한
푼까지 모조리 긁어 쓰는데, 나 홀로 여러 가지 즐거움을 누리
고 있다니! 맞습니다, 양심의 가책을 덜 느끼려고 이 모든
것을 당신에게 솔직히 털어놓는 겁니다. 바렌카, 솔직히 고백
하는데, 나는 지금 극도로 곤란한 상황에 처해 있습니다. 이제
껏 한 번도 경험한 적 없는 상황입니다. 주인집 여자는 날 경
멸하고, 아무도 날 존중하지 않습니다. 너무나 무서운 가난과
빚, 게다가 관청에서도 여태 동료 관리들 때문에 마음이 편하
지 않았는데, 요즘엔 더 말할 것도 없습니다. 나는 모든 것을,
정말 모든 사람에게 모든 것을 빈틈없이 숨기고 있습니다. 심
지어 내 몸뚱이마저 숨기고 있어요. 관청에 들어갈 때도 옆길
로 돌아가고, 모든 사람들을 피하고 있습니다. 이런 사정은 나
름대로 큰 용기를 내서 당신에게만 얘기하는 겁니다……. 그
런데 돈을 빌려주지 않으면 어쩌지요! 아니, 아니에요, 바렌카,
그런 생각은 하지 않는 편이 좋겠습니다. 그런 생각으로 미리

자기 마음을 해치지 않는 게 좋겠어요. 이렇게 편지를 쓰는 이유도 당신이 그런 생각을 하지 않도록, 나쁜 생각 탓에 괴로워하지 않도록 미리 주의를 주기 위해서입니다. 아아, 돈을 빌리지 못하면 당신은 어떻게 될까요! 그러면 당연히 당신과 나는 그 집을 떠나지 못할 테고, 함께 있게 되겠죠……. 아, 아닙니다, 돈을 구하지 못하면 나는 돌아오지 않겠습니다, 어딘가로 깨끗이 사라지겠습니다. 너무 길게 썼군요. 이제 면도를 해야겠어요. 그러면 단정해 보일 테고, 단정해 보이면 무슨 일을 하든 항상 도움이 되니까요. 그럼, 모든 일이 잘되기를 기도하며 길을 떠나겠습니다!

M. 제부시킨

8월 5일

누구보다도 친절하신 마카르 알렉세예비치!

당신만이라도 절망하지 않았으면 좋겠어요! 안 그래도 너무 슬퍼요. 은화 30코페이카를 보내 드립니다. 더 이상은 보낼 수가 없어요. 이것으로 꼭 필요한 것을 구입해서 내일까지 어떻게든 견뎌 주세요. 우리에게도 남은 것이 거의 없습니다. 내일은 어떻게 될지 알 수 없습니다. 슬퍼요, 마카르 알렉세예비치! 하지만 슬퍼하지 마세요. 일이 잘 안 되었다 한들 어쩔 수 없잖아요! 표도라가 그러는데, 아직은 이 집에 더 머물 수 있으니 그렇게 불행한 상황은 아니라고 해요. 게다가 이사를 간다면 약간의 이득이야 있겠지만, 사실 그들은 원하기만 하면 어디서든 우리를 찾아낼 테니까요. 그럼에도 지금 여기에 더 머무르기는 어쩐지 내키지 않습니다. 이토록 서글프지 않다면, 이런저런 얘기를 써 보낼 수 있으련만.

마카르 알렉세예비치, 당신의 성격은 정말 이상하군요! 당신은 모든 것을 너무 지나치게 감정적으로 받아들입니다. 이 때문에 당신은 언제나 가장 불행한 사람이 될 거예요. 당신의 모든 편지를 주의 깊게 읽다 보니, 당신은 어느 편지에서나 저를 지나치게 걱정하고 괴로워할 뿐 정작 자기 신변은 단 한 번도 걱정하지 않더군요. 물론 모두들 당신더러 마음이 착하다고 말하지만, 저는 당신이 무모하게 착하다고 생각해요. 마카르 알렉세예비치, 친구로서 진심 어린 충고를 하나 할게요. 저는 당신이 저를 위해 해 주신 모든 것에 대해 매우 감사하고 있습니다. 저는 그 모든 배려를 느끼고 있어요. 고의는 아니었지만 제가 원인이 된 모든 불행을 겪고 난 뒤에도 저의 기쁨과 슬픔과 감정을 떠안고 계시다니, 그걸 지켜보는 제 심정이 어떨지 생각해 보세요! 만약 다른 사람의 모든 사정을 그토록 마음속에 새기고, 강하게 동정하시다가는 정말이지 가장 불행한 사람이 될 거예요. 오늘 퇴근하고 저희 집에 들어오실 때, 당신을 보고 깜짝 놀랐습니다. 창백한 얼굴에, 몹시 놀란 듯 절망적인 모습이었어요. 안색이 정말 안 좋더군요. 아마 돈을 빌리지 못해서 제가 슬퍼하고 놀랄 일을 두려워했기 때문이겠죠. 하지만 제가 웃음을 머금자 당신은 그제야 마음의

짐을 내려놓는 것 같았어요. 마카르 알렉세예비치! 슬퍼하거
나 절망하지 마세요. 좀 더 신중해지세요. 제발 부탁드립니다.
자, 모든 일이 잘되고 더 좋아질 겁니다. 그러지 않으면 당신은
항상 남의 고통에 번민하고 아파하면서 힘들게 살아가실 거예
요. 안녕, 나의 친구여, 제발 부탁이니 저에 대해 너무 걱정하
지 마세요.

V. D.

8월 5일

나의 사랑스러운 바렌카!

그럼, 좋습니다. 나의 천사여, 좋아요! 내가 아직 돈을 구
하지 못한 것이 그리 큰 불행은 아니라고 했으니 말예요. 그
럼 잘됐습니다. 당신 덕분에 마음이 편하고 행복해졌습니다.
당신이 이 늙은이를 버리지 않고, 그 집에 남아 있겠다니 기
쁘기까지 합니다. 솔직히 당신이 편지에서 나에 대해 그토록
좋게 얘기해 주고, 내 감정을 칭찬해 주었을 때 내 마음은 환
희로 가득 찼습니다. 굳이 이런 말을 하는 것은 오만함 때문
이 아니라, 당신이 나를 사랑하기에 걱정하고 있음을 알기 때
문입니다. 아무튼 좋습니다. 지금 내 마음 따위를 얘기해 봐
야 뭐 하겠어요! 마음은 마음일 뿐입니다. 나의 바렌카, 당신
은 나더러 소심해지지 말라고 하십니다. 그래요, 나의 천사여,

나 역시 소심할 필요는 없다고 생각합니다. 그건 그렇고, 바렌카, 내일 내가 어떤 구두를 신고 직장에 가야 할지 결정해 주세요! 바렌카, 바로 이겁니다. 아아, 이런 생각이 한 인간을 파멸시킬 수도, 완전히 파멸시킬 수도 있습니다. 그런데 바렌카, 이렇듯 내가 슬퍼하거나 괴로워하는 이유는 나 자신을 위해서가 아닙니다. 그 점이 중요합니다. 나는 괜찮아요. 아무리 혹한 속에서 외투나 장화 없이 다니더라도 나는 전부 참을 수 있고 괜찮습니다. 나는 평범하고 보잘것없는 인간이니까요. 사람들이 뭐라고 말할까요? 내 적들, 사악한 혀를 가진 내 적들은 외투도 걸치지 않고 걸어가는 내 모습을 보고 뭐라고 말할까요? 외투를 입는 게 남을 위한 일이라면 장화를 신고 다니는 것 역시 남을 위한 일이겠죠. 나의 귀여운 바렌카, 이런 경우에 장화는 곧 나의 명예와 체면을 유지하기 위해 필요한 도구이니, 따라서 구멍 난 장화를 신고 다니면 명예와 체면을 잃게 될 테죠. 바렌카, 오랜 세월을 살아온 내 경험을 믿으세요. 삼류 문사나 엉터리 작가들의 말이 아니라 세상과 사람들을 잘 아는 이 늙은이의 말에 귀를 기울이세요.

바렌카, 오늘 실제로 무슨 일이 있었는지, 내가 어떤 일을 겪었는지 아직 자세하게 얘기하지 않았군요. 나는 다른 사람이라면 일 년이 걸리더라도 경험할 수 없을 만큼의 정신적 고통을 하루아침에 겪었습니다. 바로 이런 일이 있었어요. 첫째, 나는 동료가 소개해 준 그 사람을 만난 뒤 직장에 늦지 않으려고 아주 이른 아침에 집을 나섰습니다. 오늘은 비가 많이 내려서 길이 아주 진창이었어요! 사랑하는 이여, 외투를 뒤집어쓰고 걸으면서 내내 이런 생각을 했어요. '주여! 나의 죄를 용서하시고 소망이 이루어지게 해 주소서.' 어떤 교회 옆을 지나면서는 성호를 긋고 모든 죄를 고백했지만, 스스로 하느님과 대화를 나눌 자격이 없다고 생각되더군요. 나는 혼자만의 깊은 생각에 빠져서 아무것도 보고 싶지 않았어요. 그래서 길조차 분간하지 못한 채 다만 걸었지요. 거리는 텅 비었고, 걷다가 부딪치는 사람은 누구나 몹시 바쁘고 근심에 싸여 있었습니다. 사실 놀라운 일도 아니죠. 이렇게 이른 시각에, 게다가 이토록 궂은 날씨에 누가 산책을 하러 나왔겠어요! 더러운 행색의 노동자들 한 무리와 부딪쳤습니다. 그들은 나를 거칠게 밀쳐 냈어요! 겁이 나고 무서웠습니다. 이미 돈 같은 건 잊었고, 깊이 생각하고 싶지도 않았어요. 요행을 바라고 운에 맡기는 수밖에 없다고 생각했죠! 보스크레센스카야 다리 옆에서 내 구두 밑창이 떨어져 나갔고, 그 뒤로는 뭘 신고 걸었는지도 모르겠습니다. 그때 마침 우리 관청의 서기 예르몰라예프와 만났는데, 그는 몸을 앞으로 쑥 내밀고 서서 마치 술값이라도 달라는 듯이 날 바라보았어요. 나는 속으로 '에이 이봐, 보드카라니, 지금 무슨 보드카 타령이야!' 하고 생각했지요. 나는 몹시 피곤해서 걸음을 멈추고 잠시 쉬었다가 다시 천천히 앞으로 나아갔습니다. 나는 어느 쪽으로든 생각을 돌려서 기분 전환을 하고 기운을 내고자 일부러 주변을 둘러보았지만 아무것도 없었습니다. 그 무엇으로도 생각을 돌릴 수 없었고, 게다가 온통 진흙투성이가 되어서 스스로가 부끄러울 정도였죠. 마침내 나는 망루처럼 생긴 다

락방이 있는 노란 목조 가옥을 발견했습니다. '저것이 바로 예멜리얀 이바노비치가 말한 마르코프의 집이군.' 하고 생각했습니다.(바렌카, 이자를 받고 돈을 빌려주는 사람이 바로 마르코프입니다.) 나는 벌써 제정신이 아니었나 봅니다. 저곳이 마르코프의 집인 줄 알면서도 공연히 초소에서 보초를 서는 경관에게 "이봐요, 저건 누구의 집인가요." 하고 물었으니까요. 그 경관은 몹시 거칠었는데, 누군가에게 화를 내듯 마지못해 "저건 마르코프의 집이오." 하고 이 사이로 천천히 내뱉었습니다. 이 입초 경관들은 무척이나 무뚝뚝한 사람들이었습니다. 그렇지만 나와 무슨 상관입니까? 왠지 눈에 보이는 모든 것이 고약하고 불쾌하게 느껴졌습니다. 요컨대, 불쾌한 느낌이 꼬리에 꼬리를 물고 이어졌습니다, 언제나 그렇듯이 어디서든 자기와 비슷한 무언가를 찾아내기 마련이니까요. 나는 그 집 앞길을 세 번이나 오락가락했습니다. 그렇게 서성거릴수록 기분이 점점 나빠졌습니다. '아니야, 그는 안 빌려줄 거야, 절대로 돈을 안 빌려줄 거야! 나는 낯선 사람인 데다 용건도 미묘하고, 행색도 변변하지 않잖아.' 나는 속으로 생각했습니다. '나중에 후회하지 않도록 운명에 맡기자. 돈을 빌려 달란다고 설마 잡아먹기야 하겠어.' 이렇게 마음을 다잡고 나는 슬그머니 쪽문을 열었습니다. 하지만 그곳엔 다른 불행이 기다리고 있었어요. 집을 지키는 더럽고 어리석은 개가 귀찮게 달라붙더니 전력을 다해 기어오르고 짖어 대지 뭡니까! 바렌카, 바로 이런 너절하고 사소한 일들이 사람을 미치게 하고 겁먹게 하고, 미리 다짐한 모든 결의를 깨뜨리는 겁니다. 그리하여 나는 제정신이 아닌 상태로 집 안에 들어갔고, 곧장 또다시 불행에 빠졌습니다. 나는 문지방 아래의 어둠 속에 뭐가 있는지 모르고 발을 내디뎠다가 어떤 여자와 부딪쳤는데, 마침 이 여자가 통에 든 우유를 단지에 부어 넣고 있지 뭡니까. 예상대로 우유를 몽땅 쏟아 버리고 말았죠. "당신 어디로 기어 들어오는 거야, 무슨 볼일이야?" 이 멍청한 여자는 고래고래 소리를 지르고 신세 한탄을 하며 흐느꼈습니다. 바렌카, 이런 얘기를 하는 까닭은 내가 어떤 일을 할 때면 항상 이런 불상사가 일어난다는 걸 알려 주고 싶어서입니다. 아마 이게 내 운명인가 봅니다. 나는 늘 사소한 불행에 얽히곤 합니다. 마귀할멈 같은 핀란드인 여자 주인이 이 소동을 알아채고 얼굴을 내밀더군요. 나는 곧장 다가가서 "여기 마르코프 씨가 살고 있죠?" 하고 물었습니다. 그녀는 "지금 없어요."라고 말한 뒤, 잠시 서서 나를 찬찬히 살펴보았습니다. "그런데 그 사람에게 무슨 볼일이 있나요?" 나는 예멜리얀 이바노비치의 말을 듣고 이러저러한 일로 어떤 용무가 있어서 찾아왔다고 설명했습니다. 노파는 큰 소리로 딸을 불렀고, 나이 든 처녀인 딸이 맨발로 걸어 나왔습니다. "아버지를 불러라. 그리고 위층에 세 든 사람, 아마 집에 있을 거야, 어서." 나는 안으로 들어갔습니다. 방은 꽤 괜찮았고, 벽에는 어떤 장군들의 초상화가 잔뜩 걸려 있더군요. 소파와 둥근 책상이 놓여 있고, 물푸레나무와 봉선화도 있었습니다. 나는 속으로 '물러가는 편이 좋지 않을까, 이렇게 무사할 때 돌아가는 게 좋지 않을까?' 하고 생각했습니다. 바렌카, 정말 도망쳐 나오고 싶었어요! '내일 오는 게 좋겠어, 날

씨도 더 좋아질 테고. 그래, 때를 기다려 보자. 오늘은 우유도 엎지르고, 장군들도 저렇게 험상궂게 바라보고 있으니…….' 이렇게 생각하고 문 쪽으로 걸어가는데 그가 들어왔습니다. 그는 평범한 모습에, 머리칼이 희끗희끗하고 도둑놈 같은 눈을 하고 있었어요. 기름때 낀 실내복에 허리띠 대신 끈을 매고 있었죠. 그가 무슨 일로 왔느냐고 물었고, 나는 예멜리얀 이바노비치의 소개로 이러저러해서 왔고, 40루블을 빌려 달라고 말했습니다. 말이 다 끝나기도 전에 나는 그의 눈을 보고 일이 틀렸다는 사실을 알았습니다. "안 됩니다. 사정이 어찌 됐건 나는 돈이 없어요, 그런데 담보는 있나요, 어떤 담보가 있소?" 하고 그가 묻더군요. 나는 현재 담보는 없지만 예멜리얀 이바노비치를 운운하며 설명하려고 했습니다. 한마디로 돈이 꼭 필요하다고 설득한 거죠. 그는 내 얘기를 다 듣고 나더니 "없어요. 예멜리얀 이바노비치가 뭐라고 했든 나는 돈이 없어요." 하고 말했습니다. 모든 게 이렇게 되었습니다. 이렇게 되리라고 생각했고 예감은 했지만, 바렌카, 차라리 내가 밟고 서 있는 땅이 두 쪽으로 갈라졌으면 좋겠다는 생각이 들었습니다. 너무 추워서 발은 꽁꽁 얼어붙고, 등에는 소름이 쫙 돋았어요. 나는 그를 바라보았습니다. 그도 나를 바라보며 '이봐, 그만 가 봐. 여기에서 네가 할 수 있는 건 아무것도 없어.'라고 말하는 것 같았어요. 다른 상황에서 이런 일을 당했다면 나는 정말 창피했을 겁니다. "그런데 대체 당신은 왜 돈이 필요한 거요?"(바렌카, 그는 이런 것까지 물어보았어요!) 나는 그냥 서 있을 수가 없어서 입을 떼려고 했는데, 그는 들으려고도 하지 않고 "없어요, 돈이 없습니다. 있다면 기꺼이 빌려주고 싶소만." 하고 말하더군요. 나는 사정하고 또 사정했습니다. "얼마 되지 않으니 꼭 갚겠습니다. 기한 내에 갚을 겁니다. 아니 기한 전이라도 돈을 갚고, 이자도 꼭 원하는 대로 드리겠습니다." 바렌카, 나는 그 순간 당신을 생각했습니다. 당신의 모든 불행과 가난을 상기했습니다. 그리고 당신이 준 50코페이카짜리 은화도 생각했습니다. "안 됩니다. 이자는 무슨. 담보가 있으면 몰라도! 나는 돈이 없어요, 신에게 맹세코 돈이 없어요. 돈이 있다면 기꺼이 빌려주지요." 그는 신을 걸고 맹세하더군요. 강도 같은 놈!

글쎄, 나의 바렌카, 내가 어떻게 그 집에서 나왔는지, 어떻게 브이보르그스카야 거리를 지나서 보스크레센스카야 다리로 빠져나왔는지 기억이 나지 않습니다. 나는 몹시 피곤했고 온몸이 꽁꽁 얼어서 부들부들 떨렸습니다. 그리고 겨우 10시에 출근했습니다. 옷에 묻은 진흙을 털어 내려고 했지만 수위인 스네기료프가 "안 됩니다. 옷솔이 상합니다. 옷솔은 관물이니까요, 나리." 하고 말했습니다. 바렌카, 요즘은 이런 사람들마저 이렇게 나온답니다. 이런 사람들에게 나 같은 사람은 거지발싸개만도 못합니다. 바렌카, 도대체 무엇이 나를 망가뜨렸을까요? 나를 망가뜨리는 것은 돈이 아니라 이 모든 삶의 불안, 온갖 쑥덕거림, 웃음, 농지거리입니다. 국장님께서 불시에, 우연히 내게 관심을 보일 수도 있습니다. 아아, 바렌카, 나의 황금시대는 지나갔습니다! 오늘 당신의 모든 편지를 다시 읽었습니다. 울적해요, 바렌카! 안녕, 나의 사랑하는 이여, 하느님이 당신을 지켜 주시길!

M. 제부시킨

추신: 바렌카, 나는 나의 슬픔을 반쯤 농담처럼 묘사하고 싶었습니다. 하지만 농담이라는 게 잘되지 않는군요. 당신을 기쁘게 해 주고 싶었어요. 당신에게 잠깐 들를게요, 바렌카. 꼭 들르겠습니다. 내일 들를게요.

8월 11일

바르바라 알렉세예브나! 나의 사랑하는 이여! 나는 파멸했습니다. 우리 두 사람은 함께 파멸했습니다. 되돌릴 수 없을 정도로 파멸했습니다. 나의 명예도, 자존심도 모두 잃어버렸습니다! 나는 파멸했습니다. 당신도 파멸했습니다, 바렌카. 당신도 나와 함께 되돌릴 수 없을 정도로 파멸했어요! 바로 내가 당신을 파멸로 이끌었습니다! 바렌카, 사람들이 날 쫓아다니며 경멸하고 웃음거리로 만들고 있습니다. 주인집 여자도 대놓고 욕하기 시작했습니다. 오늘은 나에게 고래고래 소리를 지르고 비난하면서 대팻밥보다도 못하게 취급했습니다. 저녁엔 라타자예프의 방에 모인 사람들 중 누군가가 당신에게 쓴 편지의 초안을 큰 소리로 읽기 시작했습니다. 내가 우연히 주머니에서 떨어뜨렸나 봅니다. 나의 바렌카, 그들은 나를 심하게 조롱했습니다! 그들은 우리를 축하해 주는 양 깔깔대고 웃었습니다, 그 배신자들이 말입니다! 나는 그들이 모여 있는 방으로 들어가서 라타자예프의 배신행위를 폭로하고, 그에게 배신자라고 말했습니다! 그러자 라타자예프는 외려 내가 배신자이고, 여러 여자와 놀아났다고 대꾸하더니 "당신은 우리에게 숨기고 있어, 당신은 로벨라스야."[33]라고 말했습니다. 이제 모두가 나를 로벨라스라고 부릅니다, 내겐 다른 이름이 없는데도 말예요! 나의 천사여, 아시겠죠, 이제 그들은 모든 것을 알고 있어요, 속속들이 죄다 알고 있습니다. 나의 그리운 이여, 그들은 당신에 대해서도 모조리 알고 있어요! 정말입니다! 그리고 팔도니마저 그들과 한통속이 되었습니다. 오늘 소시지 가게에 가서 뭘 좀 사 오라고 보냈더니 일이 있다며 가지 않는 겁니다! "그건 네 의무가 아니냐?"라고 말했더니 "아뇨, 의무가 아닙니다. 당신이 주인마님에게 돈을 안 냈으니 제 의무가 아닙니다." 하고 대답하더군요. 나는 이 무식한 녀석의 모욕을 도저히 참을 수 없어서 그에게 바보라고 말했습니다. 그랬더니 그가 "누가 바보인지 모르겠네."라고 하는 거예요. 나는 그의 술 취한 눈을 보고, 아마 취기 탓에 이런 거친 말을 한다고 생각해서 "자네 취했군, 에이 이 사람!" 하고 말했더니, "당신이 내게 술을 사 줬나요? 해장술을 마실 돈은 있고요? 여자에게 10코페이카 은화나 구걸하는 주제에." 하고 대꾸한 뒤

---

33) 새뮤얼 리처드슨의 소설 『클라리사, 혹은 젊은 여인의 이야기』의 주인공으로, 돈 후안과 함께 호색한의 대명사로 불린다.

"에이, 그러고도 나리라고!"라고 덧붙이는 겁니다. 바렌카, 일이 이 지경까지 왔어요! 바렌카, 사는 게 부끄럽습니다! 나는 반쯤 미쳐 버린 것 같아요. 거주증이 없는 부랑자보다도 못합니다! 지독한 불행입니다! 나는 파멸했어요, 완전히 파멸했습니다! 되돌릴 수 없을 정도로 파멸했습니다.

M. D.

8월 13일

너무나 친절하신 마카르 알렉세예비치! 우리에게 계속 불행이 덮치니 나 역시 어떻게 해야 할지 모르겠습니다! 이제 당신에게 무슨 일이 일어날까요. 더 이상 희망이 보이지 않습니다. 오늘 저는 다리미에 왼손을 데었습니다. 뜻하지 않게 다리미를 떨어뜨려서 타박상과 화상을 동시에 입었습니다. 전혀 일을 할 수가 없어요. 표도라도 사흘째 앓고 있답니다. 저는 고통스러운 불안에 휩싸여 있습니다. 은화 30코페이카를 보내 드립니다. 이게 우리의 마지막 돈이에요. 제가 궁핍한 당신을 얼마나 돕고 싶어 하는지 하느님은 아실 겁니다. 눈물이 날 만큼 분합니다! 안녕히 계세요, 나의 친구여! 오늘 우리에게 와 주신다면 제게 큰 위안이 될 거예요.

V. D.

8월 14일

마카르 알렉세예비치! 당신에게 무슨 일이 있나요? 분명 당신은 하느님을 두려워하지 않는군요! 정말 당신은 나를 미치게 해요. 부끄럽지 않으세요! 당신은 스스로를 해치고 있어요. 명예도 생각하셔야죠! 모두가 알듯이, 당신은 정직하고 점잖고 자존심도 있는 분이에요! 그러다가 당신은 수치심 때문에 죽을 수밖에 없을 거예요! 자신의 백발이 애처롭지 않으신가요? 글쎄, 하느님이 두렵지 않으세요! 표도라는 더 이상 당신을 돕지 않겠다고 합니다. 저도 당신에게 돈을 드리지 않겠어요. 어떻게 저를 이렇게까지 만드시나요, 마카르 알렉세예비치! 아마 당신이 그렇게 나쁘게 행동하더라도 저와는 아무 상관이 없다고 생각하신 거겠죠. 제가 당신 때문에 어떤 고통을 당하고 있는지 아직도 모르시는군요! 저는 우리 집 계단도 지나다닐 수 없어요. 모두 저를 보고 손가락질하며 참으로 끔찍한 말들을 늘어놓습니다. 이젠 아예 제가 '술주정뱅이와 붙어먹었다.'라고, 아주 노골적인 말까지 서슴지 않습니다. 이런 말을 듣는 제 심정이 어떻겠어요! 당신이 만취해서 돌아올 때, 이곳 사람들 모두가 경멸하듯 당신을 가리키며 '저 관리가 실려 온다.'라고 얘기합니다. 저는 당신 때문에 부끄러워서 견딜수가 없어요. 맹세하건대, 저는 이사할 거예요. 어느 집 하인이나 세탁부로 갈지언정 여기에 더는 머무르지 않을 거예요. 제게 들러 달라고 편지를 썼건만, 당신은 끝내 오시지 않았어요. 저의 눈물과 간청은 당신에게 아무것도 아니라는 말이죠,

마카르 알렉세예비치! 그런데 돈은 어디서 났나요? 제발 돈을 아끼세요. 당신은 정말 몸을 망칠 겁니다. 하찮은 일로 몸을 망칠 거예요! 얼마나 부끄럽고 치욕스러운 일인가요! 어제는 주인집 여자가 당신을 집에 들이지 않아서 밤새 현관에 있었죠. 저는 모든 것을 알고 있습니다. 이 모든 걸 알았을 때 제 마음이 얼마나 고통스러웠는지 아시나요? 저에게 들러 주세요. 우리 집에 오시면 당신 기분도 좋아질 거예요. 함께 책을 읽고 옛일을 회상하도록 해요. 표도라는 자신의 성지 순례에 대해 들려줄 거예요. 나의 소중한 분, 저를 위해서라도 당신 스스로를 망치지 말고, 저를 망치지 말아 주세요. 저는 당신만을 위해 살고, 당신을 위해 당신 곁에 남아 있겠습니다. 그런데 지금은 좀 어떠세요! 부디 고결한 분이 되어 불행 속에서도 꿋꿋이 버텨 주세요. '가난은 죄가 아니다.'라는 말을 기억하세요. 낙담할 이유가 어디 있나요? 모든 일은 다 지나갑니다! 하느님께서 잘 처리해 주실 겁니다. 다만 지금은 잘 견뎌 내야 해요. 은화 20코페이카를 보내니, 담배나 필요한 것을 사세요. 제발 나쁜 일에는 쓰지 마세요. 저희에게 오세요, 꼭 오세요. 아마 당신은 전처럼 부끄러워하시겠죠. 하지만 부끄러워하지 마세요. 그건 거짓된 부끄러움입니다. 진심으로 뉘우치기만 하면 되는 거예요. 하느님께 의지하세요. 하느님은 모든 것을 더 좋게 처리해 주실 겁니다.

V. D.

8월 19일

나의 소중한 바르바라 알렉세예브나!

부끄럽습니다, 나의 사랑하는 바르바라 알렉세예브나, 나는
너무나 부끄럽습니다. 하지만 그게 그토록 유별난 짓입니까?
어째서 나는 기분을 풀면 안 되나요? 술에 취하면 구두 밑창
따윈 생각하지 않게 됩니다. 구두 밑창은 언제까지나 하잘것
없고 평범하고 너절하고 더러운 것으로 남아 있을 테니까요.
구두는 틀림없이 하찮은 것입니다! 고대 그리스의 현자들은
구두를 신지 않고 걸어 다녔다고 합니다. 그런데 우리는 왜 이
토록 하찮은 것을 그다지도 애지중지할까요? 그렇다면 무엇
때문에 나를 모욕하고 경멸하는 겁니까? 오, 바렌카, 당신이
무슨 얘기를 썼는지 아십니까! 그리고 표도라에겐, 시끄럽고
불안하고 사나운 데다 어리석고, 형언할 수 없을 만큼 아둔한
여자라고 말해 주세요! 내 백발에 대해서도 말인데, 당신은
잘못 알고 있습니다. 당신이 생각하듯이 나는 그런 늙은이가
아닙니다. 예멜랴가 당신에게 안부를 전합니다. 그리고 당신은
상심해서 울었다고 썼더군요. 나 역시 상심해서 울었다고 당
신에게 써 보냅니다. 끝으로 당신의 건강과 행복을 빕니다. 나
는 건강하고 행복합니다. 나의 천사여, 안녕히 계십시오.

당신의 친구
마카르 제부시킨

8월 21일

친애하는 친구, 바르바라 알렉세예브나 님!

내가 잘못했습니다. 당신에게 크게 잘못했다고 느끼고 있습니다. 하지만 바렌카, 당신이 무슨 말을 하고, 내가 이 모든 걸 속죄하더라도 나아지는 건 아무것도 없습니다. 잘못을 저지르기 전부터 이 모든 것을 예상했기에 의기소침했고, 죄책감을 느끼며 낙담했습니다. 바렌카, 나는 사악한 사람도 잔인한 사람도 아닙니다. 당신의 마음을 갈기갈기 찢으려 했다면 더도 덜도 말고 피에 굶주린 호랑이가 되었어야 합니다. 그러나 나는 양 같은 마음씨를 지니고 있어요. 당신도 알다시피, 피에 굶주리지도 않았습니다. 그러니 나의 천사여, 나의 행동은 전혀 내 잘못이 아님을 알아주세요. 내 마음과 생각엔 잘못이 없었기 때문입니다. 도대체 무엇이 잘못인지 모르겠습니다. 바렌카, 정말 이해할 수 없는 일입니다! 당신은 은화 30코페이카를 보냈고, 다시 20코페이카를 보냈습니다. 나는 고아가 보내온 돈을 보면서 마음이 아팠습니다. 당신은 한 손에 화상을 입고, 당장 굶어 죽을 지경이면서 나더러 담배를 사라고 편지에 썼더군요. 글쎄, 이런 경우에 나는 어떻게 해야 하나요? 양심의 가책도 없이 당신 같은 고아의 돈을 강도처럼 강탈해야 하나요? 바렌카, 그 순간 나는 낙심하고 말았습니다. 우선 나는 아무짝에도 쓸모없는 인간이고, 구두 밑창보다 나을 게 없는 인간이에요. 자신을 무언가 더 의미 있는 인간으로 간주하는 것 자체가 상스럽게 여겨집니다. 오히려 스스로를 무례하고 상스러운 인간이라고 생각하지 않을 수 없게 되었어요. 그래서 자신에 대한 존경심을 잃고, 내 착한 마음과 장점마저 전적으로 부정하게 되었습니다. 그 즉시 모든 것이 무너졌고, 바로 파멸이 시작된 겁니다! 이것은 이미 운명에 의해 정해진 바이니, 나는 이 파국에 아무 잘못이 없습니다. 처음엔 잠시 기분을 전환하려고 밖으로 나갔습니다. 그러고는 모든 일이 연달아 일어났습니다. 주변의 자연은 온통 눈물을 머금었고, 날씨는 추운 데다 비까지 내렸습니다. 바로 그때 예멜랴가 나타났어요. 바렌카, 그는 이미 가지고 있는 모든 것을 저당 잡혔기 때문에, 나를 만났을 적엔 벌써 이틀이나 굶은 상태였습니다. 그래서 도저히 저당 잡힐 수 없는 것, 즉 담보가 될 수 없는 것을 저당 잡히려고 했습니다. 바렌카, 그래서 그렇게 된 겁니다. 나는 개인적 성향을 따르기보다 오히려 인류애를 따랐던 겁니다. 이리하여 그런 잘못을 저지른 겁니다. 바렌카! 나는 그와 함께 엉엉 울었습니다! 우리는 당신 얘기도 했습니다. 그는 몹시 착하고 매우 친절하며 무척 감성적인 사람입니다. 바렌카, 나 또한 .이 모든 걸 느끼고 있습니다. 나에게 이런 일이 자주 일어나는 까닭은 내가 모든 것을 예민하게 느끼기 때문입니다. 나의 사랑하는 바렌카, 내가 당신에게 큰 빚을 지고 있음을 압니다! 당신을 알고 나서 나는 무엇보다 스스로를 더 잘 알게 되었고 당신을 사랑하게 되었습니다. 나의 천사여, 당신을 만나기 전에 나는 혼자였고, 마치 이 세상에서 사는 게 아니라 잠들어 있었던 것 같습니다. 그들은, 그 나쁜 사람들은 심지어 내 용모가 추하다고 비난하며 날 싫어했으므로 나도 나 자신을 싫어하게 되었습니다. 그들은 나더러 멍청하다고 말했고, 실제로 나 역시 스스로를 멍청하다고 생각했어요. 그런데 당신이 나타나서 내 어두운 생활을 밝게 비추어 주었습니다. 그러자 나의 마음과 영혼도 밝아졌지요. 나는 마음의 평온을 얻었고, 나 또한 다른 사람에 못지않은 존재임을 깨달았습니다. 물론 뛰어난 점도 없고 세련되지도 않고 품격도 없지만 나도 사람이라는 사실을, 나도 마음과 생각을 가진 사람이라는 사실을 깨달은 겁니다. 그런데 지금 스스로가 운명에 쫓기고 모욕당한 인간임을 실감하게 되었습니다. 그리하여 나는 자신의 가치를 열심히 부정했고, 불행에 시달린 나머지 완전히 의기소침해졌습니다. 바렌카, 이제 당신은 이 모든 것을 알고 있으니 이 문제에 대해 더 이상 알아내려 하지 마시길 눈물로 간청합니다. 내 마음이 갈기갈기 찢어질 듯 슬프고 괴롭기 때문입니다.

당신에게 경의를 표하며, 당신의 충실한
마카르 제부시킨

9월 3일

지난번 편지는 끝까지 쓰지 못했습니다, 마카르 알렉세예비치. 편지를 쓰는 게 괴로웠기 때문이에요. 이따금 저는 기꺼이 혼자 있고, 혼자 슬퍼하고, 혼자 우수에 푹 잠길 때가 있어요. 요즘은 그런 순간이 더 자주 찾아옵니다. 제 추억 속에는 자신에게도 설명할 수 없는 무언가가 있는데, 그것이 무작정 저를 강하게 사로잡습니다. 그래서 저는 몇 시간씩 주변의 모든 것들에 무감각해지고, 현재의 모든 일을 잊어버리곤 합니다. 현재의 제 생활에서 기쁘거나 괴롭거나 슬픈 모든 인상은 제 과거에서 그와 비슷한 무언가를 생각나게 하고, 무엇보다 자주 저의 어린 시절, 그 황금 같던 시절을 떠오르게 합니다! 하지만 그런 순간이 지나면 언제나 마음이 괴로워져요. 몸은 왠지 허약해지는 것 같고, 공상이 저를 지치게 합니다. 그렇지 않아도 저의 건강은 점점 더 나빠지고 있습니다.

그런데 오늘은 이곳의 가을 아침 날씨치고는 좀처럼 보기 드물게 상쾌하고 맑고 화사해서 원기를 회복했습니다. 저는 기쁘게 아침을 맞이했어요. 우리가 사는 이곳에도 벌써 가을이 찾아왔어요! 시골에서 살 때 저는 가을을 너무나 좋아했습니다. 어린아이였을 때, 저는 이미 많은 것을 체험했습니다. 가을 아침보다 가을 저녁을 더 좋아했어요. 지금도 기억나는데, 우리 집에서 몇 걸음 떨어진 곳에 산이 있었고, 그 산 밑에 호수가 있었어요. 호수는 아주 넓고 밝고, 수정처럼 맑았어요! 조용한 저녁이면 호수는 고요하고, 호숫가에서 자라난 나무들도, 물도 전혀 움직이지 않았으므로 마치 거울 같았죠. 상쾌하고 차가웠어요! 풀잎에 이슬이 내리고 호숫가의 농가에 불이 켜지고 가축 떼가 축사로 돌아옵니다. 그때 저는 살그머니 집에서 빠져나와 호수를 넋 놓고 바라보곤 했습니다. 물가에서 어부들이 마른 나뭇단을 태우면 그 불빛이 수면을 따라 멀리멀리 퍼져 나갔어요. 하늘은 몹시 차갑고 푸르렀는데, 그 가장자리를 따라 붉게 빛나는 띠들이 조금씩 피어오르다가 점점 엷어졌습니다. 이윽고 달이 떠오릅니다. 화들짝 놀란 작은 새 한 마리가 너무나 맑은 대기 위로 날아오릅니다. 갈대숲이 산들바람에 살랑거리고, 물고기가 물속에서 튀어 오릅니다. 이 모든 소리가 들리곤 했어요. 푸른 수면을 따라 하얗고 투명한 수증기가 피어납니다. 저 먼 곳이 어둑어둑해지면 모든 것이 왠지 안개 속에 잠기지만, 가까이에 있는 모든 것들—조각배, 강 언덕, 섬—은 마치 조각칼로 새긴 양 날카롭게 드러납니다. 호숫가에 잊힌 채 버려진 나무통 하나가 물결에 살짝 흔들리고, 노랗게 물든 이파리가 달린 버드나무 가지가 갈대숲에 얽혀 있고, 늦게 도착한 갈매기 한 마리가 차가운 물속에 잠겼다가 다시 날아오르더니 곧 안개 속으로 사라집니다. 저는 넋을 잃고 그 광경을 바라보며 열심히 귀를 기울였습니다. 참으로 즐거운 일이었어요! 하지만 저는 아직 어린아이였어요……!

저는 가을을, 특히나 이미 곡식을 다 거두어들이고 모든 일이 마무리되어 가는 늦가을을 몹시 좋아했습니다. 이때쯤이면 농가에서는 마실 모임이 시작되고, 모두 함께 겨울을 기다리게 됩니다. 이 무렵에는 모든 것이 더욱 음울해지고, 하늘은 구름으로 음산해지며, 노란 나뭇잎들이 벌거벗은 숲 가장자리에 오솔길처럼 쌓입니다. 숲은 검푸른 빛을 띠죠. 특히 축축한 안개가 내려앉고, 나무들이 마치 거인이나 추악하고 무서운 유령처럼 안개 속에서 어른거리는 저녁이면 더욱 스산하게 느껴집니다. 산책을 나갔다가 남들보다 뒤처져서 늦어지면 혼자 급하게 걸어가야 하는데, 그때 너무나 무서웠어요! 나뭇잎처럼 몸이 떨리고, 나무 구멍에서 무서운 누군가가 당장이라도 얼굴을 내밀 것 같았어요. 한편 숲속에서 일어난 바람은 쏴쏴 소리를 내며 아주 애처롭게 울부짖고, 호리호리한 나뭇가지에서 나뭇잎을 한 움큼 떼어 내어 공중으로 휘감아 올립니다. 그 뒤를 따라 새들이 길고 넓고 소란스러운 무리를 지어 거칠고 날카롭게 우짖으며 날아가면 하늘은 온통 칠흑같이 새까매집니다. 그러면 돌연 무서워지고, 그때 누군가의 목소리가 들리는 듯합니다. 마치 누군가가 "얘야, 달아나라, 달아나. 늦으면 안 돼. 여기는 곧 무서워질 거야, 달아나라, 얘야!" 하고 속삭이는 것 같아요. 공포가 가슴을 훑고 지나가고, 저는 숨이 막힐 정도로 달리기 시작합니다. 숨을 헐떡이면서 내달린 끝에 도착한 집은 시끌벅적하고 활기에 차 있습니다. 아이들은 완두콩이나 양귀비 껍질을 깝니다. 페치카에서 축축한 장작이 소리를 내며 타고, 어머니는 우리가 기쁘게 일하는 모습을 흐뭇하게 바라봅니다. 그리고 늙은 유모 울리야나는 과거의 일들을 얘기하거나 요술쟁이와 죽은 사람들이 등장하는 옛날이야기를 들려줍니다. 어린아이들은 겁에 질려서 서로 몸을 바싹 붙이고 앉지만, 우리 모두의 입가에는 미소가 감돕니다. 갑자기 모두 조용해집니다……. "쉿! 소리가 났어! 누군가 문을 두드리는 것 같아!" 하지만 아무 일도 일어나지 않았지요. 그건 늙은 프롤로브나가 물레를 돌리는 소리입니다. 얼마나 깔깔대며 웃었던지! 그런 밤에 우리는 무서워서 잠을 못

이루고, 아주 무시무시한 꿈을 꾸곤 했어요. 자다가 깨어나기라도 하면 감히 움직이지 못하고, 날이 밝을 때까지 이불을 뒤집어쓰고 부들부들 떨곤 했지요. 하지만 아침이 되면 꽃처럼 상쾌하게 일어납니다. 창밖을 내다보면 들판에는 온통 추위가 스며들어 있고, 얄브스름한 가을 서리가 벌거벗은 작은 나뭇가지에 서려 있었어요. 호수는 종잇장 같은 얇은 살얼음으로 덮여 있었고요. 하얀 수증기가 호수를 따라 모락모락 피어오르고 새들이 즐겁게 노래를 부릅니다. 태양은 밝은 햇살로 주변을 비추고, 햇살은 유리처럼 얄팍한 얼음을 깨뜨립니다. 밝고 맑고 즐겁기만 하죠! 페치카 속에선 다시 불이 탁탁 소리를 내며 타오르고, 우리 모두는 사모바르 주위에 둘러앉습니다. 밤새 오들오들 떨던 우리 집 검정개 폴칸이 창문 안을 들여다보며 상냥하게 꼬리를 흔들어 댑니다. 한 농부가 기운 센 말을 타고 창문 옆을 지나서 나무를 하러 숲으로 갑니다. 모두가 아주 흡족해하고 즐거워합니다……! 아아, 나의 어린 시절은 황금빛으로 찬란했습니다……!

저는 지금도 어린 시절의 추억에 이끌려서 어린아이처럼 울어 버렸습니다. 모든 것이 너무나 생생하게 기억납니다. 지나간 모든 일들이 몹시 선명하게 눈앞에 떠오릅니다. 그런데 현재는 왜 이렇게 흐릿하고 깜깜할까요……! 앞으로 어찌 되고, 이 모든 일들은 어떻게 끝날까요? 사실 저는 올가을에 죽으리라는 어떤 확신을, 어떤 신념을 가지고 있어요. 저는 매우, 아주 많이 아픕니다. 죽음에 대해 자주 생각하지만 이렇게 죽고 싶지는 않아요. 이곳의 땅에 묻히고 싶지도 않고요. 어쩌면 저는 지난봄처럼 다시 몸져누울지도 모릅니다. 아직 완쾌되지 않았거든요. 지금도 몹시 괴롭습니다. 오늘 표도라가 하루 종일 어딘가로 외출해서 저 혼자 집에 있어요. 언제부터인지 혼자 있는 게 무섭습니다. 늘 다른 누군가가 제 방에 있고, 누군가와 얘기를 하고 있는 듯 느껴져요. 특히 제가 곰곰이 생각에 잠겼다가 갑자기 정신을 차릴 때면 더욱 무섭습니다. 이렇게 긴 편지를 쓰는 이유도 그 때문입니다. 편지를 쓰고 있으면 그런 일이 일어나지 않거든요. 그럼 안녕히 계세요. 종이도 떨어지고, 시간도 없으니 그만 줄이겠습니다. 제 옷과 모자를 팔아 마련한 돈에서 겨우 은화 1루블이 남았어요. 주인집 여자에게 은화 2루블을 주셨다니 아주 잘하셨어요. 이젠 당분간 조용히 지내겠네요.

어떻게든 옷을 수선하도록 하세요. 안녕히 계세요. 저는 무척 피곤합니다. 왜 이렇게 약해졌는지 모르겠어요. 저는 조금만 일을 해도 금세 지쳐 버립니다. 일거리가 생기더라도 이래서야 어떻게 일을 할 수 있을까요? 바로 이런 상황들이 저를 절망하게 합니다.

V. D.

9월 5일

나의 귀여운 바렌카!

나의 천사여, 오늘 나는 많은 인상을 받았습니다. 첫째, 온
종일 머리가 아팠습니다. 어떻게든 기분 전환을 하려고 밖으
로 나와서 폰탄카로 산책을 나갔습니다. 몹시 어둡고 습한 저
녁이었어요. 5시가 지나니 벌써 어두워지더군요. 지금은 그런
계절입니다! 비는 내리지 않았지만, 비 못지않게 안개가 짙었
습니다. 하늘에는 길고 널따란 먹구름 띠가 떠다녔지요. 많
은 사람들이 강변도로를 따라 걷고 있었는데, 뜻밖에도 다들
얼굴이 아주 무섭고 우울했습니다. 술 취한 농사꾼들, 장화
를 신고 모자를 쓰지 않은 들창코의 핀란드 여자들, 조합원
들, 마부들, 일이 있어서 나온 듯한 나 같은 하급 관리들, 장
난꾸러기 꼬마들, 줄무늬 작업복에 시커먼 기름이 잔뜩 묻은
얼굴을 하고 한 손에 열쇠를 든 비쩍 마른 병약한 철공소 수
습공들, 키가 족히 2미터는 넘어 보이는 퇴역 병사 같은 사람
들이었어요. 분명 다른 부류의 사람들은 나다니지 않는 시간
이었습니다. 폰탄카는 배가 다니는 운하입니다! 무수히 많은
짐배들이 어떻게 이곳에 정박했는지 도통 이해할 수 없었어
요. 다리 위에는 축축한 당밀 과자와 썩은 사과를 파는 아낙
들이 앉아 있었는데, 하나같이 지저분하고 비에 젖어 있었어
요. 폰탄카를 따라 산책하기란 영 재미없는 일이죠! 발밑의
화강암 보도는 비에 젖어 있고, 양옆으론 연기에 시커멓게 그
을린 높다란 집들이 늘어서 있습니다. 발밑에도 머리 위에도
온통 안개가 깔려 있습니다. 오늘 저녁은 무척 쓸쓸하고 음
울했습니다.

고로호바야 거리로 접어들었을 때, 날이 완전히 어두워졌

으므로 가스등에 불이 켜지기 시작했습니다. 고로호바야 거리는 정말 오랜만에 들렀어요. 들를 일이 없었거든요. 몹시 소란스러운 거리입니다! 작은 상점과 가게가 참으로 넉넉하더군요. 옷감이며, 진열장 속의 꽃이며, 리본이 달린 다양한 모자며 모든 것들이 빛나고 번쩍거렸습니다. 사람들은 그저 장식용으로 늘어놓은 물건이라고 생각하지만 그렇지 않습니다. 진짜로 이것들을 사서 자기 아내에게 선물하는 사람들이 있으니까요. 참으로 풍요로운 거리입니다! 고로호바야 거리에는 독일인 제빵사들이 아주 많이 삽니다. 틀림없이 매우 부유한 사람들이겠지요. 마차들이 이토록 끊임없이 지나다니는데, 어떻게 도로가 이 모든 무게를 견뎌 낼까요! 거울 같은 유리를 두르고, 실내는 벨벳과 비단으로 치장한 아주 화려한 마차도 있어요. 하인들도 귀족같이 견장을 달고 장검을 차고 있습니다. 마차들을 언뜻 바라보았는데, 모두 화려하게 차려입은 부인들이 앉아 있었어요. 공작의 딸이나 백작 부인들이겠지요. 아마 무도회나 모임에 서둘러 가는, 그런 시각이었나 봅니다. 공작 부인이나 귀부인을 가까이에서 보는 건 흥미로운 일입니다. 분명 매우 기분 좋은 일이지요. 나는 한 번도 그런 여자들을 본 적이 없습니다. 지금처럼 이렇게 마차를 얼핏 바라보았을 따름이죠. 그 순간 나는 곧 당신을 떠올렸습니다. 아아, 나의 귀여운 사람, 나의 바렌카! 지금 당신을 떠올리니 가슴이 온통 찢어질 것 같습니다! 바렌카, 당신은 왜 이토록 불행한가요? 나의 천사여! 당신이 저 모든 사람들보다 못한 게 뭔가요? 내가 볼 때 당신은 상냥하고 매우 아름답고 학식도 있습니다. 어째서 당신에게 그런 나쁜 운명이 떨어졌을까요? 훌륭한 사람은 황야에 내던져지고 다른 사람한테는 행복이 저절로 굴러 들어옵니다. 어째서 이 모든 일들이 우연히 일어나는 걸까요? 바렌카, 이렇게 생각하는 게 나쁘다는 걸, 이것이 바로 자유사상이라는 걸 나는 잘 압니다. 하지만 솔직히, 사실대로 말하자면, 어째서 어떤 사람에겐 태어나기 전부터 눈먼 행복이 예정되어 있고, 다른 이에겐 양육원에서 이 세상으로 곧장 나와야 하는 가혹한 삶이 준비되어 있을까요? 그리고 행복이라는 것은 종종 바보 이반에게 주어지더군요. "너 바보 이반아, 너는 조상이 물려준 돈 자루를 파헤치며 마시고 먹고 즐겨라. 그리고 팔자가 늘어진 너는 그저 입술이나 핥아라. 그게 너같이 팔자가 늘어진 녀석에게 어울리는 짓이다!" 뭐 이런 얘기죠. 바렌카, 이건 나쁜 생각입니다. 그러나 나도 모르게 이런 나쁜 생각이 마음속에 떠오릅니다. 나의 사랑하는 바렌카, 당신이 저런 마차를 타고 다니면 어땠을까요? 그랬다면 우리 같은 사람이 아니라 늠름한 장군들이 당신의 상냥한 눈길을 붙잡으려고 했겠죠. 당신은 낡은 무명옷이 아니라 비단옷을 입고 황금으로 치장한 채 걸어 다녔겠죠. 당신은 지금처럼 호리호리하거나 병약하지 않고, 달콤하고 싱싱하고 뺨에 홍조가 돌고 통통한 모습이었을 테죠. 그러했다면 거리에서 밝게 빛나는 마차의 창문을 통해 당신을, 당신의 그림자만을 얼핏 바라보기만 해도 나는 행복했을 겁니다. 그곳에서 행복하고 즐거워하는 당신이 나의 사랑스러운 작은 새라는 생각만으로도 나는 즐거웠을 겁니다. 그런데 지금은 어떤가요! 사악한 사람들이 당신을 파멸시킨 것도 모자라서, 급기야 쓰레기 같은 자가, 주정뱅이가 당신을 모욕하고 있습니다. 연미복을 걸친 채 우쭐대며 앉아서, 손잡이가 달린 금테 안경을 쓴 파렴치한 자가 당신을 빤히 바라보는데, 그런 사람을 그냥 내버려 두고 그자의 극히 무례한 말을 겸손하게 들어야 하나요! 안 됩니다, 바렌카! 그런데 어째서 이 모든 일이 일어났을까요? 그건 당신이 고아이고, 의지할 곳이 없고, 당신에게 강력한 지주가 되어 줄 힘센 친구가 없기 때문입니다. 당신 같은 고아를 아무렇지도 않게 모욕하는 사람들은 도대체 어떤 자들입니까? 그건 사람도 아닌 쓰레기, 진짜 쓰레기들입니다. 보통은 사람으로 간주되지만 사실은 사람이 아니에요. 나는 그렇게 확신합니다. 그들은 바로 그런 작자들입니다! 바렌카, 내 생각에는 오늘 고로호바야 거리에서 본 샤르만카[34]를 연주하는 악사가 오히려 그들보다 훨씬 존경받을 만합니다. 그는 하루 종일 걸어 다니다가 피로에 지쳐서야 겨우 몇 푼을 얻어먹고 살아가지만, 스스로가 자신의 주인이고 제 힘으로 벌어먹습니다. 그는 구걸하지 않고 사람들에게 기쁨을 주려고 마치 태엽이 감긴 자동차처럼 일을 합니다. 그러니까 자기가 할 수 있는 방법으로 사람들에게 기쁨을 주는 겁니다. 그는 거지입니다. 정말 비할 데 없는 거지입니다. 하지만 고상한 거지입니다. 몸은 피곤하고 꽁꽁 얼어붙었지만 그는 늘 일을 합니다. 비록 자기 방식이긴 하지만 어쨌든 일을 합니다. 바렌카, 그는 비록 자신이

---

34) 등에 메고 다니며 연주하는 소형 오르간.

하는 노동의 양과 유용성에 비해 적은 돈을 벌지만, 세상에는 이처럼 정직한 사람들이 많습니다. 그들은 누구에게도 고개를 숙이지 않고, 그 누구에게도 빵을 구걸하지 않습니다. 나도 샤르만카를 연주하는 사람과 같습니다. 그러니까 그 사람과 똑같다는 말이 아니라 그 나름의 의미에서, 뭔가 고상하고 귀족다운 점에서 그와 똑같습니다. 나도 그 사람처럼 힘닿는 데까지 열심히 일하고 있으니까요. 나에겐 큰 힘이 없으니 어쩔 도리가 없지요.

바렌카, 샤르만카 악사의 얘기를 시작한 까닭은 오늘 내가 나의 가난을 두 배로 경험했기 때문입니다. 나는 샤르만카를 연주하는 사람을 보려고 걸음을 멈추었습니다. 앞서 언급한 이런저런 잡념이 자꾸 머리에 떠올라서 생각을 내쫓으려고 멈추어 선 겁니다. 그곳엔 나와 마부들과 아가씨 한 사람 그리고 온몸이 몹시 지저분한 조그만 소녀 하나가 서 있었어요. 샤르만카를 연주하는 사람은 어느 집의 창문 아래에 자리를 잡고 있었습니다. 열 살쯤 되어 보이는 꼬마가 내 눈에 들어왔어요. 원래는 귀여운 아이였던 것 같은데, 얼핏 보기에도 병색이 짙더군요. 깡마른 몸에 낡은 셔츠와 뭔가를 더 걸치고 있었어요. 그 꼬마는 거의 맨발로 서서 입을 벌리고 음악을 듣고 있었습니다. 어린애 같은 꼬마가 말입니다! 꼬마는 독일인 인형들이 어떻게 춤을 추는지 가만히 들여다보았어요. 그런데 손과 발이 꽁꽁 얼어붙은 채, 오들오들 떨면서 소매 끝을 깨물고 있는 겁니다. 나는 꼬마의 두 손에 종이쪽지 같은 것이 쥐여 있음을 보았습니다. 한 신사가 지나가다가 샤르만카를 연주하는 사람에게 작은 동전을 던졌고, 동전은 꽃밭에서 귀부인들과 춤을 추는 프랑스인이 그려진 통 속에 떨어졌습니다. 동전이 짤그랑 소리를 내자 꼬마는 부르르 몸을 떨더니 겁먹은 듯 주위를 둘러보았습니다. 그러고는 내가 동전을 던졌다고 생각했는지 내게로 달려왔습니다. 조그만 두 손을 바들바들 떨고, 목소리까지 떨면서 말예요. 꼬마는 내게 종이쪽지를 쑥 내밀며 "읽어 보세요!" 하고 말하는 겁니다. 나는 쪽지를 펴 보았습니다. 뻔한 내용이죠. "자비로우신 여러분, 아이들의 엄마는 죽어 가고, 세 아이들은 굶주리고 있습니다. 제발 우리를 도와주십시오. 제가 죽더라도 제 아이들을 도와주신 은혜를 잊지 않고, 저세상에 가서라도 자비로우신 여러분을 잊지 않겠습니다." 글쎄 이렇게 쓰여 있더군요. 아주 뻔하고 진부한 얘기입니다. 하지만 내가 그들에게 무엇을 줄 수 있겠습니까? 나는 꼬마에게 아무것도 주지 못했습니다. 참으로 마음이 안 좋았습니다! 꼬마는 추워서 창백하고 시퍼렇게 얼어 있었어요. 아마 배도 고팠겠지요. 꼬마는 거짓말을 하는 게 아니었습니다, 절대로 거짓말을 하는 게 아니었습니다. 나는 이런 일을 잘 알거든요. 그런데 왜 이 고약한 엄마들은 애들을 보호하기는커녕, 반벌거숭이 차림으로 쪽지를 들려 혹한 속으로 내몰았을까요? 그게 바로 나쁜 겁니다. 아마도 어리석고 의지가 약한 여자겠지요. 어쩌면 자기를 돌보아 줄 사람이 아무도 없어서, 그냥 다리를 포개고 집에 있는지도 모릅니다. 아니면 정말 몸이 아프거나요. 그렇다면 호소해야 할 곳에 가서 호소를 했어야지요. 어쩌면 여자 사기꾼이 사람들을 속이려고 굶주리고 연약한 꼬마를 내보내서 병들게 했는지도 모릅니다. 그런데 이런 쪽지를 가지고 다니는 이 불쌍한 꼬마는 무엇을 배울까요? 마음만 거칠어지겠지요. 꼬마는 이쪽저쪽으로 걷고 뛰면서 구걸을 합니다. 걸어 다니는 사람들은 꼬마에게 관심을 보일 여유가 없습니다. 사람들의 마음은 돌처럼 굳어 있고, 말도 잔인합니다. "저리 가! 꺼져 버려! 집어치워!" 꼬마는 모든 사람들에게 이런 소리만을 듣습니다. 그리하여 꼬마의 마음도 삭막해지겠죠. 창백하고 겁에 질린 꼬마는 부서진 둥지에서 떨어진 어린 새처럼 추위 속에 나앉은 채 그저 오들오들 떨고만 있습니다. 꼬마는 손과 발이 꽁꽁 얼었고, 숨도 헉헉댑니다. 보세요, 저기 그 꼬마가 기침을 하고 있습니다. 이제 머지않아 병이 더러운 파충류처럼 저 아이의 가슴속으로 기어들 겁니다. 벌써 죽음이 아이의 곁에 다가와 있습니다. 지저분한 골목 어딘가에서 꼬마는 간호도, 도움도 받지 못한 채 죽어 갈 겁니다. 바로 이게 꼬마의 삶입니다! 이런 삶도 있는 겁니다! 아아, 바렌카, "제발!"이라는 애원을 듣고도 그냥 옆을 지나가면서 아무것도 주지 못한 채 "하느님이 도와주실 거다."라는 말이나 하는 상황이 너무 괴롭습니다. 어떤 '제발'은 아무렇지도 않게 들어 넘길 수 있어요.(바렌카, '제발'에도 여러 종류가 있답니다.) 길게 말꼬리를 빼는, 습관적이고 익숙한, 완전히 빌어먹는 티가 나는 '제발'도 있습니다. 이런 사람에게는 아무것도 주지 않더라도 그리 괴롭지 않아요. 오랫동안 거지 생활을 해 온, 거의 직업적인 거지이기 때문에 굳이 도와주지 않아도 이 같은 생활에 익숙하므로 그럭저럭 살아갈 수 있고, 참고 살아가는 방법 역시 알고 있을 테니까요. 그러나 어떤 '제발'은 닳아 빠지지 않은 데다 거칠고 무시무시합니다. 꼬마에게서 쪽지를 건네받은 오늘 같은 경우가 바로 그렇습니다. 꼬마는 어느 담 벼락 옆에 서 있었는데, 누구에게도 구걸하지 않고 내게로 와서 "나리, 제발 몇 푼 주십시오."라고 말했습니다. 그 목소리가 너무 똑똑 끊기고 거칠어서, 나는 무서운 느낌에 흠칫 몸을 떨기까지 했어요. 하지만 나는 돈을 주지 않았습니다. 한 푼도 없었거든요. 그런데 부자들은 가난한 사람들이 스스로의 불행한 운명을 큰 소리로 한탄하는 걸 싫어합니다. 가난한 사람들이 성가시고 지긋지긋하게 끈질기다는 거죠! 정말 가난은 언제나 끈질깁니다. 굶주린 사람들의 신음 소리가 부자들의 잠을 방해하는 걸까요!

바렌카, 솔직히 내가 이 모든 것을 묘사하기 시작한 이유는 부분적으로 속마음을 털어놓기 위해서지만, 그보다 내 글 쓰기 실력을 보여 주기 위해서입니다. 바렌카, 당신도 분명히 느꼈을 테지만 최근에 내 문체가 좋아지고 있습니다. 하지만 지금은 기분이 너무 울적해서 나 역시 스스로의 생각에 깊이 공감하고 있습니다. 바렌카, 이런 공감이 아무 소용 없다는 걸 잘 알지만, 어느 정도는 자기 정당성을 인정해야 합니다. 바렌카, 실제로 아무 까닭 없이 스스로를 비하하며 하잘것없고 대팻밥보다도 못한 인간이라고 생각하는 경우가 종종 있습니다. 나에게 구걸했던 불쌍한 꼬마처럼 나도 겁을 먹고, 쫓기고 있기 때문일지도 모릅니다. 바렌카, 이제 당신에게 예를 들어 비유적으로 얘기할 테니 내 말을 잘 들어 보세요. 나에겐 흔히 있는 일인데, 나는 아침 일찍 서둘러 직장에 출근하면서 도시가 깨어나고, 연기를 피우고, 북적이며 소란스러워지는 광경을 바라보곤 합니다. 이런 장면을 보자면 이따금 내가 몹시 작아지고, 마치 호기심 많은 누군가에게 코를 한 방 얻어맞은 것 같은 기분이 들 때가 있어요. 그러면 물보다 더 조용히, 풀보다 더 낮게 자기 길을 가면서 체념하듯 한 손을 내젓죠! 이제 연기에 검게 그을린 커다란 집들에서 도대체 무슨 일이 일어나고 있는지 보세요. 그 안을 자세히 들여다보세요. 그리고 분별없이 자신을 분류하고 쓸데없이 당혹스러워하는 태도가 과연 옳은 일인지 생각해 보세요. 바렌카, 이건 비유이지 꼭 그렇다는 말은 아닙니다. 자, 이제 이런 집들에서 도대체 무슨 일이 일어나고 있는지 살펴볼까요? 저기 연기 자욱한 어떤 골목에 개집같이 오죽잖고 습기 찬 오두막이 보입니다. 마침 가난 때문에 이걸 집이라고 여기며 살아가는 어떤 직공이 꿈에서 깨어납니다. 그런데 어제 그가 무심코 재단한 구두가 밤새 꿈속에서 나타났지요. 마치 그 사람은 그런 하찮은 꿈이나 꿀 수 있다는 듯이 말입니다! 분명 그는 직공이고 구두장이입니다. 그러니 늘 자기가 만드는 구두만을 생각할 수도 있지요. 그의 집에서는 애들이 먹을 것을 달라고 빽빽거리고 아내는 굶주리며 지냅니다. 바렌카, 이따금 이런 언짢은 꿈을 꾸는 것은 구두장이들만이 아닙니다. 이런 건 별로 대수롭지 않고 쓸 만한 가치도 없는 일이겠지만, 여기엔 바로 다음과 같은 사정이 있어요, 바렌카. 그러니까 바로 그곳, 같은 집의 위층인지 아래층인지 황금색으로 도금한 넓은 방에서 아주 엄청난 부자도 밤중에 똑같은 구두 꿈을 꿀 수 있습니다. 물론 다른 모양, 다른 형태의 구두겠지만 어쨌든 구두는 구두죠. 바렌카, 여기서 내가 암시하는 바는 우리 모두가 어느 정도 구두장이와 비슷하다는 점입니다. 이 역시 중요하진 않을 겁니다. 다만 안타까운 점은, 그 부자의 곁에 아무도 없다는 겁니다. 이를테면, 이 부자의 귀에 대고 "이제 자네만 생각하고, 자네 혼자만을 위해 살아가는 짓은 그만두게. 자네는 구두장이도 아니고, 자네 애들은 건강하고 아내도 먹을 걸 구걸하지 않지 않나. 주위를 둘러보게나. 구두보다 더 고상한 걱정거리가 있지 않겠는가!" 하고 속삭여 줄 사람이 없다는 거예요. 바렌카, 나는 바로 이 점을 비유적으로 얘기하고 싶었어요. 어쩌면 이건 극히 자유로운 생각인지도 모릅니다. 하지만 이따금 이런 생각이 머릿속에 떠오르곤 합니다. 그러면 저도 모르게 가슴속에서 격정적인 말들이 튀어나옵니다. 그러니 무엇 때문에 자신을 한 푼의 가치도 없다고 생각하며, 요란한 소문이나 비난 따위를 무서워한단 말입니까! 바렌카, 이제 마무리하겠는데요, 아마 당신은 내가 터무니없는 말이나 하고, 우울증에 걸리진 않았나, 혹은 어떤 책에서 이런 말들을 베끼진 않았나 하고 생각할지도 모릅니다. 아닙니다, 바렌카, 절대 아닙니다. 나는 허튼소리를 싫어하고 우울증에 걸리지도 않았으며 다른 책에서 아무것도 뽑아 쓰지 않았습니다. 정말입니다!

나는 우울한 기분으로 집에 도착한 뒤 식탁에 앉아, 주전자에 물을 끓여서 두 번째 잔의 차를 마실 준비를 하고 있었습니다. 갑자기 우리 집의 가난한 세입자 고르시코프가 내 방에 들어오더군요. 이미 아침부터 눈치를 챘는데, 그는 무슨 일이 있는지 다른 세입자들 사이를 이리저리 뛰어다니다가 결국 나한테도 들른 겁니다. 바렌카, 얘기가 나온 김에 하는 말인데 그들의 살림은 나와 비교할 수 없을 만큼 비참합니다. 훨씬 더 비참해요! 게다가 아내와 아이들까지 있어요! 만약 내가 고르시코프였고, 그의 입장이었다면 무슨 짓을 했을지 모릅니다! 그런데 바로 이 고르시코프가 방에 들어와서 인사를 하는 겁니다. 여느 때처럼 속눈썹은 눈물에 짓무르고 발을 질질 끌었는데, 그는 감히 하려는 말을 입 밖에 내지 못했습니다. 나는 그를 의자에, 정말 다 부서진 의자에 앉혔습니다. 다른 의자가 없거든요. 나는 그에게 차를 권했어요. 그는 사양했고, 오랫동안 사양하다가 마침내 찻잔을 들었습니다. 그가 설탕을 넣지 않고 차를 마시려 하기에 설탕을 넣으라고 권했더니 오랫동안 거듭 사양했습니다. 결국 그는 자기 찻잔에 가장 작은 설탕 한 조각을 집어넣고 차가 몹시 달다고 단언했습니다. 아, 가난은 사람을 이토록 비굴하게 만듭니다! "그런데 갑자기 무슨 일이죠?" 하고 묻자 "예, 이러저러한 일이 있어서요. 마카르 알렉세예비치, 당신은 자비로우신 분이니 주님의 은총을 보여, 우리 불행한 가족에게 도움을 주십시오. 애들과 아내가 먹을 게 아무것도 없습니다. 아, 결국 어쩔 도리가 없어요!" 하고 그가 말했습니다. 내가 말을 하려고 하자 그는 내 말을 가로막았습니다. "마카르 알렉세예비치, 나는 여기 사는 사람들 모두가 무서워요. 아니 무섭다기보다 부끄럽습니다. 그들은 아주 자존심이 강하고 오만한 사람들입니다. 나도 자비로운 당신께 폐를 끼치고 싶지 않았어요. 당신에게 불쾌한 일이 있었고, 당신이 많은 돈을 빌려줄 수 없는 처지임을 알지만 다만 조금이라도 좋으니 빌려주십시오. 감히 이렇게 부탁드리는 이유는, 당신의 친절한 마음씨를 알기 때문입니다. 당신도 궁색하고, 지금 큰 불행을 겪고 있다는 걸 압니다. 그래도 당신이라면 저를 동정해 주시리라 생각합니다. 마카르 알렉세예비치, 나의 불손한 언행과 무례함을 용서해 주세요." 그는 이렇게 말을 맺었습니다. 나는 돈이 있다면 기꺼이 빌려주겠지만 아무것도 가진 게 없다, 정말로 아무것도 가진 게 없다고 그에게 대답했습니다. "저, 마카르 알렉세예비치, 많은 돈을 빌려 달라는 게 아니고, 실은 아시겠지만(그는 얼굴이 온통 빨개졌습니다.) 아내와 애들이 굶고 있어서 그러니 10코페이카짜리 은화 한 닢이라도 빌려주세요." 하고 그가 말하는 겁니다. 그 순간 내 가슴이 죄어드는 듯했습니다. '정말이지 나보다 훨씬 비참하구나!' 하고 나는 생각했어요. 하지만 내게는 다 해 봐야 20코페이카밖에 없었고, 그것도 쓸 곳이 있었습니다. 나는 내일 당장 꼭 필요한 것을 사는 데 이 돈을 쓰려고 했거든요. "없어요, 돈을 빌려줄 수가 없어요. 내 형편 아시잖아요." 하고 말했지만 그는 연신 부탁했습니다. "저, 마카르 알렉세예비치, 제발 부탁인데 단돈 10코페이카만이라도 빌려주세요." 바렌카, 결국 나는 서랍에서 돈을 꺼내어 20코페이카, 그러니까 나의 전 재산을 그에게 건네주었습니다! 아아, 가난이란 참으로 비참한 겁니다! 우리는 서로 이런저런 얘기를 나누었습니다. "어째서 그렇게 궁색해졌나요? 그리고 그토록 가난한데 어떻게 은화 5루블짜리 방을 얻었나요?" 하고 내가 물었습니다. 그는 반년 전에 방을 얻었고, 석 달 치 방세를 미리 지불했는데 그 뒤로 사정이 악화되었다고 하더군요. 급기야 가난한 자기로서는 그곳에서 옴짝달싹 못 하게 되었다고 설명했습니다. 그사이에 소송이 끝나리라고 생각했답니다. 맞아요, 불쾌한 소송 사건입니다. 바렌카, 그는 무슨 일인가로 사건에 연루되었고, 청부받은 공사의 공금을 횡령한 상인과 소송을 하고 있답니다. 상인은 사기가 탄로 나서 재판에 회부되었는데, 우연히 이 사건에 휘말린 고르시코프를 자신의 송사에 끌어들였다는 겁니다. 실제로 고르시코프의 잘못이라면 부주의와 태만으로 국가의 이익을 등한시했다는 것뿐입니다. 그런데 재판이 벌써 몇 년 동안 지속되면서 고르시코프에게 불리한 장애물이 연달아 나타난 겁니다. "나는 파렴치한이라는 누명을 쓰고 있어요. 나는 죄가 없어요, 정말 죄가 없습니다. 사기와 횡령에 대해서도 죄가 없습니다." 하고 고르시코프가 말했어요. 이 사건으로 그의 명예는 땅에 떨어졌고, 직장에서 해고되었습니다. 그가 중대한 죄를 범했다는 증거는 나오지 않았지만, 무죄 판결을 받기 전까지 상인에게서 목돈을 받을 수 없다고 합니다. 그가 당연히 받아야 할 돈이지만, 지금 이 돈을 놓고 상인과 재판을 하고 있는 겁니다. 나는 그를 믿지만 법정은 그의 말을 믿지 않고 있습니다. 이 사건은 매우 복잡하게 얽히고설킨 까닭에 100년이 지나도 좀체 해결될 것 같지 않습니다. 조금이라도 실마리가 풀릴 것 같으면 상인이 다시 문제를 제기해서 사건을 복잡하게 만든다고 해요. 바렌카, 나는 진심으로 고르시코프를 동정하고 그의 불행에 가슴이 아픕니다. 그는 직업이 없어요. 잘될 가망이 없으니 아무 데서도 받아 주지 않는 겁니다. 저축한 돈은 다 써 버렸고 사건은 뒤얽혀 있습니다. 그래도 살아야 합니다. 게다가 우연히, 하필이면 이런 때 아이가 태어난 겁니다. 그래서 지금 돈이 필요합니다. 아들이 병들어 죽는 바람에 또 돈이 들었습니다. 아내는 몸이 아프고요. 그 또한 어떤 만성 질환 탓에 건강이 좋지 않습니다. 한마디로 그는 온갖 고생을 다 짊어지고 있습니다. 그럼에도 그는 며칠 사이에 사건이 잘 해결되리라고, 이번에는 틀림없다고 말합니다. 바렌카, 그가 가엾습니다, 참으로 가엾습니다! 나는 그를 친절히 대했습니다. 그는 버림받고 궁지에 몰린 사람입니다. 그는 도움을 구하고 있습니다. 그래서 그에게 친절히 대한 겁니다. 자, 그럼 안녕, 바렌카. 건강하세요. 내 귀여운 사람, 바렌카! 당신을 떠올리면 내 병든 영혼이 마치 약을 먹은 듯 가벼워집니다. 당신 때문에 괴롭기도 하지만, 당신을 위한 괴로움이라면 내 마음은 가볍습니다.

당신의 진실한 친구
마카르 제부시킨

9월 9일

사랑하는 바르바라 알렉세예브나!

나는 정신없이 이 편지를 쓰고 있어요. 엄청난 사건으로 인해 완전히 흥분해 있습니다. 머리가 빙빙 돕니다. 내 주변의 모든 것이 빙빙 도는 것 같아요. 오, 바렌카, 이제 당신에게 얘기할게요! 우리가 전혀 예상하지 못했던 일입니다. 아니, 뜻밖의 일이라고는 할 수 없습니다. 나는 이 모든 것을 예감했으니까요. 내 마음은 이 모든 것을 이전부터 느끼고 있었습니다! 얼마 전에는 이와 비슷한 상황을 꿈꾸기까지 했습니다.

바로 이런 일이 일어난 겁니다! 문장 따윈 생각하지 않고 그저 마음속에 떠오르는 대로 이야기할게요. 나는 오늘 직장에 나갔습니다. 직장에 도착해서 자리에 앉아 서류를 정서했어요. 바렌카, 내가 어제도 정서했다는 걸 당신은 알아야 해요. 그런데 어제 티모페이 이바노비치가 내게로 다가와서 "이 서류는 아주 중요하고 급한 거요. 마카르 알렉세예비치, 좀 더 깨끗하고 꼼꼼하게 빨리 정서해 주게. 오늘 서명을 받아야 하니까."라고 말했습니다. 나의 천사여, 어제 나는 제정신이 아니었고 아무것도 쳐다보고 싶지 않았으며, 깊은 슬픔과 우울에 빠져 있었어요! 가슴속은 냉랭하고 마음은 우울했습니다. 머릿속에는 온통 불행한 당신 생각뿐이었어요. 어쨌든 나는 정서를 시작했고, 깨끗하고 훌륭하게 정서했습니다. 그런데 악마에게 홀렸는지, 어떤 신비한 운명이 그렇게 정해 두었는지, 아니면 그렇게 될 수밖에 없었는지, 더 정확히 설명할 수는 없지만, 아무튼 한 줄을 통째로 빼먹고 말았습니다. 그 탓에 문장의 의미가 어떻게 되었는지는 모르지만 완전히 무의미한 문장이 되었을 겁니다. 어제는 그 서류가 늦어지는 바람에 오늘에야 가까스로 서명을 받기 위해 국장님에게 올렸습니다. 나는 아무 일도 없었던 것처럼 오늘도 평소와 같은 시각에 출근해서 예멜리얀 이바노비치 옆에 앉았어요. 바렌카, 당신에게 할 말이 있는데, 최근에 나는 전보다 두 배는 더 부끄러움을 타고 수치심을 느끼게 되었답니다. 최근에 나는 누구의 얼굴도 바라보지 않습니다. 누군가가 의자를 삐걱거리기만 해도 사색이 되어 버리는 지경이니까요. 오늘도 몸을 숙이고 고슴도치처럼 조용히 앉아 있는데, 예핌 아키모비치(이 사람은 전대미문의 독설가입니다.)가 모두 들으라는 듯이 "이봐, 마카르 알렉세예비치, 왜 그런 모습을 하고 앉아 있나." 하고 말하며 우거지상을 지어 보이더군요. 그러자 그와 내 주변에 있던 모든 사람들이 너 나 할 것 없이 폭소를 터뜨렸습니다. 물론 나를 두고 웃어 댄 거죠. 폭소가 계속 이어졌습니다! 나는 두 귀를 막고 두 눈을 가늘게 뜬 채 꼼짝 않고 조용히 앉아 있었어요. 이건 나의 습관입니다. 그러면 사람들은 곧 조용해지거든요. 그런데 갑자기 떠들썩한 소리, 뛰어다니는 소리, 야단법석을 떠는 소리가 들렸습니다. 잘못 들은 게 아닌가 해서 귀를 기울이는데, 분명 '제부시킨' 하고 날 부르며 찾는 겁니다. 심장이 와들와들 떨리기 시작했어요. 왜 놀랐는지는 나도 모릅니다. 이 세상에 태어나서 그렇게 놀란 적은 처음이었어요. 나는 아무 일도 없는 것처럼, 나와는 상관없는 것처럼, 의자에 몸이 달라붙기라도 한 듯 꼼짝 않고 앉아 있었습니다. 그런데 또 부르는 소리가 났고, 그 소리는 점점 더 가까워지더군요. 마침내 내 귀에 대고 "제부시킨! 제부시킨! 제부시킨 어디 있나?" 하고 외치는 소리가 들렸습니다. 눈을 들어 보니 예프스타피 이바노비치가 내 앞에 서서 "마카르 알렉세예비치, 국장님께 가 보게. 얼른! 자네가 서류를 버려 놨어!" 하고 말하는 겁니다. 그가 한 말은 그게 전부였지만, 이미 충분했습니다. 바렌카, 정말 충분하지 않나요? 나는 온몸이 마비되고 얼어붙은 듯 감각을 잃어버린 채 걸어갔습니다. 정말로 산 것도 죽은 것도 아닌 상태로 국장님의 방으로 향했습니다. 첫 번째 방을 지나고 두 번째 방을 지나고 세 번째 방을 지나 국장님의 집무실로 들어가서 그분 앞에 섰습니다. 그때 내가 무슨 생각을 했는지 정확히 설명할 수는 없습니다. 국장님이 서 있고, 국장님 주변에 다른 사람들이 서 있더군요. 나는 인사도 하지 않은 것 같아요. 인사하는 걸 잊어버린 겁니다. 너무나 망연자실해서 입술도, 두 다리도 부들부들 떨렸습니다. 바렌카, 정말 그럴 만도 했지요. 무엇보다 부끄러웠습니다. 오른쪽에 있는 거울을 힐끔 쳐다보았는데, 거울로 내 모습을 보니 정말 미쳐 버릴 것 같았습니다. 둘째, 나는 항상 이 세상에 존재하지 않는 사람처럼 행동해 왔습니다. 그래서 국장님은 나의 존재에 대해 모르셨을 겁니다. 아마 이 관청에 제부시킨이라는 사람이 있다는 걸 얼핏 들었을지 모르나, 지금처럼 가깝게 대면한 적은 없었을 겁니다.

국장님은 격노하여 "이봐, 자네, 도대체 어떻게 일을 하는 거야! 도대체 뭘 본 거야? 중요하고 급히 처리해야 하는 서류인데, 자네가 망쳐 버렸어. 어떻게 그럴 수 있나?" 하고 말문을 열었습니다. 그리고 예프스타피 이바노비치에게 얼굴을 돌렸습니다. "근무 태만이야! 부주의 탓이야! 이런 불쾌한 짓을 하다니!" 내 귀엔 이런 음성만이 들려왔습니다. 나는 입을 열어서 사과하고 싶었지만 좀체 입술이 떨어지지 않았어요. 그곳에서 도망쳐 나오려고 했지만 감히 그럴 수도 없었습니다. 그런데 바렌카, 그때…… 바로 그때 뜻하지 않은 일이 일어났습니다. 지금도 부끄러워서 겨우 펜을 쥐고 있습니다. 내 단추, 한 올 실에 매달려 있던 그 망할 놈의 단추가 갑자기 떨어져 나가더니 톡 튀어 오르지 뭡니까.(아마도 내가 우연히 단추를 건드렸나 봅니다.) 그리고는 데굴데굴 소리를 내며 똑바로, 정말 똑바로 국장님의 발밑으로 굴러갔습니다. 그것도 모두가 조용히 숨을 죽이고 있을 때 말입니다! 바로 이것이 내가 국장님께 하려고 했던 모든 변명이자 사과이고 대답이었던 겁니다! 결과는 끔찍했습니다! 국장님은 즉시 내 모습과 옷으로 관심을 돌렸습니다. 나는 방금 전에 거울 속에 비친 내 모습을 떠올렸어요. 나는 단추를 주우려고 달려갔습니다! 정말 바보 같은 짓을 한 거죠! 허리를 굽혀 단추를 붙잡으려고 했지만 단추가 데굴데굴 구르고 빙빙 도는 바람에 잡을 수가 없었어요. 한마디로 민첩하지 못했던 거예요. 그 순간 마지막 힘이 내 몸에서 빠져나가고, 이제 모든 것이 끝났다고 느꼈습니다! 모든 명예가 땅에 떨어지고, 한 인간으로서도 완전히 끝장난 겁니다! 그런데 그때 아무 이유도 없이 테레자와 팔도니의 목소리가 양쪽 귀에 윙윙 울리기 시작했습니다. 마침내 단추를 주운 뒤 나는 엉거주춤 일어나서 자세를 바로잡았습니다. 이런 상황에서는 아무리 바보라도 부동자세를 취한 채 얌전하게 서 있었을 겁니다! 그런데 나는 그러지 않았어요. 그 대신 끊긴 실오라기에 단추를 달아 보려고 애썼습니다. 그렇게 하면 마치 단추가 제자리에 붙기라도 하는 양 말이죠. 게다가 나는 줄곧 빙그레 웃기까지 했습니다. 국장님은 처음엔 외면하다가 다시 나를 힐끔 쳐다보고는 예프스타피 이바노비치에게 이렇게 말했습니다. "어떻게 된 건가……? 봐요, 저 꼴이 뭐야……! 저 사람은 누군가……! 뭐 하는 사람이야……!" 아아, 바렌카, 바로 그 자리에서 "저 사람은 누군가? 뭐 하는 사람인가?" 하고 국장님이 관심을 보였던 겁니다! "특별히 지적받은 적이 없고 행동도 모범적인 사람입니다. 봉급도 정액대로 충분히 받고 있습니다……." 예프스타피 이바노비치의 목소리가 들렸습니다. "그렇다면 어떻게든 그의 상태를 좋게 해 줘야지, 가불이라도 해 주든가……." 국장님이 말했습니다. "이미 가불을 받았다고 합니다. 수개월 치 월급을 미리 받았습니다. 아마 사정이 무척 어려운 모양입니다. 품행은 방정하고 업무 면에서는 전혀 하자가 없습니다." 나의 천사여, 온몸이 타오르다 못해 지옥의 불길 속에서 활활 타드는 것만 같았습니다! 정말 죽을 것 같았어요! "좋아, 얼른 다시 정서하도록 하게. 제부시킨은 이리로 와서 실수 없이 다시 정서하도록, 알겠나……." 국장님은 큰 소리로 말했습니다. 그러고 나서 국장님은 다른 사람들에게 여러 가지 일을 지시했고, 모두가 흩어졌습니다. 사람들이 제각기 흩어지자마자 국장님은 급히 지갑에서 100루블짜리 지폐 한 장을 꺼내더니 "자, 내가 할 수 있는 건 이것뿐이네. 성의라고 생각하고 받아 두게나……." 하며 내 손에 쥐여 주었습니다. 나의 천사여, 나는 몸을 부르르 떨었고, 진심으로 감동했습니다. 그때 내게 무슨 일이 일어났는지 모르겠습니다. 나는 국장님의 손을 잡으려고 했습니다. 나의 천사여, 국장님도 온통 얼굴을 붉힌 채 — 바렌카, 나는 털끝만큼도 과장하지 않았습니다. — 내 보잘것없는 손을 붙잡고 흔들었습니다. 마치 동료나 자신과 동등한 장군에게 하듯이 내손을 꼭 잡고 흔들었습니다. 그리고 이렇게 말하는 겁니다. "자, 이제 물러가게. 이건 내 성의네……. 실수하지 않도록 하게. 이번엔 잘못이 반반이야."

바렌카, 지금 나는 이렇게 결심했습니다. 당신과 표도라에게, 그리고 만약 내게 아이들이 있다면 그들에게도 하느님께 기도하라고 이르겠어요. 너를 낳아 준 아버지를 위해서는 기도하지 않더라도 국장님을 위해 날마다, 항상 기도하라고 말입니다! 바렌카, 한 가지 더 말하겠는데, 이건 엄숙한 마음으로 하는 얘기이니 잘 들으세요. 맹세하건대, 우리들의 고통스럽고 불행한 나날에 당신과 당신의 불행을 보고, 나 자신과 스스로의 굴욕과 무능을 보고 정신적인 고통으로 죽으려고까지 했습니다. 그런데 이 모든 것에도 불구하고 당신께 거듭 맹세하건대, 국장님이 이 지푸라기 같은 술주정뱅이의 보잘것없는 손을 친히 잡아 주신 일은 내게 그 100루블짜리 지폐보다 더 가치가 있습니다! 국장님은 악수를 통해 내게 자신감을 불어넣고, 내 영혼을 되살렸으며, 내 생활을 영원한 기쁨으로 채워 주었습니다. 내가 아무리 하느님 앞에서 죄를 지었다고 해도 국장님의 행복과 평안을 비는 나의 기도는 반드시 하느님께 닿으리라고 굳게 믿습니다……!

바렌카! 지금 나는 극도로 마음이 혼란스럽고 몹시 흥분한 상태입니다! 내 심장은 두근두근 고동치다 못해 가슴에서 튀어나오려고 합니다. 왠지 온몸이 허약해진 느낌이에요. 당신에게 지폐로 45루블을 보냅니다. 주인집 여자에게 25루블 주면 수중에 35루블이 남을 겁니다. 20루블로 옷을 수선하고, 생활비로 15루블을 남겨 놓을 겁니다. 아침에 받은 모든 인상들이 여태 나의 존재 전체를 흔들어 놓고 있습니다. 좀 누워야겠어요. 그러나 내 마음은 평온하고, 아주 평온합니다. 다만 마음이 좀 아프긴 합니다. 마음속 깊은 곳에서 내 영혼이 전율하고 두근거리고 흔들리고 있음을 느낍니다. 당신에게 들르겠습니다. 지금은 이 모든 느낌에 그저 취했을 따름입니다……. 하느님은 모든 것을 다 보고 계십니다. 안녕, 더할 나위 없이 소중한 나의 사랑하는 사람이여!

당신의 존경받을 만한 친구
마카르 제부시킨

9월 10일

친절하신 나의 마카르 제부시킨!

나는 당신의 행운이 아주 말할 수 없이 기쁘고, 당신 상관의 선행이 훌륭하다고 생각해요, 나의 친구여. 이제는 당신도 불행에서 벗어나 쉴 수 있겠군요! 하지만 제발 다시는 돈을 헛되이 쓰지 마세요. 가능한 한 소박하게 조용히 사세요. 그리고 오늘부터는 갑작스레 또다시 당신에게 불행이 닥칠 때를 대비해서 항상 조금씩이라도 저축을 하세요. 제발, 우리 걱정은 하지 마세요. 저와 표도라는 그럭저럭 살아가고 있습니다. 마카르 알렉세예비치, 왜 이렇게 많은 돈을 보내셨나요? 우리에게는 전혀 필요하지 않아요. 우리가 가진 것만으로도 만족합니다. 사실 이 집에서 이사 가려면 곧 돈이 필요하겠지요. 표도라는 오래전에 누군가에게 빌려준 돈을 곧 돌려받을 거라고 해요. 제게 꼭 필요한 돈 20루블만을 남겨 두고 나머지는 돌려 드립니다. 제발 돈을 아끼세요, 마카르 알렉세예비치. 안녕히 계세요. 이제 편안하게 생활하시고, 건강하고 행복하세요. 편지를 더 쓰고 싶지만 너무 피곤해요. 어제는 하루 종일 침대에서 일어나지 못했습니다. 잠깐 들르겠다고 약속하신 건 잘한 일이에요. 마카르 알렉세예비치, 부디 제게 들러 주세요.

V. D.

9월 11일

귀여운 나의 바르바라 알렉세예브나!

나의 바렌카, 간청하건대, 지금 나는 완벽히 행복하고 모든 것에 만족하고 있으니, 이제 나와 헤어지려고 하지 마세요. 나의 귀여운 사람! 표도라의 말은 듣지 마세요. 나는 당신이 원하는 일이라면 무엇이든 할 겁니다. 처신도 잘하겠습니다. 국장님에 대한 존경심 때문에라도 똑 부러지게 처신할 겁니다. 우리 다시 행복한 편지를 주고받고, 생각과 기쁨을 함께 나누어요. 만약 걱정거리가 있으면 그것 역시 서로 나누기로 해요. 우리 둘이서 오순도순 행복하게 살도록 해요. 문학 공부도 하고요…… 나의 천사여! 나의 운명은 완전히 바뀌었고, 모든 상황이 최상입니다. 주인집 여자는 온순해지고, 테레자는 현명해지고, 심지어 팔도니조차 민첩해진 것 같아요. 라타자예프와도 화해했습니다. 내가 먼저 그를 찾아갔습니다. 바렌카, 사실, 그는 좋은 사람입니다. 그에 대해 나쁜 소문이 돌았지만 모두 터무니없는 소리들입니다. 나는 그 모든 것이 추악한 중상이었음을 이제야 깨달았습니다. 그가 내게 말하길, 우리를 묘사할 의도는 전혀 아니었답니다. 그는 내게 새 작품을 읽어 주었습니다. 또 전에 나를 로벨라스라고 부른 까닭은, 욕설이나 나쁜 의미에서 그런 게 아니었답니다. 그가 설명하기를, 이 단어는 외국어에서 따온 것으로 '민첩한 젊은이'라는 뜻이고, 더 아름답게 문학적으로 표현하자면 '허튼 일에 마음을 쓰지 않는 젊은이'라는 뜻이랍니다. 그래요! 별다른 의미는 없답니다. 나의 천사여, 악의 없는 농담이었어요! 그런데 무식한 내가 그 소리를 듣고 화를 냈던 겁니다. 이 말의 뜻을 알고 이제야 나는 그에게 사과했습니다……. 바렌카, 오늘은 매우 화창하고 날씨가 기막히게 좋군요. 사실, 아침에는 체로 친 듯한 안개비가 조금 내렸습니다. 괜찮습니다! 오히려 공기가 더 신선해졌어요. 나는 구두를 사려고 돌아다니다가 아주 멋진 구두를 구입했습니다. 넵스키 거리를 거닐었고, 《꿀벌》35)도 읽었습니다. 아, 참! 당신에게 중요한 이야기를 하는 걸 잊었군요.

이런 이야기입니다.

오늘 아침 나는 예멜리얀 이바노비치, 아크센티 미하일로비치와 국장님에 대해 이야기를 나누었습니다. 그런데 바렌카, 국장님은 나에게만 그런 호의를 베푼 게 아니었습니다. 나뿐만 아니라, 그분의 착한 마음씨는 세상이 다 알더군요. 여러 곳에서 그분을 칭송하고 감사의 눈물을 흘린답니다. 그분은 한 고아 소녀를 데려다가 양육하시고, 국장님 밑에서 특별한 일을 하는 관리에게 시집을 보냈다고 합니다. 또 어떤 미망인의 아들을 관청에 취직시켜 주었고, 그 밖에도 여러 가지 덕행을 베풀었다고 합니다. 바렌카, 나도 응분의 기여를 할 의무가 있다고 생각했으므로 국장님의 선행을 숨김없이 떳떳하게 이야기했습니다. 부끄러움은 주머니 속에 숨겨 두었지요. 이런

---

35) 파데이 베네딕토비치 불가린(Faddey Venediktovich Bulgarin, 1789~1859)과 니콜라이 이바노비치 그레치(Nikolay Ivanovich Gretsch, 1787~1867)가 페테르부르크에서 1825년부터 1864년까지 발행한 반동적인 신문《북방의 꿀벌》을 말한다.

상황에서 부끄러움이나 자존심이 도대체 뭔 대수라는 말입니까! 국장님의 선행에 영광이 있으라고, 모두에게 큰 소리로 얘기했어요! 나는 재미있게 열심히 얘기했고, 얼굴도 붉히지 않았습니다. 오히려 이렇게 얘기할 수 있다는 사실이 자랑스러웠어요. 나는 모든 것을 털어놓았습니다.(다만 당신에 대해서는 사려 깊게 말하지 않았지요.) 집주인 여자에 대해서도, 마르코프에 대해서도 죄다 얘기했답니다. 내 이야기를 듣던 사람들이 서로 눈짓하며 키득댔습니다. 아니, 사실 그들 모두가 서로 눈짓하며 비웃었습니다. 아마 그들은 내 모습에서 무언가 우스운 점을 발견했나 봅니다. 아니면 내 구두, 그러니까 내 구두 이야기가 우스웠을지도 모르죠. 나쁜 의도가 있어서 웃은 것은 아닙니다. 그렇게 웃어 댄 이유는 단지 그들이 젊거나 모두 부유하기 때문이지, 나쁜 의도나 악의가 있어서는 아닙니다. 즉, 국장님에 관한 일로 그들이 웃었을 리 없습니다. 그렇지 않나요, 바렌카?

바렌카, 나는 여태 왠지 정신을 차릴 수가 없어요. 이 모든 사건들로 나는 몹시 혼란스럽답니다! 당신 집에 장작은 있나요? 감기 조심하세요, 바렌카, 자칫 감기 들기 쉬우니까요. 아아, 나의 바렌카, 당신은 슬픈 생각으로 나를 괴롭히는군요. 바렌카! 나는 하느님께 기도하고 있습니다, 당신을 위해 간절히 기도하고 있습니다. 털양말은 있나요? 좀 더 따뜻한 옷은 가지고 있나요? 정말 조심하세요, 바렌카. 필요한 게 있으면 제발 이 늙은이를 속상하게 하지 말고 편히 말해 주세요. 곧장 날 찾아오세요. 이제 힘든 세월은 지나갔습니다. 내 걱정은 하지 마세요. 앞으로는 만사가 밝고 좋을 겁니다!

그런데 바렌카, 지금까지는 슬픈 나날이었어요! 하지만 상관없습니다. 모든 게 지나갔으니까요! 몇 년이 지난 뒤 이때를 돌아보면서 우리는 안도의 한숨을 쉬겠죠. 나는 나의 젊은 시절을 기억합니다. 훨씬 더 어려웠지요! 어느 때는 단돈 1코페이카도 없었어요. 춥고 배고팠지만 그저 즐거웠습니다. 아침에 넵스키 거리를 지나다가 예쁜 사람을 보면 하루 종일 행복했어요. 바렌카, 참으로 행복한 시절이었습니다! 바렌카, 이 세상에서 살아간다는 건 좋은 일입니다! 페테르부르크에서 산다는 것은 특히 즐거운 일입니다. 어제 나는 눈물을 흘리며 하느님 앞에서 그 슬픈 시절에 내가 범했던 잘못들 — 불평, 자유사상, 추태, 도박 — 을 용서해 달라고 회개했습니다. 기도하다가 감동하여 당신을 떠올렸습니다. 나의 천사여, 당신만이 날 강하게 해 주었고, 당신만이 날 위로해 주었으며, 내게 훌륭한 충고와 훈계를 해 주었습니다. 바렌카, 나는 이것을 결코 잊을 수 없어요. 그리운 이여, 오늘은 당신이 보낸 모든 편지에 입을 맞추었어요! 그럼 안녕히. 이 근방 어딘가에서 옷을 판다고 합니다. 그래서 잠시 들르려고 해요. 안녕, 나의 천사여, 그럼 안녕히 계세요.

진심으로 당신에게 충실한
마카르 제부시킨

9월 15일

친애하는 마카르 알렉세예비치 님!

저는 지금 온통 무서운 흥분에 휩싸여 있습니다. 우리에게 무슨 일이 일어났는지 들어 보세요. 저는 무언가 숙명적인 것을 예감합니다. 더할 나위 없이 소중한 나의 친구여, 스스로 생각해 보세요. 브이코프 씨가 페테르부르크에 있답니다. 표도라가 그 사람을 만났다고 해요. 그는 마차를 타고 가다가 돌연 멈춰 세우더니 표도라에게 다가와서 어디에 사는지 물었대요. 표도라는 처음에는 아무 말도 안 했답니다. 그러자 그는 야비한 미소를 띠며 그녀의 집에 누가 살고 있는지 안다고 말했답니다.(안나 표도로브나가 죄다 말했겠죠.) 그 순간 표도라는 도저히 참을 수 없었으므로 길에서 그를 비난하고 책망하기 시작했답니다. 그가 부도덕한 사람이고 내 모든 불행의 원인이라고요. 그러자 그는 돈이 없으면 사람이 불행해지기 마련이라고 하더래요. 표도라는 내가 일을 하면서 그럭저럭 살 수 있었고, 시집을 갈 수도 있었으며, 일자리도 쉽게 찾을 수 있었지만 이제 그런 행복은 영원히 사라져 버렸고, 게다가 병까지 얻어서 곧 죽으리라고 말했답니다. 그러자 그는 내가 아직 너무 어리고, 여전히 머릿속에 쓸데없는 생각이 들어 있으며, "우리의 미덕도 빛을 잃었다."(이건 그의 말입니다.)라고 대꾸했답니다. 저와 표도라는 그가 우리 집의 위치를 모를 거라고 생각했는데, 어제 갑자기, 제가 고스티느이 드보르로 장을 보러 나가자마자 그가 우리 방으로 들어왔다고 합니다. 제가 집에 있을 때 찾아오고 싶지 않았던 모양입니다. 그는 오랫동안 표도라에게 우리의 생활 형편이 어떤지 이것저것 캐묻고, 방 안의 모든 걸 유심히 살피면서 내 일감을 들여다보더니 마침내 "당신들이 알고 지내는 관리가 어떤 사람이오?"라고 묻더랍니다. 그때 마침 당신이 마당을 지나가고 있어서, 표도라는 당신을 가리켰답니다. 그가 당신을 힐끗 쳐다보고 웃었대요. 표도라는 그에게 가 달라고 부탁한 뒤, 제가 슬픈 일로 몸이 무척 아프고 우리 집에서 당신을 마주치면 매우 불쾌해하리라고 말했답니다. 그는 잠시 침묵하더니, 딱히 무슨 볼일이 있어서가 아니라 그냥 왔다 가는 거라며 표도라에게 25루블을 주려고 했대요. 물론 표도라는 받지 않았어요. 이게 무엇을 의미하는 걸까요? 그가 왜 우리에게 왔다 갔을까요? 나는 그가 어떻게 우리에 대해 죄다 알고 있는지 이해할 수 없어요! 도무지 짐작조차 할 수 없습니다. 표도라의 말로는 우리한테 다녀가는 자신의 시누이 아크시니야가 세탁부 나스타샤와 아는 사이인데, 나스타샤의 사촌 오빠가 바로 안나 표도로브나의 조카가 근무하는 관청의 경비원이라고 합니다. 결국 이렇게 어떤 뜬소문이 전해졌을지도 모른다고 해요. 하지만 표도라의 생각이 틀렸는지도 모릅니다. 우리는 어떻게 생각해야 할지 모르겠어요. 정말 그가 우리를 다시 찾아올까요? 이 생각만 하면 무서워져요! 어제 표도라가 이 모든 걸 들려주었을 때 저는 무서워서 하마터면 기절할 뻔했습니다. 그들은 뭘 더 요구할까요? 이제 저는 그들을 알고 싶지도 않아요! 도대체 그들은 불쌍한 저에게 무슨 볼일이 있는 걸까요? 아아! 저는 지금 너무나 무섭습니다. 지금이라도 브이코프가 집 안으로 쳐들어올 것 같아요. 제게 무슨 일이 일어날까요? 운명은 저를 위해 무엇을 준비하고 있을까요? 마카르 알렉세예비치, 제발 지금 제게 들려 주세요. 제발 잠시라도 들려 주세요.

V. D.

9월 18일

사랑하는 바르바라 알렉세예브나!

오늘 우리가 사는 집에서는 몹시 슬프고, 뭐라고 설명할 수 없는 뜻밖의 사건이 일어났습니다. 드디어 우리의 가엾은 고르시코프에게(바렌카, 유의해서 읽어 주세요.) 완전히 무죄 판결이 났습니다. 재판은 벌써 오래전에 마무리되었지만, 그는 오늘에야 최종 판결을 들으러 다녀왔습니다. 사건은 그에게 아주 유리하게 끝났습니다. 태만과 경솔의 죄는 있었지만, 모두 완벽히 사면되었으니까요. 상인더러 상당한 액수의 돈을 고르시코프에게 돌려주라는 판결이 난 겁니다. 그래서 그의 형편은 아주 좋아졌고, 명예도 되찾았으며, 모든 게 잘되었습니다. 한마디로 바라던 바가 전부 이루어진 셈입니다. 그는 오늘 3시에 집에 도착했습니다. 그는 백지장처럼 창백한 얼굴과 떨리는 입술로 애써 웃음을 지으며 아내와 아이들을 껴안았습니다. 우리 모두 그를 축하해 주려고 다 함께 모여서 그에게

갔습니다. 그는 우리에게 깊이 감동했는지 사방에다 대고 인사를 하고, 우리의 손을 몇 번씩이나 감싸 쥐었습니다. 내가 보기에 그는 키도 커지고, 허리도 쭉 펴지고, 이제 눈물도 마른 듯했습니다. 가엾은 고르시코프는 극도로 흥분한 상태였어요. 그는 이 분 정도의 짧은 시간조차 한자리에 서 있지 못하고, 손에 잡히는 건 무엇이든 집어 들었다가 다시 내던진 뒤에 줄곧 웃으면서 인사했어요. 앉았다 일어서기를 반복하면서 도대체 알아들을 수 없는 소리를 해 댔습니다. "나의 명예, 명예, 훌륭한 이름, 내 아이들." 이렇게 묘한 말을 하더니 심지어 울음까지 터뜨렸습니다! 우리도 대부분 따라 울었습니다. 라타자예프가 그를 격려하고 싶었는지 어깨를 가볍게 두드리며 말했어요. "이봐요, 먹을 게 아무것도 없을 때 명예가 다 뭐요. 돈, 돈이 중요한 거요. 자, 이제 돈을 받게 되었으니 신께 감사드리시오!" 내 눈에는 고르시코프가 모욕을 당한 듯 보였어요. 불만을 직설적으로 표현하지는 않았지만, 고르시코프가 좀 이상한 눈길로 라타자예프를 쳐다보더니 그의 손을 자신의 어깨에서 밀쳐 냈거든요. 예전 같았으면 그러지 않았을 거예요, 바렌카! 하지만 사람의 성격이란 다양한 법입니다. 예컨대 나라면 저토록 기쁠 때 거만하게 굴지 않았을 겁니다. 바렌카, 이따금 내가 지나치게 굽신대고 스스로를 비하하기도 하지만 그건 선량한 마음의 발작과 지나치게 유순한 심성 때문이니 어쩌겠어요……. 하지만 지금은 내 얘기를 할 때가 아니죠! 고르시코프는 "그래요, 돈도 좋지요. 감사할 일입니다, 고마운 일입니다!"라고 말했고, 우리가 그의 집에 있는 동안 줄곧 "고마운 일입니다, 감사한 일입니다!" 하고 같은 말을 되뇌었어요. 그의 아내는 평소보다 친절하고 푸짐하게 식사를 주문했습니다. 우리 집주인 여자는 그들을 위해 직접 요리를 했습니다. 집주인도 어느 정도 좋은 여자입니다. 식사 준비가 다 될 때까지 고르시코프는 가만히 앉아 있을 수가 없었나 봅니다. 그는 부르건 말건 모든 사람들의 방으로 들어갔습니다. 멋대로 들어선 뒤 웃음을 띤 채 의자에 엉거주춤 앉아서는 무슨 말을 하기도 하고, 아무 말도 없이 있다가 그냥 나가기도 했습니다. 해군 소위의 방에서는 카드를 손에 쥐더니, 네 번째 선수로 놀이에 끼기도 했습니다. 그는 잠시 놀이를 하던 도중에 어이없는 실수를 했고, 서너 판쯤 하다가 그만두었습니다. "아니, 난 그냥 한번 해 보았을 뿐입니다." 이렇게 말하고 그는 사람들에게서 물러났습니다. 복도에서 나를 만나자 그는 내두 손을 잡고 똑바로 쳐다보더군요. 아주 이상한 느낌이 들었어요. 나와 악수만 하고 물러가며 그는 줄곧 웃음을 지었습니다. 그런데 왠지 답답한 것이, 마치 죽은 사람의 얼굴에서나 찾아볼 수 있는 그런 묘한 웃음이었습니다. 그의 아내는 기쁨의 눈물을 흘렸습니다. 그들의 집에서는 모든 것이 즐겁고, 명절날처럼 흥겨웠습니다. 그들은 곧 식사를 했습니다. 식사를 마친 뒤 그는 아내에게 "여보, 나 좀 잠시 누워야겠소."라고 말하고 침대로 갔습니다. 그는 딸아이를 불러 머리에 한 손을 얹고 오랫동안 어린아이의 머리를 쓰다듬었습니다. 그리고 다시 아내를 바라보고 "그런데 페텐카는 어떻게 됐지? 우리의 페탸, 페텐카 말이오……?"라고 말했답니다. 아내는 성호를 긋고, 그

아이는 이미 죽지 않았느냐고 대답했습니다. "아아, 그렇지. 알아, 모든 걸 알지. 페텐카는 지금 천당에 있지." 아내는 남편이 제정신이 아니라고, 이번 사건 때문에 완전히 흥분해 있다고 생각했습니다. 그래서 "여보, 한잠 주무시는 게 좋겠어요." 하고 말했지요. "그래, 그게 좋겠어. 나 이제…… 잠깐 눈 좀 붙이겠소."라고 말한 뒤 한동안 돌아누워 있다가 다시 아내 쪽을 바라보고 뭔가 말을 하려고 했답니다. 아내는 잘 알아듣지 못하고 "여보, 뭐라고요?" 하고 물었지만 그는 대답하지 않았습니다. 아내는 잠시 기다렸다가 남편이 잠들었다고 생각하고는, 한 시간쯤 집주인 여자랑 같이 있었대요. 이윽고 돌아와 보니 남편은 아직도 자고 있었고, 누운 채 꼼짝도 하지 않더랍니다. 아내는 남편이 푹 잠들었다고 생각했으므로 자리에 앉아서 무언가 일을 하기 시작했답니다. 한 삼십 분쯤 일을 했는데, 그동안 당최 무슨 생각을 했는지 기억하지 못할 정도로 깊은 생각에 빠졌고, 남편에 대해서는 까맣게 잊고 있었답니다. 그녀는 어떤 불안한 느낌이 들어서 갑자기 정신을 차렸고, 무엇보다 무덤 속처럼 고요한 방 안의 분위기에 깜짝 놀랐답니다. 침대를 바라보니 남편은 여전히 똑같은 자세로 누워 있었고요. 그녀가 남편에게 다가가서 담요를 걷어 젖혔더니, 남편은 이미 차갑게 식은 채 죽어 있더랍니다. 바렌카, 고르시코프가 죽었다는 말입니다. 마치 벼락이라도 맞은 것처럼 갑자기 죽었다는 겁니다! 무슨 이유로 죽었는지 아무도 모릅니다. 바렌카, 나는 너무나 큰 충격을 받아서 여전히 정신을 차릴 수가 없습니다. 사람이 이토록 쉽게 죽을 수 있다는 사실이 도저히 믿기지 않습니다. 아아, 고르시코프는 참으로 불쌍하고 불행한 사람입니다! 아아, 운명이란, 운명이란 정말 이런 걸까요! 까무러치게 놀란 그의 아내는 눈물만 흘리고 있습니다. 어린 딸은 어느 방구석에 숨었는지 보이지도 않아요. 그들의 집은 온통 난리입니다. 곧 검시(檢屍)가 있을 겁니다……. 더 이상 할 말이 없어요. 불쌍할 따름입니다. 아아, 지독히도 불쌍합니다! 정말이지 하루, 아니 한 시간 앞조차 내다볼 수 없다고 생각하니 슬퍼집니다……. 이렇게 아무런 이유도 없이 죽다니요…….

당신의
마카르 제부시킨

9월 19일

　친애하는 바르바라 알렉세예브나!
　친구여, 당신에게 급히 알려 드립니다. 라타자예프가 나에게 어떤 작가의 작품을 정서하는 일을 주선해 주었습니다. 작가가 마차를 타고 그에게 찾아왔는데, 아주 두꺼운 원고 뭉치를 가져왔습니다. 고맙게도 일거리가 많습니다. 다만 아주 알아보기 어렵게 글씨를 써서 어떻게 시작해야 할지 모르겠어요. 저쪽에서는 좀 더 빨리 해 달라고 요구하는 모양이에요. 여기저기에 온통 무언가를 써 놓았는데 뭐가 뭔지 이해하기 힘듭니다……. 한 장에 40코페이카씩 받기로 했습니다. 바렌카, 이제부터 부수입이 생기게 되었으니, 이 모든 것을 당신에게 얘기해 드립니다. 그럼, 이제 안녕, 바렌카. 나는 바로 일을 시작하려 합니다.

당신의 충실한 친구
마카르 제부시킨

9월 23일

나의 소중한 친구, 마카르 알렉세예비치!

저는 벌써 사흘째 당신에게 아무것도 쓰지 못했습니다. 왜냐하면 그동안 많은, 아주 많은 걱정과 불안에 시달렸답니다.

사흘 전에 브이코프 씨가 제 집에 찾아왔어요. 저는 혼자 있었고, 표도라는 어딘가로 외출한 상태였어요. 문을 열고 그 사람을 보았을 때, 저는 너무나 놀란 나머지 그 자리에서 꼼짝도 할 수 없었습니다. 저는 얼굴이 창백해지고 있음을 느꼈어요. 그는 평소처럼 큰 소리로 웃으면서 방 안으로 들어오더니 의자를 끌어다가 앉았습니다. 저는 오랫동안 정신을 차릴 수 없었지만, 마침내 일을 하려고 방구석에 앉았습니다. 그는 곧 웃음을 그쳤어요. 아마 제 모습을 보고 깜짝 놀란 모양입니다. 저는 최근에 너무 말랐거든요. 뺨과 두 눈은 움푹 꺼졌고 얼굴빛은 백지장처럼 창백하지요……. 정말 일 년 전에 저를 알았던 사람은 지금의 저를 알아보기가 힘들 정도입니다. 그는 오랫동안 유심히 저를 쳐다본 뒤에야 마침내 다시 유쾌함을 찾았습니다. 그가 무언가를 얘기했지만 제가 뭐라고 대답했는지는 기억나지 않아요. 그는 다시 웃기 시작했습니다. 그는 꼬박 한 시간이나 제 방에 앉아서 오랫동안 저와 얘기를 했고, 이것저것 캐물었습니다. 드디어 헤어지기 전에 그는 제 손을 붙잡고 이렇게 말했어요.(그가 한 말을 그대로 적겠습니다.) "바르바라 알렉세예브나! 우리끼리 얘기지만 당신의 친척이고 나의 친한 지인이자 친구이기도 한 안나 표도로브나는 몹시 비열한 여자입니다.(여기서 그는 다시 그녀를 어떤 상스러운 말로 불렀습니다.) 그 여자는 당신의 사촌 여동생을 나쁜 길로 끌어들였고 당신도 파멸시켰습니다. 결국 나도 비열한 사람이 되고 말았어요. 세상일이라는 게 다 그래요." 이 대목에서 그는 있는 힘껏 껄껄 웃었습니다. 그러고 나서 자기는 말재주가 없지만 중요한 것을 반드시 해명해야 했고, 고결한 신사의 의무가 있으므로 잠자코 있을 수 없었으며, 나머지 문제에 대해서는 간단히 말하겠다고 했습니다. 이 순간 그는 청혼을 하면서 제 명예를 회복시키는 일이 자신의 의무라고, 자기는 부자이니 결혼한 뒤에 자신의 초원 영지로 저를 데려가서 토끼 사냥이나 하고 싶다고 말했습니다. 또 그가 말하길, 페테르부르크는 더러운 곳이라 다시는 오지 않을 작정이고, 이 페테르부르크에는, 그의 표현을 빌리자면, 아무짝에도 쓸모없는 조카 녀석이 있는데 그에게서 유산 상속권을 박탈하기로 했다는 겁니다. 요컨대 바로 이 때문에 법률상의 상속인을 만들고자 제게 구혼하는 것이고, 이것이 그가 청혼하는 주된 이유라고 말했습니다. 그러고 나서 그는 제가 너무나 비참하게 살고 있으며, 이런 날림 집에서 사니까 당연히 병이 날 수밖에 없고, 이렇게 한 달만 더 살다간 제가 죽음을 피할 수 없으리라고, 심지어 페테르부르크의 집들은 모조리 더럽다고 말했습니다. 마지막으로는 필요한 게 없느냐고 묻더군요.

저는 그의 청혼에 너무 놀라서 저도 모르게 울음을 터뜨렸습니다. 그는 제 눈물을 감사의 표시로 받아들이더니, 자기는 항상 저를 착하고 감수성 예민하며 학식 있는 처녀로 믿고 있었지만, 그럼에도 제 행실을 모두 자세히 알아본 뒤에야 이렇게 청혼을 결심했다고 말했습니다. 여기에서 그는 당신에 대해서도 이것저것 물어보았고, 당신이 훌륭한 사람이라는 걸 전부 들었다며, 당신에게 빚을 지고 싶지 않으니 당신이 제게 베푼 모든 것에 대한 답례로 500루블을 주면 충분하겠느냐고 물었습니다. 당신이 제게 해 준 선행은 어떤 금액으로도 보상할 수 없다고 설명하자 그는 모두 하찮은 데다 감상적인 감정일 뿐이며, 제가 아직 젊어서 시에 빠져 있다고, 로맨스는 젊은 처녀들을 망칠 뿐이라고, 책은 도덕을 해칠 뿐이라고, 그래서 자기는 어떤 책도 인정할 수 없다고 말했습니다. 그는 자기만큼 인생을 살고 나서 사람들에 대해 얘기하라고 충고하더니 "그때 가면 당신도 사람들에 대해 알게 될 거요."라는 말을 덧붙였습니다. 그러고 나서 그는 자신의 청혼을 잘 생각해 보기 바란다고, 이렇게 중요한 첫걸음을 경솔하게 내디딘다면 자기는 기분이 나쁠 것 같다고 말했습니다. 그는 경솔함과 열광이 경험 없는 젊은이를 망친다고 덧붙인 다음, 어쨌거나 호의적인 답변을 몹시 고대한다고 말했습니다. 마지막으로 제가 청혼을 거절할 경우, 자기는 망나니 같은 조카에게 상속권을 박탈한다고 이미 선언했기 때문에 하는 수 없이 모스크바에 사는 여자 상인과 결혼해야만 한다고 말했습니다. 그러고는 제 수틀 위에 억지로 500루블을 놓고 갔습니다. 그의 말대로 사탕이나 사 먹으라는 듯이 말이죠. 시골에 가면 제가 둥근 빵처럼 살이 찌고 풍족하게 살게 될 것이며, 지금 자기는 온종일 뛰어다닐 정도로 일이 많은데도 굳이 잠깐 시간을 내서 제게 들른 거라고 말한 뒤 떠나 버렸습니다. 저는 오랫동안 생각하고 또 생각했습니다. 나의 친구여, 이런저런 생각을 하며 괴로웠지만 마침내 결심했습니다. 친구여, 저는 그 사람에게 시집을 가렵니다. 저는 그 사람의 청혼을 받아들여야 합니다. 저를 치욕에서 벗어나게 하고, 제게 명예를 돌려주고, 가난과 궁핍과 불행에서 저를 구해 줄 사람이 있다면 바로 그 사람뿐입니다. 제가 앞으로 무엇을 기대할 수 있고, 운명에게 무엇을 더 바라겠어요? 표도라는 행운을 놓쳐서는 안 된다고 말합니다. 이런 것이 바로 행운이라면서요. 나의 소중한 친구여, 적어도 저는 저 자신을 위한 다른 길을 찾아낼 수 없습니다. 저는 어찌해야 하나요? 저는 일을 하느라고 완전히 건강을 해쳤습니다. 계속 일을 할 수가 없어요. 그럼에도 일을 하러 세상 속으로 나가야 할까요? 그러면 저는 근심과 걱정으로 쇠약해질 테고, 점점 더 누구의 마음에도 들지 않는 존재로 전락할 거예요. 저는 태어날 때부터 병약해서 남들에게 짐만 되었어요. 물론 제가 지금 가는 곳이 천국은 아니지만, 제가 무엇을 할 수 있겠어요. 친구여, 저는 어찌해야만 하나요? 어떤 선택을 해야 하나요?

저는 당신께 충고를 청하지 않았습니다. 저 혼자 곰곰이 생각하고 싶었어요. 지금 당신이 읽으신 제 결심은 변함이 없습니다. 저는 곧 이 결심을 브이코프 씨에게 전할 거예요. 그렇지 않아도 그는 제게 최종 결심을 재촉하고 있습니다. 급히 처리해야 할 일들이 있어서 시골에 가야 하는데 하찮은 일로 출발을 지연시킬 수 없다면서 말입니다. 제가 행복해질지 어떨지는 하느님만이 아시겠죠. 저의 운명은 거룩하고 불가해한 하느님의 뜻에 달려 있으니까요. 하지만 저는 결심했습니다. 사람들은 브이코프 씨가 착하다고 말합니다. 그는 저를 존경할 것이고, 아마 저도 그를 존경하게 될 겁니다. 우리의 결혼에서 무엇을 더 바라겠어요?

마카르 알렉세예비치, 당신에게 모든 것을 알려 드립니다. 당신은 저의 근심과 걱정을 모두 이해하리라 믿어요. 제 결심을 되돌리려고 하지 마세요. 헛수고일 뿐입니다. 제가 이렇게 행동할 수밖에 없는 모든 상황을 당신 가슴속에서 잘 헤아려 보세요. 처음에는 몹시 불안했지만, 이젠 훨씬 편안합니다. 앞으로 어떻게 될지는 모르겠습니다. 될 대로 되겠지요. 하느님이 인도해 주실 겁니다……!

브이코프 씨가 도착했어요. 편지를 맺지 못하고 그만 줄입니다. 당신에게 더 많은 것을 얘기하고 싶었어요. 브이코프 씨가 벌써 들어왔어요!

V. D.

9월 23일

　사랑하는 바르바라 알렉세예브나!

　바렌카, 당신에게 급히 답장을 씁니다. 바렌카, 내가 놀랐다
는 것을 당신에게 서둘러 알려 드립니다. 모든 게 왠지 잘못
된 것 같아요……. 어제 우리는 고르시코프의 장례를 치렀습
니다. 그래요, 바렌카, 그건 그렇습니다. 바렌카, 그건 확실히
그렇습니다. 브이코프 씨는 점잖게 행동했습니다. 바렌카, 그
러니까 당신도 동의했겠지요. 물론 모든 일엔 하느님의 뜻이
있습니다. 그래요, 반드시 그래야만 합니다. 즉, 이 일에도 반
드시 하느님의 뜻이 있을 겁니다. 조물주의 섭리는 물론 좋은
것이지만 때때로 이해할 수 없습니다. 우리의 운명 역시 마찬
가지입니다. 그것들도 다 똑같은 겁니다. 표도라는 당신의 뜻
에 동의하겠죠. 물론 당신은 이제 행복해지겠지요, 바렌카. 부
족함 없이 잘살겠지요. 나의 귀여운 사람, 내 사랑스러운 사
람, 나의 천사여, 그런데 당신은 왜 그렇게 빨리 결심을 했나
요……? 그래요, 일이…… 브이코프 씨에게 일이 있다고 했지
요. 물론 일 없는 사람은 없으니 그에게도 일이 있을 수 있겠
죠……. 그가 당신 집에서 나올 때 나는 그 사람을 보았습니

다. 용모가 훌륭하고 당당하더군요. 아주 당당한 남자였습니다. 다만 이 모든 일이 왠지 잘못되었다는 생각이 들어요. 그 사람이 당당한 남자라는 점은 문제가 아닙니다. 지금 나는 왠지 제정신이 아닌 것 같아요. 이제 우리는 어떻게 서로에게 편지를 쓰죠? 나는, 나는 어떻게 혼자 살아가야 할까요? 나의 천사여, 나는 당신이 편지에 쓴 대로 모든 것을, 이렇게 된 원인을 마음속으로 하나하나 전부 헤아려 보았습니다. 그때 나는 벌써 스무 장째 원고의 정서를 끝내고 있었습니다. 그런데 그사이에 이런 일이 일어났군요! 바렌카, 시골로 간다니 온갖 물건들을, 여러 가지 구두와 옷을 사야겠군요. 마침 고로호바야 거리에 내가 잘 아는 가게가 있습니다. 전에 그 가게에 대해 자세히 써 보냈는데 기억하나요? 안 됩니다! 바렌카, 어떻게 당신이, 말도 안 됩니다! 당신은 지금 떠나서는 안 됩니다. 절대 안 됩니다. 당신은 많은 물건을 사야 하고 마차도 준비해야 합니다. 게다가 지금은 날씨도 나쁩니다. 보세요, 비가 억수로 퍼붓고 있잖아요. 몹시 축축한 비입니다, 그래서 더욱…… 더더욱, 나의 천사여, 당신은 추위를 탈 겁니다. 당신의 작은 심장도 얼어붙을 겁니다! 당신은 낯선 사람을 무서워하는데도 그 먼 곳으로 가려고 합니다. 나는 이제 누구에게 의지하고, 여기에 혼자 남아야 하나요? 표도라는 큰 행복이 당신을 기다리고 있다고 말합니다……. 하지만 표도라는 드센 여자이고 나를 파멸시키려고 합니다. 바렌카, 오늘 철야 기도회에 갈 건가요? 거기에서 당신을 보았으면 해요. 바렌카, 당신이 학식 있고 후덕하고 감수성 예민한 처녀라는 말은 정말 사실입니다. 하지만 그는 여자 상인과 결혼하는 편이 훨씬 나을 겁니다! 바렌카, 당신은 어떻게 생각하나요? 확실히 그는 그 여자 상인과 결혼하는 것이 더 낫습니다! 나의 바렌카, 어두워지면 한 시간쯤 당신에게 들르겠습니다. 요즘엔 날이 일찍 어두워지니까, 곧 달려갈게요. 바렌카, 오늘은 반드시 당신 곁에서 한 시간쯤 머물겠습니다. 지금 당신은 브이코프 씨를 기다리고 있겠지요. 그가 떠나면 그때…… 바렌카, 그럼 기다려 주세요, 달려갈게요…….

마카르 제부시킨

9월 27일

나의 친구, 마카르 알렉세예비치!

브이코프 씨의 말로는 리넨 내의가 세 다스는 있어야 한다고 합니다. 그래서 가능한 한 빨리 두 다스의 내의를 만들어 줄 여자 재봉사를 찾아야 하는데, 시간이 너무 없어요. 브이코프 씨는 이런 넝마 같은 옷 때문에 너무 소란을 피운다고 화를 내고 있습니다. 우리는 닷새 뒤에 결혼식을 올리고, 그다음 날 시골로 떠납니다. 브이코프 씨는 매우 서두르며, 쓸데없는 일에 많은 시간을 허비할 필요가 없다고 말합니다. 저는 번거로운 일들로 지쳐서 서 있기조차 힘듭니다. 신경 써야 할 일이 너무 많아서 정말이지 이런 일이라면 하나도 없는 편이 더 나을 것 같아요. 한 가지가 더 있습니다. 우리에겐 비단 레이스와 망사 레이스가 부족하니 이것도 더 구입했으면 좋겠어요. 브이코프 씨는 자기 아내가 식모처럼 돌아다니는 걸 원하지 않습니다. 제가 반드시 '시골 지주 부인들의 코를 납작하게 해 줘야' 하기 때문이래요. 그가 직접 그렇게 말했답니다. 그래서 말인데요, 마카르 알렉세예비치, 고로호바야 거리의 시폰 부인에게 편지를 보내서, 첫째로 속옷 등을 만드는 여자 재봉사를 보내 달라고 부탁하고, 둘째로 어렵겠지만 부인이 직접 와주시면 좋겠다고 간청해 주세요. 저는 오늘 몸이 아픕니다. 우리의 새집은 몹시 춥고 너무나 어수선합니다. 브이코프 씨의 고모는 늙어서 간신히 숨만 쉬고 있어요. 우리가 떠나기도 전에 돌아가실까 봐 걱정이 되는데, 브이코프 씨는 아무 일 없을 테고 곧 기운을 차릴 거라고 말합니다. 우리 집은 지금 너무나 어수선합니다. 브이코프 씨는 우리와 함께 살지 않으므로 하인들이 사방으로 흩어진 까닭에 다들 어디로 갔는지 모르겠습니다. 표도라 혼자서 우리 일을 거들어 주는 셈이에요. 모든 일을 보살펴야 할 브이코프 씨의 집사는 벌써 사흘째 어디로 사라졌는지 모르겠어요. 브이코프 씨는 매일 아침에 찾아와서 줄곧 화만 냅니다. 심지어 어제는 이 집 관리인을 때려서 경찰과 불쾌한 일이 있었습니다……. 이 편지를 당신에게 전해 줄 사람조차 없어서 시내 우편으로 부칩니다. 아 참! 가장 중요한 일을 잊을 뻔했군요. 시폰 부인에게 어제 보았던 견본대로 비단 레이스를 반드시 바꾸라고 일러 주세요. 또 새로 고른 것을 가지고 직접 제게 와 달라고 얘기해 주세요. 또

칸주[36])에 대해서는 생각을 바꿨다고, 질기게 꼰 실로 수를 놓아 달라고 다시 말해 주세요. 그리고 또 한 가지, 손수건의 이니셜은 둥근 수틀을 이용해서 도드라지게 수를 놓으라고 전해 주세요. 아시겠죠? 평자수(平刺繡)가 아니라 둥근 수틀을 이용해서 도드라지게 수를 놓아야만 합니다. 제발 잊지 않도록 조심하세요. 반드시 수틀에 끼워서 수를 놓아야 해요! 참, 한 가지 더 있는데 깜빡 잊을 뻔했군요! 제발 부인에게 망토의 작은 잎사귀들도 도드라지게 수를 놓으라고, 덩굴과 가시는 특히 정성스럽게 수를 놓으라고, 옷깃의 가장자리엔 망사 레이스나 넓은 주름 장식을 두르라고 말해 주세요. 부탁해요, 마카르 알렉세예비치, 꼭 전해 주세요.

당신의
V. D.

추신: 여러 가지 성가신 부탁으로 계속 귀찮게 해 드려서 정말 부끄럽습니다. 그저께도 당신은 오전 내내 뛰어다니셨죠. 하지만 어쩌나요! 우리 집은 너무나 어수선하고, 저는 몸이 좋지 않은걸요. 그러니 저에게 너무 화내지 마세요, 마카르 알렉세예비치. 너무 우울합니다! 아아, 나의 친구여, 나의 소중하고 친절한 마카르 알렉세예비치, 앞으로 무슨 일이 일어날까요? 미래를 생각하기만 해도 저는 두렵습니다. 줄곧 이상한

---

36) 여성의 어깨와 목에 두르는 삼각형 모양의 천.

예감이 들고, 마치 정신을 잃은 채 멍하니 사는 기분입니다.

추신: 나의 친구여, 지금껏 제가 말씀드린 것들을 단 한 가지도 잊으시면 안 됩니다, 제발요. 어쩐지 당신이 실수를 하실 것만 같아서 내내 걱정입니다. 기억하세요, 평자수가 아니라 둥근 수틀을 이용해서 도드라지게 수를 놓는 거예요.

V. D.

9월 27일

친애하는 바르바라 알렉세예브나!

당신의 부탁은 모두 열심히 수행했습니다. 시폰 부인은 자신도 둥근 수틀을 이용해서 도드라지게 수를 놓을 생각이었다고 말하더군요. 그게 더 고상하다나 어쨌다나 얘기했지만 나는 아무것도 모르겠고, 잘 이해할 수도 없었어요. 한 가지더, 당신이 편지에서 언급한 주름 장식에 대해 그녀도 한마디 하더군요. 바렌카, 하지만 나는 그녀가 주름 장식에 대해 뭐라고 했는지 잊어버렸습니다. 다만 그녀가 무척 말을 많이 한 것만은 기억합니다. 참으로 천박한 여자더군요! 도대체 무슨 말을 그렇게 많이 지껄일까요? 그녀가 직접 당신에게 모두 얘기할 겁니다. 나의 바렌카, 나는 완전히 지쳤습니다. 오늘은 출근도 하지 않았습니다. 하지만 바렌카, 공연히 낙담하지는 마세요. 당신을 안심시키기 위해서라면 나는 모든 상점을 뛰어다 닐 준비가 되어 있습니다. 당신은 앞날을 내다보는 게 두렵다고 썼더군요. 오늘 6시가 지나면 당신은 다 알게 될 겁니다. 시폰 부인이 직접 당신에게 찾아갈 거예요. 그러니 너무 낙담하지 말아요. 바렌카, 희망을 가지세요. 아마 모든 일이 잘될 겁니다. 두고 보세요. 나는 왠지 그 망할 놈의 주름 장식이 내내 마음에 안 듭니다. 에잇, 내게 주름 장식이라니, 그게 다 뭡니까! 나는 당신에게 뛰어가고 싶었습니다. 나의 천사여, 당신에게 뛰어가서 잠깐이라도 보고 싶었어요. 꼭 들르고 싶었습니다. 나는 두 번씩이나 당신의 집 앞까지 다가갔습니다. 그런데 브이코프, 아니 브이코프 씨가 늘 그토록 화를 낸다고 하니, 때가 아닌 것 같아서⋯⋯. 글쎄, 이런 말은 해서 뭐 하겠어요!

마카르 제부시킨

9월 28일

친애하는 마카르 알렉세예비치 님!

제발, 지금 당장 보석 세공사에게 얼른 다녀와 주세요. 그세공사에게 진주와 에메랄드가 박힌 귀고리는 만들 필요가 없다고 말해 주세요. 브이코프 씨가 그건 너무 사치스럽다고 하네요. 그는 화를 내면서 자기 호주머니가 거덜 났다고, 우리더러 자기 돈을 강탈한다고 말합니다. 어제는 결혼하는 데에 이렇게 많은 비용이 들 줄 알았다면 아마 연락을 하지 않았으리라고 말하더군요. 그리고 결혼식을 올리고 나서 곧장 떠날 거니까 손님들은 부르지 말라고, 나더러 춤을 추며 야단법석을 떨 생각은 하지 말라고, 축하연도 하지 않을 거라고 못을 박았습니다. 어떻게 이런 말을 할 수 있을까요! 제게 이 모든 것이 필요한지 아닌지는 오직 하느님만이 아실 겁니다! 그런데 이 모든 걸 브이코프 씨가 직접 결정했답니다. 저는 그에게 감히 어떤 대꾸도 할 수 없었습니다. 그는 무척 다혈질이거든요. 앞으로 저는 어떻게 될까요!

V. D.

9월 28일

나의 귀여운 바르바라 알렉세예브나!

나는…… 그러니까 보석 세공사는 잘 알았다고 하더군요. 나는 병이 난 탓에 지금 침대에서 일어날 수 없다는 얘기를 먼저 하고 싶었습니다. 이렇게 바쁘고 해야 할 일이 많은데, 빌어먹을 감기에 걸리고 말았습니다! 당신에게 하나 더 알려 드리는데, 엎친 데 덮친 격으로 국장님이 엄격해지셨어요. 그래서 예멜리안 이바노비치에게 호되게 화를 내고 고함을 치시다가 결국 가엾게도 기진맥진해지셨습니다. 이렇게 나는 당신에게 모든 일을 들려 드립니다. 무언가 당신에게 더 쓰고 싶지만 혹시나 당신을 힘들게 할까 봐 걱정입니다. 바렌카, 나는 어리석고 단순한 사람이라서 생각나는 대로 편지를 씁니다. 아마 당신이 거기에서 무언가를…… 글쎄, 이런 말은 해서 뭐 하겠어요!

당신의
마카르 제부시킨

9월 29일

나의 소중한 바르바라 알렉세예브나!

바렌카, 오늘 나는 표도라를 만났습니다. 당신이 내일 결혼식을 올리고 모레 이곳을 떠나므로 브이코프 씨가 벌써 말들을 빌렸다고 하더군요. 바렌카, 국장님에 대해서는 이미 당신에게 알려 드렸지요. 그리고 한 가지 더 있는데, 고로호바야 거리의 가게에서 날아온 계산서를 확인했는데 모두 확실했습니다. 다만 몹시 비싸더군요. 그런데 브이코프 씨가 왜 당신에게 화를 내는 거죠? 아무튼 바렌카, 행복하세요! 나는 기쁩니다, 그래요, 당신이 행복해진다면 나도 기쁠 거예요. 바렌카, 나는 교회에 가려고 했는데 갈 수가 없습니다. 허리가 아프거든요. 그건 그렇고 나는 줄곧 편지에 대해 생각하고 있습니다. 바렌카, 이제 누가 우리의 편지를 전달해 주죠? 그래요! 바렌카, 당신은 표도라에게 은혜를 베풀었더군요! 친구여, 아주 잘하셨어요. 좋은 일입니다! 하느님께서는 당신의 모든 선행을 축복하실 겁니다. 바렌카, 선행에는 반드시 보상이 따르고, 하느님은 항상 선행을 베푼 사람에게 조만간 정의의 화환을 씌워 주시니까요! 나는 당신에게 많은 것을 써서 보여 주고 싶습니다. 매시간 매분, 모든 순간을 쓰고 싶습니다! 내게는 아직 당신의 책이 한 권 남아 있는데, 『벨킨 이야기』입니다. 그런데 바렌카, 이 책을 가져가지 말고 나에게 선물로 주세요, 그 이유는 이 책을 몹시 읽고 싶어서가 아닙니다. 하지만 바렌카, 당신도 알다시피, 곧 겨울이 다가옵니다. 밤이 길어질 테고, 그러면 마음이 슬퍼질 겁니다. 그때 이 책을 읽어 보고 싶어요. 바렌카, 나는 내 집에서 당신이 살던 옛집으로 옮겨 가서 표도라에게 방을 하나 빌릴 계획입니다. 나는 이제 무슨 일이 있어도 이 정직한 여자와 헤어지지 않을 겁니다. 게다가 표도라는 매우 부지런한 여자입니다. 나는 어제 텅 빈 당신의 방을 꼼꼼히 살펴보았습니다. 거기에 당신의 수틀과 그 위에 놓다 만 자수가 아무런 손길도 닿지 않은 채, 방구석에 그대로 놓여 있더군요. 당신의 자수를 살펴보았습니다. 거기에는 여러 가지 천 조각들이 남아 있었어요. 내가 보낸 어떤 편지에 당신은 실을 감으려고 했더군요. 작은 탁자 속에서 종이쪽지한 장을 발견했는데, 그 쪽지에는 "친애하는 마카르 알렉세예비치 님, 저는 서둘러"라고만 쓰여 있었어요. 아마도 가장 흥미로운 대목에서 누군가가, 당신이 편지 쓰던 순간을 방해한 것 같습니다. 방구석에 있는 작은 병풍 뒤에 당신의 작은 침대가 놓여 있더군요……. 나의 사랑스러운 바렌카! 그럼, 안녕,

안녕. 제발 조금이라도 빨리, 무슨 말이든 좋으니 이 편지에 답신을 보내 주세요.

마카르 제부시킨

9월 30일

더없이 소중한 나의 친구, 마카르 알렉세예비치!

모든 것이 끝났습니다! 제 운명의 주사위는 던져졌습니다. 어떤 운명인지는 모르지만 신의 뜻에 따르렵니다. 내일 우리는 떠납니다. 더없이 소중한 나의 친구, 나의 은인, 친애하는 이여, 당신께 마지막으로 작별 인사를 드립니다. 저에 대해 슬퍼하지 마시고, 행복하게 사시고, 저를 기억해 주세요. 신의 축복이 당신께 강림하시길! 저는 마음속으로 기도를 할 때, 당신을 자주 생각할 겁니다. 이렇게 우리의 시간은 끝나 버렸군요! 지난 시절의 추억 중에서 유쾌했던 몇몇 기억을 새로운 생활로 가지고 가렵니다. 그것으로 당신에 대한 추억은 더욱 소중해질 테고, 당신은 제 가슴속에 더욱 소중한 사람으로 남을 겁니다. 당신은 저의 유일한 친구였어요. 여기에서 당신만이 저를 사랑해 주셨습니다. 당신이 저를 얼마나 사랑해 주셨는지 똑똑히 다 보았고, 또 알고 있습니다! 당신은 저의 미소 하나만으로도, 저의 편지 한 줄에도 행복해하셨습니다. 이제 당신은 제가 없는 생활에 익숙해지셔야 해요! 당신 혼자 어떻게, 당최 누구에게 의지하고 여기에 남아 계실지요, 선량하고 더없이 소중한 나의 유일한 친구여! 당신에게 작은 책 한 권과 수틀과 막 쓰기 시작한 편지 한 통을 남겨 둡니다. 막 쓰기 시작한 몇 줄의 편지를 보면서 제게 듣고 싶었거나 제 편지에서 읽고 싶었던 모든 것을, 제가 당신께 써 주기를 바랐던 모든 것을 마음속으로 계속 읽어 주세요. 지금 제가 무슨 말인들 쓰지 못하겠어요! 당신을 그토록 깊이 사랑했던, 당신의 가련한 바렌카를 기억해 주세요. 당신의 모든 편지는 표도라의 장롱 맨 위 서랍 속에 남겨 놓았습니다. 그리고 편지에 몸이 아프다고 쓰셨는데, 오늘은 브이코프 씨가 제 외출을 허락해 주지 않는군요. 친구여, 당신에게 편지를 쓸게요. 약속합니다. 하지만 앞으로 무슨 일이 일어날지는 오직 신만이 아십니다. 그럼, 이제 영원히 작별 인사를 드립니다. 나의 친구, 나의 소중한 사람, 나의 다정한 사람이여, 영원히……! 아아, 지금 당신을 뜨겁게 포옹하고 싶습니다! 안녕, 나의 친구여, 안녕, 안녕히 계세요. 행복하게 사시고, 건강하세요. 늘 당신을 위해 기도하겠습니다. 아아! 저는 몹시 슬프고, 가슴이 너무나 답답합니다. 브이코프 씨가 저를 부릅니다.

당신을 영원히 사랑하는 V.

추신: 제 가슴은 지금 눈물로, 눈물로 가득 차 있습니다……. 눈물로 가슴이 미어지고, 갈가리 찢어질 것 같습니다. 안녕히 계세요.

아아! 너무나 슬퍼요!

기억해 주세요, 당신의 불쌍한 바렌카를 기억해 주세요!

바렌카, 나의 사랑스러운 바렌카, 더없이 소중한 나의 바렌카! 사람들이 당신을 데려가고, 당신은 떠나가는군요! 내게서 당신을 떼어 내는 것보다 차라리 내 가슴에서 심장을 도려내는 편이 더 나으련만! 당신은 어떻게 이런 결심을 하셨나요! 지금 당신은 울면서 떠나는군요! 지금 당신이 보낸 편지를, 온통 눈물로 얼룩진 편지를 받았습니다. 그러니까 당신은 떠나고 싶지 않은데, 강제로 끌려가고 있군요. 그러니까 당신은 나를 불쌍히 여기면서, 나를 사랑하고 있군요! 이제 당신은 누구와 어떻게 살아가렵니까? 거기에서 당신의 마음은 슬프고 괴롭고 추위에 시달릴 겁니다. 우수가 심장의 피를 빨아먹고, 슬픔이 심장을 두 쪽으로 찢어 놓을 겁니다. 당신은 그곳에서 죽고 습한 땅속에 묻히겠지만, 당신을 위해 울어 줄 사람은 아무도 없을 겁니다! 브이코프 씨는 여전히 토끼 사냥이나 할 테죠⋯⋯. 아아, 바렌카, 바렌카! 도대체 당신은 왜 그런 결심을 했나요, 어떻게 그런 결심을 할 수 있었죠? 무슨 짓을 한 겁니까, 도대체 자신에게 무슨 짓을 한 겁니까! 그곳에서 사람들은 당신을 무덤으로 끌고 갈 겁니다. 그곳에서 그들은 죽을 만큼 당신을 괴롭힐 겁니다, 나의 천사여. 바렌카, 당신은 작은 깃털처럼 연약하지 않습니까! 그런데 나는 어디에 있었나요? 이 바보 같은 작자는 무엇을 보고 있었나요? 아이가 제멋대로 행동하는 것뿐이라고, 그저 머리가 아픈 거라고 생각하다니요! 무언가 간단히 조치라도 했어야 하는데 그러지 않았습니다. 지독한 멍청이인 나는 마치 자기가 옳은 것처럼, 마치 자신과는 무관한 일인 양 아무것도 생각하지 않고, 아무것도 보지 않았어요. 심지어 주름 장식 문제로 여기저기 뛰어다니기나 했으니……! 아니, 바렌카, 나는 일어날 겁니다. 아마 내일이면 건강을 회복하고, 분명 병석에서 일어날 겁니다……! 바렌카, 나는 마차 바퀴 아래로 몸을 던져서라도 당신을 떠나보내지 않을 겁니다! 안 됩니다, 그래서 도대체 어쩌겠다는 겁니까? 무슨 권리로 그렇게 하는 겁니까? 나는 당신과 함께 떠나겠어요. 나를 마차에 태워 주지 않으면 당신이 탄 마차를 뛰어서 따라가겠습니다. 있는 힘을 다해서, 숨이 붙어 있는 한 뛰어갈 겁니다. 바렌카, 당신은 그곳에 무엇이 있는지, 지금 어디로 가는지 알고 있나요? 아마 모를 겁니다. 그렇다면 나에게 물어보세요! 그곳은 초원입니다, 바렌카, 온통 초원, 헐벗은 초원입니다. 내 손바닥처럼 벌거벗은 초원입니다! 거기는 몰인정한 농촌의 아낙네와 무식한 농군이 지나다니고, 술주정뱅이가 어슬렁거리는 곳입니다. 이젠 나뭇잎도 다 떨어지고 비가 내리고 추울 텐데, 당신은 바로 그런 곳으로 가고 있는 겁니다! 글쎄, 브이코프 씨는 거기에 일이 있겠지요. 그는 거기에서 토끼를 잡으러 다니겠지만 당신은 무엇을 할 건가요? 당신은 지주 부인이 되고 싶은 건가요, 바렌카? 하지만 나의 천사여! 당신 자신을 돌아보세요, 당신이 지주 부인과 어디 닮은 구석이 있나요……? 어떻게 그럴 수가 있나요, 바렌카! 나는 누구에게 편지를 써야 하나요, 바렌카? 그래요! 바렌카, 내가 누구에게 편지를 쓰면 되는지 생각해 보세요. 나는 누구를 다정한 이름으로 불러야 하나요, 내가 누구를 그토록 사랑스러운 이름으로 부르겠어요. 나의 천사여, 앞으로 나는 어디에서 당신을 찾을 수 있나요? 바렌카, 나는 죽을 겁니다. 분명 죽을 거예요. 나의 심장은 이런 불행을 견뎌 내지 못할 겁니다! 나는 당신을 하느님의 빛처럼 사랑했고, 내 친딸처럼 사랑했어요. 나의 귀여운 바렌카, 나는 당신의 모든 것을 사랑했습니다! 나는 오직 당신만을 위해서 살았습니다! 내가 일을 한 것도, 서류를 정서한 것도, 걸어 다닌 것도, 산책을 한 것도, 다정한 편지글로 내가 관찰한 일상을 종이에 적어 보낸 것도, 이 모든 건 바렌카, 당신이 이곳에, 바로 맞은편 가까이에 살았기 때문입니다. 아마 당신은 몰랐겠지만 이 모든 게 그야말로 사실입니다! 자, 사랑스러운 바렌카, 스스로 생각해 보세요. 나의 사랑스러운 천사여, 당신이 우리한테서 떠나다니 어떻게 이럴 수 있나요? 그리운 바렌카, 당신은 절대 떠나서는 안 됩니다, 아니 떠날 수 없습니다. 절대로, 결단코 그럴 수 없습니다! 이렇게 비가 내리는데, 연약한 당신은 감기에 걸릴 겁니다. 당신이 탄 마차는 비에 젖을 겁니다. 분명히 비에 젖을 겁니다. 당신이 이 도시의 관문을 벗어나자마자 마차는 부서질 겁니다. 일부러 그런 듯이 부서질 겁니다. 여기 페테르부르크에서는 마차가 너무나 엉성하게 만들어지니까요! 나는 이곳의 마차 제조업자들을 다 아는데, 그들은 겉모양만 뻔지르르할 뿐 장난감같이 부서지기 쉬운 마차를 만듭니다! 바렌카, 나는 브이코프 씨 앞에 무릎을 꿇고 그에게 모든 걸 다, 모든 걸 다 증명하겠습니다! 바렌카, 당신도 그에게 증명하세요, 이치에 맞게 모든 걸 증명하세요! 당신은 여기에 남겠다고, 떠날 수 없다고 말하세요⋯⋯! 아아, 왜 그 사람은 모스크바의 여자 상인과 결혼하지 않았나요? 그곳에서 여자 상인과 결혼했더라면 좋았을 텐데! 그에게는 여자 상인이 훨씬 잘 어울렸을 겁니다. 나는 이미 그 이유를 알아요! 그 사람이 그랬다면 당신을 여기, 내 곁에 붙잡아 둘 수 있었을 텐데. 바렌카, 그가, 도대체 브이코프라는 사람이 당신에게 뭐라는 말입니까? 어떻게 그가 돌연 당신에게 사랑스러운 사람이 되었나요? 그가 당신에게 주름 장식인가 뭔가를 사 주었기 때문인가요? 아마 그 때문이겠죠! 도대체 주름 장식이 뭡니까? 주름 장식이 왜 필요합니까? 바렌카, 주름 장식이란 아무짝에도 쓸모없는 겁니다! 중요한 건 인간의 삶입니다. 바렌카, 주름 장식은 걸레 조각입니다. 바렌카, 주름 장식 따윈 걸레 조각에 불과하다는 말입니다. 그래요, 나도 월급을 받자마자 당신에게 주름 장식을 사 드릴게요. 바렌카, 당신에게 주름 장식을 많이 사 드리겠습니다. 바로 여기에 내가 잘 아는 가게가 있습니다. 내가 월급을 받을 때까지만 기다려 주세요, 나의 천사 바렌카! 아아, 하느님 맙소사! 당신은 브이코프 씨와 반드시 초원으로 떠나겠다는 거군요, 돌아올 수 없는 길을 떠나겠다는 거군요! 아아, 사랑하는 바렌카⋯⋯! 안 됩니다, 다시 한 번 내게 편지를 써 보내세요, 다시 한 번 이 모든 것에 대한 편지를 써 보내세요. 당신이 떠나겠다면 그곳에 가서라도 편지를 써 보내세요. 그러지 않으면, 나의 천사여, 이것이 마지막 편지가 될 겁니다. 이게 마지막 편지가 되다니 결코 그럴 수 없습니다. 어떻게 이토록, 이다지도 갑자기, 그러니까, 이게 분명 마지막 편지라니요! 안 됩니다, 내가 편지를 쓸 테니 당신도 편지를 쓰세요……. 내 문체도 이제 틀이 잡혀 가는데……. 아아, 나의 사랑하는 바렌카, 대관절 문체가 다 뭡니까! 지금은 내가 무엇을 쓰고 있는지조차 모르겠어요, 전혀 모릅니다, 아무것도 모르겠습니다. 나는 다시 읽어 보지도 않고, 문체를 고치지도 않고, 단지 쓸 수만 있다면, 당신에게 좀 더 많은 것을 쓸 수만 있다면 그저 써 나가고 있습니다……. 나의 귀여운 사람, 나의 그리운 사람, 나의 사랑하는 이여!

가난한 사람들의 사회학 혹은 심리학

1 위대한 천재 작가의 탄생

표도르 미하일로비치 도스토옙스키(1821~1881)는 모스크바 공공 병원 의사인 아버지와 모스크바 상인의 딸인 어머니 사이에서 태어났다. 어린 시절부터 독서를 좋아한 표도르와 그의 형 미하일은 모스크바의 사립 기숙 학교에서 함께 공부한다. 1837년 5월에 아버지의 권유로 표도르는 형과 함께 페테르부르크 육군중앙공병학교에 입학하지만 공학에는 별로 관심이 없었고 형과 같이 시와 드라마를 쓰거나 번역 등에 관심을 보이며 틈틈이 문학을 갈고닦는다. 1841년 장교로 임관한 표도르는 의무 복무 기간을 채우자마자 문학에 전념하기 위해 1844년 10월에 퇴역하고, 1843년 12월 발자크의 『외제니 그랑데』를 러시아어로 번역한 뒤 『가난한 사람들』을 본격적으로 쓰기 시작한다. 퇴고에 퇴고를 거듭한 끝에 비로소 1845년

5월에 작품을 완성해 낸다.

도스토옙스키는 『가난한 사람들』의 원고를 친구이자 신인 소설가였던 D. V. 그리고로비치에게 읽어 주었고, 그 즉시 그리고로비치는 시인이자 《동시대인》 편집자인 네크라소프에게 원고를 가져가서 밤새 함께 읽는다. 이 소설에 감동한 두 사람은 새벽 4시에 도스토옙스키를 찾아가서 러시아 문학과 벨린스키에 대해 이야기하고, 네크라소프는 다음 날 아침 일찍 당시 가장 권위 있는 평론가 V. G. 벨린스키를 방문해 "새로운 고골이 나타났다."라고 외친다. 벨린스키는 "당신한테는 고골이 마치 우후죽순처럼 자라나겠지."라며 시큰둥하게 반응하지만 네크라소프가 워낙 집요하게 읽어 보길 청했으므로 마지못해 원고를 살펴보기 시작한다.

원고의 첫 행부터 흥미를 느낀 벨린스키는 단숨에 원고를 읽은 뒤 "이 소설은 지금까지 그 누구도 발견하지 못한 러시아의 삶과 성격의 비밀을 보여 준다."라고 평하면서 어서 신인 작가를 자기에게 데려오라고 청한다. 다음 날 도스토옙스키를 만난 벨린스키는 "당신이 무엇을 썼는지 압니까? 당신은 예술가의 직접적인 감각으로 사물의 본질을 건드렸을 뿐 아니라 단번에 보여 주었고, 그 본질을 형상화해 냈소. 당신의 재능을 소중하게 여기고, 그 재능에 충실한다면 당신은 위대한 작가가 될 거요."라고 말해 준다.

훗날 도스토옙스키는 벨린스키와의 만남과 그의 격려를 자기 인생에서 경험한 최고의 순간으로 회상했다. 그.후 벨린스키, 그리고 이른바 벨린스키파(자연파) 작가들을 비롯한 많은 문인들과 평론가들은 도스토옙스키야말로 러시아 문학이 찾고 있던 천재라고 치켜세웠다. 이렇게 무명 작가였던 도스토옙스키는 당대 최고의 비평가 벨린스키의 격려와 격찬을 받으며 러시아 문학사에서 가장 요란하고 화려하게 등단했고, 그의 데뷔작 『가난한 사람들』은 1846년 1월에 네크라소프가 펴낸 《페테르부르크 문집》에 처음 발표되었다.

2 '새로운 고골'의 등장과 가난한 사람들의 심리학

『가난한 사람들』은 중년의 가난한 하급 관리 마카르 제부시킨과 빈곤하고 병약한 여성 바르바라 알렉세예브나가 주고받은 쉰다섯 통의 편지 — 4월 8일에서 9월 30일까지 제부시킨이 쓴 서른한 통의 편지와 바르바라가 쓴 스물네 통의 편지 — 와 '소설 속 소설'이라고 할 수 있는 바르바라의 수기(이 수기를 통해 독자는 바르바라의 어린 시절, 그녀와 포크롭스키의 첫사랑에 대해 알게 된다.)로 이루어진 서간체 소설이다. 페테르부르크 빈민가에 자리한, 마당을 가운데 두고 서로 마주한 서민 공동 주택에서 셋방을 얻어 살아가는 제부시킨과 바르바라는 편지를 주고받고 이따금 산책도 하고, 작은 기쁨과 행복을 나누며 서로 돕고 의지한다. 그러나 시종 물질적 결핍과 굴욕적인 사회적 관계 속에서 고통을 당한다. 제부시킨은 부정(父情)과 연정 사이를 오가며 바르바라를 헌신적으로 보살피고 사랑하지만 끝내 사랑을 고백하지 못한다. 바르바라는 자신을 위해 모든 것을 희생하는 제부시킨의 파멸을 막고 지긋지긋한 궁핍에서 벗어나기 위해 부유하고 탐욕스러운 시골 지주 브이코프와 마음에도 없는 결혼을 결심한다. 그제야 제부시킨은 자신을 버리고 브이코프와 함께 시골로 떠나가는 바르바라에게 슬픔, 원망, 절망이 뒤섞인 어조로 절규한다.

이 소설의 특징이라 할 수 있는 하급 관리 캐릭터, 감상적이고 비극적인 연애, 서간체 소설 등은 당대 유행하던 고골의 자연주의, 자연파 작가들의 생리학적 오체르크, 루소와 리처드슨 그리고 괴테의 감상주의 소설 등을 떠올리게 한다. 도스토옙스키는 기존 문학의 관례를 계승, 극복하면서 자신만의 독창적인 작품 세계를 구축하고, 제부시킨을 통해 러시아 문학이 창조한 '작은 인간들'(사회적 약자들) — 리자(카람진의 「가련한 리자」), 삼손 브이린(푸시킨의 「역참지기」), 아카키 아카키예비치(고골의 「외투」) — 의 계보를 이어받으며 '작은 인간'의 새로운 전형을 보여 준다.

기존의 '작은 인간들'이 단순하고 소박한 성격을 지닌, 사회적 환경과 현실의 희생자라면 제부시킨은 자의식과 자존심이 강한 복잡한 성격의 인물이다. 특히 "우리 모두는 고골의 「외투」에서 나왔다."라고 스스로 고백했을 정도로 도스토옙스키는 고골의 문학 전통에 크게 빚지고 있다. 그러나 고골이 가난과 열악한 사회적 환경의 결과물로서 '작은 인간들'의 일반적 성격을 그렸다면 도스토옙스키는 열악한 사회적 환경이 '작은 인간들'에게 어떤 영향을 끼치는지, 그 과정을 포착하고 있다. 도스토옙스키는 생리학적 오체르크의 전통에 기초하여 페테르부르크의 여러 지역에 대한 장황한 묘사와 독특하고 엄격한 기록적 성격으로 자신의 이야기를 가득 채우고, 변화하는 사회적 전형들 — 골목의 거지, 고리대금업자, 뚜쟁이, 관청 수위, 국장 — 을 독자에게 보여 준다. 이렇게 다양한 하층민들이 모여 사는 수도의 일상생활에 대한 광범위하고 상세한 묘사를 통해 구성된 배경 속에서 주인공들의 운명과 그들의 상호 관계가 그려진다.

도스토옙스키는 주요 인물들의 형상을 그들의 사회 심리적 분신들 옆에 자리매김하게 하고, 이런 인물들의 이야기를 통해 여타 인물들(아버지 포크롭스키와 그의 아들, 고르시코프, 에멜리얀 이바노비치, 사샤)의 전형적 운명의 전환을 보여 주면서 그들이 맞이하는 비극적 운명의 사회적 법칙성과 일반성을 강조한다. 다시 말해 도스토옙스키는 하급 관리와 가난한 사람들로 대변되는 '작은 인간들'의 사회적 운명과 그들의 상황 및 주변 환경을 묘사할 뿐만 아니라 서간체 소설 형식을 통해 서사의 감상적이고 서정적인 어조와 그들의 내적 세계를 섬세하게 묘파하면서 생리학적 자료들을 결합해 낸다. 이 점에서 『가난한 사람들』의 형식과 구성, 분석적이고 심리적인 특성은 고골의 이야기에 나타나는 종합적 방법과는 많은 점에서 다르다고 할 수 있다. 19세기 러시아의 시인이자 비평가인 마이코프는 고골과 도스토옙스키의 유사점과 차이점을 "고골과 도스토옙스키는 공히 현실 사회를 그린다. 그러나 고골은 무엇보다 사회적 시인이지만 도스토옙스키는 심리적 시인이다."라고 예리하게 지적했다. 고골이 일종의 사회학자로서 가난과 가난한 사람들의 사회학을 썼다면 도스토옙스키는 심리학자로서 가난한 사람들의 심리학을 썼다고 말할 수 있는 것이다.

3 '작은 인간들'의 새로운 형상

『가난한 사람들』의 주인공 마카르 제부시킨은 서류를 정서하는 전형적인 하급 관리로 낡은 옷, 비굴한 태도, 비참한 주거 환경 등 고골의 「외투」에 등장하는 아카키 아카키예비치나 고골의 전통을 계승한 자연파 작가들의 생리학적 오체르크의 단골 주인공인 말단 관리나 거리 악사의 모든 조건을 갖추고 있다. 그러나 선배 작가들이 창조한 '작은 인간들'과 달리 제부시킨은 주변 사람들의 말과 행동에 민감하게 반응하고 자의식과 자존심이 강하며, 직접 생각하고 고민하면서 글(편지)을 쓰는 사람이다. 인생의 목적이 고작 정서와 '새 외투'를 장만하는 일이고, 그것을 위해 절핍 생활을 하며 현재의 삶을 유보하는 단순한 아카키 아카키예비치와는 달리, 제부시킨은 가난하고 착한 바르바라를 연민하고 사랑하면서 희로애락을 느끼는 섬세하고 복잡한 사람이다.

제부시킨은 기존의 '작은 인간들'과 달리 무엇보다 독서하는 사람이다. 처음엔 동료 하숙인 라타자예프가 쓴 저급한 원고와 대중 소설을 읽고 열광하면서 문학적 빈곤을 드러낸다. 그러나 책, 독서, 문학에 대한 올바른 인식을 갖춘 바르바라의 권유로 푸시킨의 「역참지기」와 고골의 「외투」를 읽으면서 좋은 문학에 눈을 뜬다. 제부시킨은 귀족 출신의 청년 장교에게 딸을 빼앗기는 역참지기의 비극적 운명(「역참지기」)에 대한 작가의 동정과 연민을 공감하지만 아카키 아카키예비치를 희화하고 풍자하는 듯한 작가에 대해서는 화를 내며 「외투」를 혹평한다. 아카키의 모습에서 스스로의 모습을 발견했기 때문이다. 게다가 바르바라가 이 소설을 추천한 것에 대해 심한 모욕감마저 느낀다. 이 과정에서 우리는 독서가이자 점차 좋은 문학과 나쁜 문학을 구별할 줄 아는 비평가 제부시킨과 만나게 된다.

제부시킨은 글을 쓰는 사람이기도 하다. 정상적인 교육을 받지 못한 제부시킨의 처음 몇몇 편지에서 드러나는 언어와 문체는 장황하고 요령이 없는, 일방적인 감정의 토로일 따름이다. 바르바라의 간결하고 명료한 문체와 대비되는 제부시킨의 문체는 그의 문학적, 지적 빈곤을 보여 준다.(특히 어린 시절의 행복과 불행, 첫사랑을 그린 바르바라의 수기는 훌륭한 자전적 소설처럼 잘 읽힌다.) 제부시킨의 문체는 바르바라와 편지를 주고받으면서 점점 좋아지고, 마침내 제부시킨은 스스로 작가가 되어 가고 있다고 상상하게 된다. 그러나 아이러니하게도 제부시킨과 바르바라의 문학적, 지적 간극이 차츰 좁혀지는 지점에서, 즉 두 사람의 사랑이 결실을 맺으려 하는 단계에서 바르바라는 돌연 제부시킨을 버리고 부유한 지주 브이코프와 결혼하기로 결심한다.

바르바라는 가난하고 병약하고 교양 있고 착하지만 다른 한편으로 이기적이고 오만하고 몹시 변덕스럽다. 그녀는 가난한 제부시킨의 분에 넘치는 호의를 사양하고 그의 낭비를 나무라면서도 꼬박꼬박 선물을 받는다. 제부시킨의 물질적 파탄을 막고, 제부시킨의 더 나은 삶을 위해 브이코프를 선택한다고 하지만, 그녀는 무엇보다 지긋지긋한 가난에서 벗어나기 위해 결혼을 결심한 듯 보인다. 특히 혼숫감을 마련하는 과정에서 제부시킨에게 온갖 잔심부름을 시키는 모습은 너무나 이기적이고 악마적이다. 바르바라는 한때 제부시킨에게 진정한 기쁨과 행복을 안겨 주었지만 결국 그의 물질적, 정신적 파탄의 원인이기도 하다. 이 점에서 바르바라는 도스토옙스키의 후기 장편 소설에서 남자 주인공들을 파멸로 이끄는 악마적 여인들의 원조라고 볼 수 있다.

제부시킨한테서 바르바라를 빼앗아 가는 시골 지주 브이코프와 바르바라의 먼 친척으로 뚜쟁이 짓을 하는 악독한 안나 표도로브나를 제외한 주요 등장인물들 — 포크롭스키 부자(父子), 고르시코프 가족 — 은 모두 사회적 환경의 희생자로, 가난하고 비참한 삶을 살아간다. 그들의 이야기는 제부시킨과 바르바라의 비극적 사랑에 종속되지 않고 나름의 색깔을 보여 주며 고유한 목소리를 내고 있다. 이 점에서 『가난한 사람들』은 도스토옙스키의 후기 장편 소설 시학의 특징들 중 하나인 '다음향 소설'의 전범(典範)이라고 할 수 있다.

4 인간 영혼의 통찰자 도스토옙스키

도스토옙스키는 인간 영혼의 심오한 비밀을 통찰한 위대

한 예술가이자 심리학자이다. 위대한 예술가이자 심리학자로서 도스토옙스키의 기량은 1849년 페트라솁스키 독서 모임에 연루되어 팔 년의 시베리아 유형을 마친 뒤 1860~1870년대에 집필한 그의 4대 장편(『죄와 벌』, 『백치』, 『악령』, 『카라마조프가 형제들』) 속에 잘 나타난다. 여기에서 도스토옙스키는 죄와 벌, 타락과 구원, 이념과 해방, 자유와 구속, 욕망과 사랑 등의 문제를 다양하게 제기하고 인간의 복잡다단한 심리를 파헤치며 인간 속 인간을 폭로하는 '잔혹한 천재'의 면모를 보여 준다. 그러나 도스토옙스키의 후기 장편 소설 속에 나타나는 '새로운 말'과 일련의 특징은 이미 『가난한 사람들』 속에서도 찾아볼 수 있다. 제부시킨과 바르바라, 다른 여러 가난한 사람들의 성격은 얼마나 변화무쌍하고 변덕스러운가! 그들의 말과 행동과 심리, 사회적 관계는 얼마나 복잡하고 다의적인가! 도박 빚과 빚쟁이들의 독촉에 쫓기며 다급하게 쓴 그의 후기 장편들(심지어 『노름꾼』을 쓸 때는 속기사를 고용하여 구술하기까지 했다.)과는 달리 엄청나게 공들여 쓴 『가난한 사람들』은 소설의 슈제트 구성, 주인공들의 심리 분석과 묘사, 언어와 문체 등 모든 면에서 천의무봉의 솜씨를 보여 준다. 도스토옙스키의 소설 세계에 입문하려는 독자들, 그의 사상과 철학에 관심 있는 독자들에게 무엇보다 먼저 『가난한 사람들』부터 읽어 보라고 권하고 싶다.

2024년 봄
이항재

작가 연보

1821년   10월 30일(신력으로 11월 11일), 모스크바 마린스키 공공 병원의 군의관 미하일 안드레예비치 도스토옙스키의 둘째 아들로 태어난다.

1833년   모스크바 기숙 학교에서 1837년까지 수학한다.

1837년   1월 29일, 푸시킨이 단테스와의 결투에서 사망하자 몹시 흥분한다.

2월 27일, 어머니 마리야 표도로브나 도스토옙스카야(네차예바)가 사망한다.

1838년   1월 16일, 페테르부르크 육군중앙공병학교에 입학한다.

1839년   6월 8일, 아버지가 다로보예 영지의 농노들에게 피살된다.

1843년	8월 12일, 장교 수업 과정을 마치고 공병국 제도실에서 근무하기 시작한다.
1844년	6~7월, 발자크의 『외제니 그랑데』를 번역, 발표하고, 10월 19일, 소위로 제대한다.
1845년	5월, 『가난한 사람들』을 완성하고, 비평가 벨린스키, 시인 네크라소프를 비롯한 문학인들 교우한다. 가을, 벨린스키 클럽에 출입하기 시작한다.
1846년	1월 15일, 『가난한 사람들』을 《페테르부르크 문집》에 발표한다. 2월에 『분신』을, 10월에 「프로하르친 씨」를 《조국 수기》에 발표한다.
1847년	연초에 벨린스키와 사상적, 감정적 이유로 절연하고, 봄부터 페트라솁스키의 '금요일' 모임에 출입한다. 4~6월, 에세이 『페테르부르크 연대기』(전 4편)를 신문 《상트페테르부르크 통보》에, 10~12월, 소설 「여자 주인」을 《조국 수기》에 발표한다.
1848년	5월, 벨린스키가 사망한다. 「약한 마음」, 「폴준코프」, 「정직한 도둑」, 「크리스마스 트리와 결혼식」, 「백야」, 「남의 아내와 침대 밑의 남편」 등의 단편을 《조국 수기》에 발표한다.
1849년	1~2월, 미완의 장편 『네토치카 네즈바노바』의 일부를 《조국 수기》에 발표한다. 4월 15일, 페트라솁스키 모임에서 고골에게 보내는 벨린스키의 편지를 낭독한다.

4월 23일, 당국에 의해 체포되어 페트로파블로프스크 요새에 감금된다.

9월 30일, 재판이 시작된다. 11월 13일, 상기 편지를 낭독한 죄로 사형을 선고받는다.

12월 22일, 세묘놉스키 연병장에서 사형이 집행되기 직전, 황제 니콜라이 1세의 칙령에 의해 집행이 중지되고 강제 노동형으로 감형된다.

1850년   1월, 토볼스크 체류 중 12월 당원(제카브리스트) 부인들의 방문을 받고, 이중 폰비지나 부인에게서 성경을 건네받는다.

1월 23일, 옴스크 요새의 형장에 도착, 이후 1854년 2월까지 복역한다.

1854년   3월, 사병으로 강등되어 세미팔라친스크에 배치, 이곳의 세무관 이사예프와 안면을 트고 그의 아내 마리야 드미트리예브나 이사예바를 사랑하게 된다.

1855년   2월 18일, 니콜라이 1세가 사망한다.

8월 4일, 이사예프가 사망한다.

1857년   2월 6일, 미망인이 된 마리야 드미트리예브나와 결혼한다.

8월, 페트로파블로프스크 요새에서 구상하고, 일부 집필한 「꼬마 영웅」을 《조국 수기》에 발표한다.

시베리아 유형의 경험을 기록하기 시작한다.

1859년   3월 18일, 퇴역한다.

7월 2일, 세미팔라친스크를 떠난다. 8월 19일, 트베리에

도착, 가을을 보낸다.

11월, 페테르부르크 거주 허가를 얻고 12월, 십 년 만에 페테르부르크로 돌아온다.

3월 『아저씨의 꿈』을, 11~12월 『스체판치코보 마을 사람들』을 각각 《러시아의 말》과 《조국 수기》에 발표한다.

1860년　9월, 신문 《러시아 세계》에 『죽음의 집의 기록』 초반부를 발표한다.

모스크바에서 첫 작품집(전 2권)이 출간된다.

1861년　1월, 형 미하일과 함께 잡지 《시대》 창간, 첫 호를 발간한다. 여기에 『상처받은 사람들』을 발표한다. 이때부터 1865년까지 아폴리나리야 수슬로바와 친교, 서신을 주고받으며 여행을 한다.

1862년　1월, 《시대》에 『죽음의 집의 기록』 후반부를 발표한다.

6월, 첫 유럽 여행. 베를린, 드레스덴, 프랑크푸르트, 쾰른, 파리 등을 돌고, 런던에서 1846년부터 알고 지내던 사상가 겸 작가 게르첸, 무정부주의자 바쿠닌 등을 만난다.

12월, 《시대》에 「악몽 같은 이야기」를 발표한다.

1863년　2~3월, 《시대》에 「여름 인상에 대한 겨울 메모」를 연재한다.

5월, 《시대》가 정치적 이유로 발행 정지 조치를 받는다.

8월부터 10월까지 유럽 여행. 바덴바덴, 함부르크 등에서 도박으로 많은 돈을 잃는다.

1864년	1월, 형 미하일과 함께 두 번째 잡지 《세기》 창간을 허가받는다.
	3월 21일, 《세기》 첫 호에 『지하로부터의 수기』를 발표한다.
	4월 15일, 아내 마리야 드미트리예브나 사망. 7월 10일, 형 미하일 사망. 9월 25일, 문우 아폴론 그리고리예프 사망. 잇따른 불행으로 인해 심리적, 경제적 어려움에 시달린다.
1865년	6월, 《세기》 2호에 고골의 「코」를 모델로 한 단편 「악어」를 발표하고, 거의 직후에 재정난으로 《세기》의 발행이 중단된다.(통권 13호)
	여름, 출판업자 스텔롭스키와 1866년 11월 1일까지 특정 분량의 새 소설을 탈고하고, 모든 작품을 양도하기로 약속한다. 만약 이를 어길 시에 이후 모든 작품의 저작권을 넘긴다는 굴욕적인 계약을 체결하고, 그의 출판사에서 그동안의 작품을 모은 작품집을 펴낸다.
	7월부터 10월까지, 독일의 비스바덴으로 세 번째 유럽 여행을 떠난다.
	11월, 수슬로바에게 청혼하지만 거절당한다.
1866년	1월, 《러시아 통보》에 『죄와 벌』 연재 시작, 12월에 완결하고, 모스크바와 근교 류블리노에 체류한다.
	10월 4일부터 29일까지 원고 마감일을 지키기 위해 속기사 안나 그리고리예브나 스니트키나를 고용한다. 이때 『노름꾼』 전부와 『죄와 벌』 마지막 부분을 속기하게

한다.

1867년   2월 15일, 안나 그리고리예브나와 결혼한다.

4월 14일, 유럽으로 떠나 각국을 돌며 사 년간 머무른다. 그동안 드레스덴 미술관에서 라파엘로의 「시스티나의 성모」, 바젤 미술관에서 한스 홀바인의 「무덤 속 그리스도의 주검」을 보고 큰 감명을 받는다. 끊임없이 도박에 손을 대서 재정 상태가 매우 악화된다. 『백치』를 집필하기 시작, 리가를 방문해서 바쿠닌의 강연을 듣는다.

1868년   2월 22일, 딸 소피야가 태어났으나 석 달 뒤 사망한다.

가을, 밀라노를 거쳐 피렌체로 간다.

《러시아 통보》에 『백치』를 발표한다.

1869년   7월, 드레스덴으로 돌아온다.

9월 14일, 딸 류보비가 태어난다.

11월, 모스크바에서 '네차예프 사건'이 발생, 『악령』의 소재가 된다.

1870년   《서광》에 초기작 「남의 아내와 침대 밑의 남편」을 토대로 한 『영원한 남편』을 발표한다.

1871년   1월, 《러시아 통보》에 『악령』을 연재하고, 1872년에 완결한다.

7월, 가족과 함께 드레스덴에서 페테르부르크로 돌아온다.

7월 16일, 아들 표도르 출생.

1872년   5월, 가족과 함께 페테르부르크 근교의 스타라야 루사로 떠나, 이곳에서 여름을 보낸다.

| 1873년 | 메셰르스키 공작의 잡지 《시민》의 편집장이 되고, 동시에 「작가 일기」라는 지면을 마련하여 각종 시사 칼럼, 에세이, 단편 소설 등을 싣기 시작한다. |

1873년 메셰르스키 공작의 잡지 《시민》의 편집장이 되고, 동시에 「작가 일기」라는 지면을 마련하여 각종 시사 칼럼, 에세이, 단편 소설 등을 싣기 시작한다.

1874년 봄, 메셰르스키 공작과 마찰을 빚는다. 결국 건강상의 이유로 《시민》 편집장 일을 그만둔다.

   4월, 네크라소프가 《조국 수기》에 실을 장편 소설을 부탁하기 위해 도스토옙스키를 방문한다.

   6월, 건강 악화로 요양하기 위해 독일의 엠스로 떠난다.(1875년, 1876년, 1879년에도 한 차례씩 방문.)

   8월, 스타라야 루사로 돌아와서 겨울 동안 『미성년』을 집필한다.

1875년 1월, 『미성년』을 《조국 수기》에 발표하기 시작한다.

   8월, 아들 알렉세이 출생.

1876년 1월, 《작가 일기》를 단행본 형태의 월간 잡지로 출간하고, 대성공을 거둔다.

   《작가 일기》 11월호에 단편 「온순한 여자」를 발표한다.

1877년 《작가 일기》 4월호에 단편 「우스운 인간의 꿈」을 발표한다.

   12월 2일, 러시아 과학아카데미의 어문학 분과 위원으로 선출된다.

   12월 27일, 네크라소프 사망. 같은 달 30일, 그의 장례식에서 추도문을 낭독한다.

1878년 5월, 아들 알렉세이가 갑작스러운 간질 발작으로 사망한다.

철학자 블라디미르 솔로비요프와 함께 옵티나 푸스틴 수도원을 방문한다.

1879년	《러시아 통보》에 『카라마조프가의 형제들』을 발표하기 시작한다.
1880년	5월 23일, 푸시킨 동상 제막식 행사에 참석하고자 모스크바에 도착한다.

6월 8일, 상기 행사와 관련한 모임에서 이른바 「푸시킨론」을 낭독, 열광적인 반응을 얻는다.

11월, 『카라마조프가의 형제들』을 완결한다.

1881년	1월, 《작가 일기》 1881년의 첫 호를 집필하기 시작한다.

1월 26일, 여동생이 찾아와서 상속 문제로 다툰 뒤 각혈한다.

1월 28일 저녁 8시 38분, 폐동맥 파열로 사망한다.

2월 1일, 페테르부르크의 알렉산드르 넵스카야 대수도원 묘지에 묻힌다.

세계문학전집 **443**

가난한 사람들

1판 1쇄 펴냄 2024년 5월 17일
1판 2쇄 펴냄 2024년 9월 19일

지은이 표도르 도스토옙스키
옮긴이 이항재
발행인 박근섭, 박상준
펴낸곳 (주)민음사

출판등록 1966. 5. 19. (제 16-490호)
서울특별시 강남구 도산대로1길 62(신사동) 강남출판문화센터 5층 (우편번호 06027)
대표전화 02-515-2000 팩시밀리 02-515-2007
www.minumsa.com

© 이항재, 2024. Printed in Seoul, Korea

ISBN 978-89-374-6443-0 04800
ISBN 978-89-374-6000-5 (세트)

세계문학전집 목록

세계문학전집은 계속 간행됩니다.